W0371096

Mario Wirz

Umarmungen am Ende der Nacht

Mario Wirz

Umarmungen am Ende der Nacht

Erzählungen

Aufbau-Verlag

Dieses Buch entstand mit Unterstützung
der Käthe-Dorsch-Stiftung

Was wäre ich ohne die Schutzengel
an meiner Seite?

All denen gewidmet,
die mir in diesen Jahren
immer wieder geholfen haben,
um nur einige zu nennen:

Georgette Dee, Ulrike Hohendahl,
Tim Lienhard, Frank-Thomas Mende,
Stephan Runge, Thomas Schweikert,
Liane Sodenkamp, Ilse Wenzlau,

dankbar und herzlich,
immer
Mario Wirz

Berlin, den 10. Januar 1999

Inhalt

Trost von Fremden

Ich lasse die Tür sperrangelweit offen. Vielleicht verirrt sich ein Hotelgast in mein Zimmer. Ein angetrunkener Handlungsreisender, dem es egal ist, wohin er sich legt. Irgend jemand, der bereit ist, in dieser Nacht einen Unbekannten zu wärmen. Wir können uns nicht retten, aber wir können uns trösten. Warum nicht zulassen, daß mich ein Fremder umarmt? Warum nicht die Almosen aufheben, die mir das Leben hinwirft? Stolz ist ein Luxus, den ich mir nicht mehr leisten kann.

Uwe denkt, daß ich beim WDR in Köln ein Hörspiel produziere. »Siehst du, man hat dich nicht vergessen. Jetzt kommt deine Karriere ins Rollen.« Er glaubt an mich, und ich fürchte mich vor seiner Liebe, die ich seit Jahren mit Lügen nähre. »Hast du schon ein Regiekonzept für dein nächstes Stück?« fragt er besorgt, und diesmal gelingt es mir nicht, ihm etwas vorzumachen. »Jeder große Künstler hat seine Krisen«, sagt er, und ich liege in seinen Armen und habe Angst. Ich flüchte vor seiner Liebe zu Männern, bei denen ich mich vergessen kann. Namenlos will ich sein und ohne Geschichte. Ohne Vergangenheit und ohne Zukunft. Nur Haut und Augenblick.

Einmal im Monat verlasse ich meine möblierte Ein-Zimmer-Wohnung am Stadtrand und suche mir ein Hotel, das zu mir paßt. Ein verschlissener Teppich, vergilbte Gardinen. Der Aschenbecher, der sich im Verlauf der Nacht mit Hoffnungslosigkeit und halb aufgerauchten Zigaretten füllen wird. Die Nachttischlampe, die auf alle Dinge das trübe Licht wirft, das sie verdienen. Das Drama des Doppelbettes. Ein kitschiges Ölgemälde, das einen traurigen Clown zeigt. Selbst drittklassige Regisseure vermeiden solche Klischees, aber im wirklichen Leben ist alles erlaubt. Keine Gnade, für niemanden. Der Clown sitzt in der Falle. Unruhe und Panik in seinen Augen, als wehrte er sich gegen den Rahmen des Bildes, der ihn gefangenhält. Der Zirkus zieht weiter und läßt ihn zurück. Jetzt gibt er seine Vorstellungen vor einem Publikum, das über seine Scherze nicht lacht.

Die Hotelgäste von Zimmer 120 kennen die Geschichte, die er erzählt. Die vorhersehbaren Pointen aller Abstürze. Es ist immer wieder die gleiche Geschichte.

Ich zünde mir die erste Zigarette an und denke an den Mann von der Rezeption, an seine breiten Schultern, an seine Hände, die einen festhalten können. Er weiß, daß der Gast von 120 auf ihn wartet, aber er ist zu ängstlich, um seinen Job zu riskieren. Dabei wäre das kein allzu großes Wagnis. Die Welt ist voll von schäbigen Hotels und Absteigen. Er hat sofort gesehen, mit wem er es zu tun hat. Er kennt sich aus mit solchen Typen. Sein Blick und seine verächtliche Höflichkeit können mich nicht verwirren. Ich fülle den Meldebogen aus, mit ruhiger Hand. Auch ich weiß Bescheid. Die Gestrandeten erkennen sich überall. Ein Trinker. Ein heimlicher Säufer oder ein Alki, den es nicht mehr kümmert, was die anderen denken. Unwichtig, ob er seine Entziehungskuren noch vor sich oder schon hinter sich hat. Ich schaue ihn an und verstecke nichts.

»Wollen Sie geweckt werden?« fragt er, und die mühsam zurückgehaltene Wut in seiner Stimme beweist, daß er meinen Hilferuf verstanden hat. Ich wünsche mir eher das Gegenteil, denke ich und sage unverbindlich: »Nein, das ist nicht nötig.«

Auch der Hunger in seinen Augen ist ein SOS-Signal, doch er gehört zu den Einsamen, die andere Einsame verachten. Sein Portierslächeln verzerrt sich zu einer Grimasse, nur eine halbe Sekunde, dann hat er sein Gesicht wieder unter Kontrolle.

Er gibt mir den Schlüssel und zuckt leicht zusammen, als sich unsere Hände berühren. »Zimmer 120. Erster Stock.

Rechts.« Seine kalte Freundlichkeit kann mich nicht täuschen. Wir haben uns erkannt, und deswegen haßt er mich. Er sieht genauso ramponiert aus wie ich, aber er hat sich noch nicht abgefunden. Weder mit seinem schütteren Haar noch mit seinem Schicksal, das ihn auf diesen Platz gestellt hat.

Vielleicht ist es sein heimlicher Zorn, der mich erregt. Er erinnert mich an den Mann, der ich gewesen bin, bevor ich jeden Widerstand aufgab.

»Deine Depressionen sind behandelbar. Warum gehst du nicht zu dem Psychologen, den ich dir empfohlen habe? Er kümmert sich um unsere Krebspatienten und ist wirklich gut. Warum willst du es nicht wenigstens einmal versuchen?« fragt Uwe und hat diese zuversichtliche Krankenpflegerstimme, die ich nicht ertrage. Er ist mir fremder als irgendein Mann am Tresen.

»Es gibt keine Therapie gegen die Sinnlosigkeit.« Ich weiß, daß ihn meine Antwort verletzt, und fünf Minuten später bereue ich meine Aufrichtigkeit und verspreche Uwe, mich um einen Termin zu bemühen. Er ist erleichtert, und ich lächele optimistisch und träume davon, woanders zu sein.

Ich erwarte nichts mehr und überlasse mich nur noch dem Augenblick, der es manchmal gut mit mir meint. Gestohlene Berührungen in der U-Bahn. Flüchtige Hautkontakte in einem Park. Schnelle, anonyme Lust in einem dunklen Hauseingang. Verschwenderische Umarmungen am Ende der Nacht in irgendeiner Kneipe oder Bar, wenn der Alkohol alle in Brüder und Schwestern verwandelt. Wir kennen uns nicht, und wir erwarten nichts voneinander, aber wir sind Verbündete vor allen Gläsern, in denen sich unser Gedächtnis auflöst und verschwindet. Tröstlich ist die Zärtlichkeit der Fremden, denen ich folge. Keine Lebensbeichten, keine Liebeserklärungen. Nur die Gewißheit zweier Körper, die sich zueinander flüchten. Keine Worte, keine

Mißverständnisse. Der grauhaarige Kellner aus Sizilien, der mir in einem Bistro in Düsseldorf zublinzelt. Ich warte, bis alle Gäste gegangen sind. Er verschließt die Tür und kommt auf mich zu. Die keuschen Spiele im Wohnwagen der Studentin, irgendwo an der Küste von Eckernförde. Ich schlüpfe in die Haut des Vaters, den sie sich wünscht in dieser Nacht, und wiege sie in meinen Armen.

»Da liegt einer so komisch auf dem Bett«, flüstert eine Mädchenstimme erschrocken auf dem Flur, und ich stelle mir eine aufgeregte Sechzehnjährige vor, die in diesem Hotel zum ersten Mal mit ihrem Freund schlafen wird.

»Wahrscheinlich besoffen«, murmelt der betont weltmännisch und schämt sich, daß er keinen anderen Ort gefunden hat. Beide verschwinden tuschelnd in ihrem Zimmer auf der anderen Seite des Flurs.

Vielleicht hängt auch über ihrem Bett ein Clown. Sein unerbittliches Lachen über allen Nächten. Manege frei für einen Anfang, in dem sich schon das Ende träumt. Ich sehe Lilos klapprigen Renault und unsere akrobatischen Verrenkungen. Lilo lächelt tapfer, während meine Hände ungeschickt ihren Körper erkunden.

»Hast du es schon einmal gemacht?« – »Ja. Und du?« – »Ich auch.«

Ich presse sie stürmisch an mich, und Lilo stöhnt laut, aber wir wissen beide, daß wir lügen. Danach rauchen wir eine Zigarette wie die Liebenden in den französischen Filmen, die wir im Kino gesehen haben.

Der Mann von 120 ist sturznüchtern. Er braucht die Flaschen in seiner Reisetasche noch nicht. Ein Besäufnis an der Minibar wäre zu teuer, ganz abgesehen davon, daß die Hotels, in denen er verkehrt, diesen Service meist nicht anbieten. Der Vorrat in seiner Reisetasche reicht für mehrere Nächte.

Unten klingelt das Telefon. Schrill und fordernd. Der Portier läßt es bimmeln. Er blättert in einer Zeitung und tut so, als ob er den ungeduldigen Lärm ignorieren würde, um dann, im allerletzten Augenblick, den Hörer lässig abzuheben. Sein absichtliches Genuschel, demonstrativ träge und desinteressiert, seine schläfrigen Floskeln, alle hellwachen Sätze, die er nicht sagt. Dann wieder lauernde Stille. Die Hotelgäste sind arglos und wissen nichts von der Gefahr, die diese Nacht ausbrütet. Das große, reinigende Feuer, dem kein Gast entkommt, denkt sich schon in den Ritzen der Wände, rankt sich an den Vorhängen empor, bricht triumphierend aus allen Türen, verweigert jeden Fluchtweg. Die Flammen warten auf sein Zeichen, seinen Befehl, bevor sie alles niederbrennen, was ihn quält. Der Ehemann, der in irgendeinem Zimmer gerade seine Frau betrügt, hält kurz inne und fragt: »Riecht es hier nicht nach Rauch?«

Der Versicherungsvertreter schreit im Schlaf und weiß nicht, daß er gefangen ist im Traum eines anderen. Auch das Liebespaar ist arglos und sieht den Dritten nicht, der zwischen ihnen liegt. Nur der Clown auf seinem Bild sieht alles und wartet auf die Stunde der Befreiung.

Der Mann von der Hotelrezeption betrachtet seine Hände und lächelt grimmig. Ein Stockwerk zwischen meinem Verlangen und seinem Zorn. Auch die anderen Gäste sind potentielle Zeugen seiner Verzweiflung. »Meinen Schlüssel bitte, 207.« – »Haben Sie eine Nachricht für Zimmer 109?« – »Wecken Sie mich bitte morgen um 6.10 Uhr!« – »Die Dusche von 213 funktioniert nicht.« – »Können Sie mir sagen, wo man sich in dieser Stadt amüsieren kann? Sie wissen schon, was ich meine.« Ihre Gleichgültigkeit ist erträglicher als meine Solidarität mit seinem Unglück. Ich habe ihn angeschaut wie das Spiegelbild. Alles, was uns ähnlich ist, macht uns ein Unbehagen. Wir wollen nicht, daß uns jemand sieht, wie wir sind. Wir suchen das gnädige Mißverständnis und die Lust, in den Augen eines Fremden eine neue Gestalt anzunehmen. Ich habe ihn angeschaut, als stünde er unbekleidet vor mir. Als hätte ich ein Recht, alles zu sehen. Meine Blicke beleidigen ihn. Er weiß, daß er nicht der Märchenprinz ist, auf den alle warten, aber auf einen müden Mann mit Tränensäcken unter den gierigen Augen ist er nicht angewiesen. Er begehrt mich nicht, doch er will mich bestrafen. Jetzt fügt er mir den Schmerz zu, den er allen gönnt, die ihn auf seinem Platz stehenlassen. Er verwaltet die Schlüssel, und kein Schlüssel öffnet ihm die Tür in ein anderes Leben. Wenn er genug getrunken hat, herrscht er über ein Vier-Sterne-Hotel, aber nüchtern läßt sich davon nicht einmal mehr träumen. Das große Feuer, das er anzündet in allen Nächten, wird nur seine Träume in Asche verwandeln. Jetzt rächt er sich an mir, und ich lasse alles zu. Er ahnt nicht, daß er mein Opfer ist.

Die Spinne über den Vorhängen von 120 zieht ihre Fäden und lauert auf Beute. Er ist in mein Netz gegangen.

Jemand geht langsam über den Flur. Unsichere, fast ängstliche Schritte, die sich vor 120 beschleunigen, als wäre offensichtlich, daß es sich bei der weitgeöffneten Tür um eine Falle handelt. Hastige Blicke stehlen sich ins Zimmer und treffen einen Mann, der gerade die erste Flasche öffnet, dann verschwinden die Blicke, und die Schritte entfernen sich schnell, bevor sie wieder in ihr langsames, unentschlossenes Tempo fallen.

Ich trinke und warte, bis seine Schicht vorbei ist. Wir haben eine Verabredung. In den frühen Morgenstunden wird er sich auf Zimmer 120 schleichen und sich zu mir legen. Erschöpft von allem und bereit, den Trost eines Fremden anzunehmen.

Der andere

Vielleicht ruft heute jemand an, dachte er und blickte aufs Telefon und schloß die Augen und dachte an die Stammgäste des Bahnhofsrestaurants, denen er seine Nummer gegeben hatte.

Der Barkeeper vom »Eldorado« saß immer allein am Tisch und trank ein Mineralwasser und starrte auf die Reisenden mit ihren Koffern. Er hatte den Zettel angenommen und sich nicht gewundert. Als wäre es selbstverständlich, daß ein Kellner den Gästen seine Telefonnummer gab. Andere fühlten sich belästigt und zerrissen das Stück Papier vor seinen Augen. Er verzichtete mit Absicht auf Visitenkarten, weil er handschriftliche Mitteilungen persönlicher fand. Der Junkie mit der tätowierten Rose auf der linken Hand hatte einmal spät nachts angerufen und ihn für irgendeinen Dealer gehalten und beschimpft. »Wir rufen Sie bald an. Ehrenwort«, hatten die weißhaarigen Zwillingsschwestern versichert, die jeden zweiten Montag ins Restaurant kamen und Apfelkuchen mit Sahne bestellten. Die beiden würden sich bei ihm melden, wenn sie erfuhren, daß der Geschäftsführer ihm gekündigt hatte. »Die Gäste haben sich über Ihre Aufdringlichkeit beschwert«, hatte er gesagt und nicht glauben wollen, daß alles ganz anders war. Der Barkeeper vermißte den Kellner wahrscheinlich schon, der ihm manchmal eine Mahlzeit hingestellt hatte, ohne sie abzurechnen. Auch vielen anderen mußte es aufgefallen sein, daß sie seit sechs Wochen von einem neuen Kellner bedient wurden. Vielleicht würde heute einer von ihnen anrufen, weil Weihnachten war.

Er zählte bis zwanzig und öffnete seine Augen, und das Telefon war noch da und stand neben seinem Bett und war grün, und nichts hatte sich verändert. Er fiel auf das Bett zurück und hörte sein Herz, das aufsässig um sich schlug. Die Lampe hing an ihrem Platz. Im Hinterhof trat jemand gegen die Mülltonne, und in einer anderen Wohnung hörte jemand Weihnachtslieder.

Er lächelte und beschloß, daß alles in Ordnung war. Ein ganz gewöhnlicher Montagmorgen. Es gab keinen Grund, in Panik zu geraten. Nichts Unheimliches lauerte in den Dingen. Harmlos war das Scheppern der Mülltonnen, und im Einklang mit allem waren die Weihnachtslieder. Er hob den Kopf und lauschte, fast andächtig. Stimmen und Schritte waren im Haus und umgaben ihn mit der Gegenwart anderer.

Er zündete sich eine Zigarette an und inhalierte den Rauch. In seinem Kopf drehte sich das Karussell. Er ließ es geschehen und rauchte und versuchte, an nichts zu denken.

»Setz deine Mütze auf!« rief eine Frau besorgt im Treppenhaus. Der kleine Junge aus dem dritten Stock sprang die Stufen herunter.

»Du siehst häßlich aus«, hatte ein Kind im Restaurant gesagt, dem Kellner die Zunge rausgestreckt und war nur halbherzig von den Eltern gerügt worden. Er hatte sich gerächt und heimlich aufs Erdbeereis gespuckt, bevor er es an den Tisch brachte.

Er lag auf dem Bett und rauchte und versuchte, sich an einen Weihnachtsmorgen in der Kindheit zu erinnern, aber ihm fiel nichts ein. Nach einer Weile gab er es auf und sah, daß die Zigarette ein Loch in die Bettdecke gebrannt hatte. Kommt nicht mehr darauf an, dachte er und betrachtete sein Zimmer, in dem das Chaos die Unordnung überwunden hatte und jetzt eine geradezu harmonische Ordnung bildete.

Er drückte die Zigarette in dem Kristallaschenbecher aus, den er sich vor wenigen Wochen zum fünfunddreißigsten Geburtstag geschenkt hatte, und einen Augenblick lang bewegten sich seine Finger darin wie unheimliche Insekten, die langsam auf ihn zukamen. Schweiß trat auf seine Stirn. Er konnte sich nicht wehren. Dann war es vorbei, und seine Hand kehrte zurück und war eine Hand. Er stand auf und war dankbar, daß es ihm gelang. Mein Körper gehorcht mir, dachte er und fühlte so etwas wie Hoffnung. Der Dezemberhimmel lastete wie eine Androhung auf dem Hinterhof, aber Himmel und Hof waren draußen. Er stand in seinem Zimmer und war in Sicherheit. Auch die Gegenstände waren ohne Feindschaft.

Vielleicht würde er nachher den Wirrwarr der Papiere auf dem Schreibtisch ordnen und sogar einen Zusammenhang erkennen. Es gab Stunden, die waren wohlwollend und ohne Schrecken. Er stand in seinem Zimmer, und das Herz schlug keinen Lärm mehr, und alles war noch möglich. Er könnte dem Geschäftsführer einen Brief schreiben und versuchen, das Mißverständnis zwischen ihnen zu klären.

Langsam ging er in sein Badezimmer und näherte sich vorsichtig dem Spiegel. Auch heute, am 24. Dezember, begegnete er wieder dem Fremden, der gleichgültig durch ihn hindurchsah. »Ich werde das Gesicht jetzt rasieren«, sagte er mit trotziger Entschlossenheit, aber der Fremde reagierte nicht.

Wütend schäumte er ihn ein und nahm das Risiko auf sich, daß der andere unter dem Rasierschaum ein Eigenleben führte. Dann wandte er sich ab, um sich jäh wieder umzudrehen und den Fremden bei einem Attentat auf sich zu überlisten. Der aber hatte ihn durchschaut und wischte sich spöttisch den Schaum vom Gesicht.

»Ich lasse mich nicht einschüchtern«, sagte er und ärgerte sich über die Weinerlichkeit in seiner Stimme. Er verließ schnell das Badezimmer, um keine weitere Niederlage zugeben zu müssen.

Eine Weile stand er im Flur und sah zu, wie er zitterte. Die Stimmen und Schritte im Haus gingen jetzt über ihn hinweg wie eine Verhöhnung. Die lauten Weihnachtslieder waren im Einklang mit allem, was ihn bedrohte.

Die Hauptstadt von China heißt Peking, dachte er. Das war eine vorläufige Gewißheit, an der er sich festhalten konnte.

»Hör auf zu zittern!« sagte er streng. Sein Körper leistete noch einen Moment Widerstand, dann konnte er ins Zimmer gehen.

Es war möglich, daß die Zwillingsschwestern selbst an diesem Montag ins Bahnhofsrestaurant kämen. Niemand konnte ihm verbieten, den beiden Gesellschaft zu leisten.

Er wollte jedoch lieber warten, bis sie sich bei ihm meldeten. Er würde die Schwestern zu sich einladen und Apfelkuchen und Sahne besorgen. Der Fremde im Spiegel sollte sehen, daß es gute Freunde gab. Sie hatten viel zu tun und waren oft verhindert wie der Barkeeper aus dem »Eldorado«, aber sie ließen einen Freund nicht im Stich, wenn er sie brauchte.

»Ich werde zur Feier des Tages irgendwo mit mir frühstücken. In einem kleinen Café«, sagte er den Dingen, während er sich anzog. Nachdem er seinen Job verloren hatte, war er nur noch selten ausgegangen. Dabei konnte er sich mit dem Geld, das er in den letzten Jahren gespart hatte, einen gewissen Luxus leisten. Natürlich hatte er der Sachbearbeiterin vom Arbeitsamt nichts davon erzählt. Selbst von der Arbeitslosenunterstützung blieb jeden Monat eine kleine Summe für Extras übrig. Er könnte den Barkeeper zu einer Reise ans Meer oder in die Berge einladen. Irgendwohin, wo alles anders war.

Er nahm sich vor, fröhlich auszusehen, und verließ seine Wohnung, die Tür schwungvoll hinter sich zuschlagend. Als er die Stufen runtersprang, bemerkte er schuldbewußt, daß er vergessen hatte, seine Mütze aufzusetzen.

Im Hinterhof traf er die Hauswartsfrau, die langsam den Besen vor sich herschob.

»Ihr Gesicht ist noch voller Schaum«, rief sie und lachte

ein Lachen, das ihm hinterhältig erschien. Er blieb stehen und fühlte sich verdächtig.

»Ja, ja, immer in Eile, die ledigen Männer, immer im Streß, auch die Weihnachtseinkäufe, alles in letzter Sekunde«, plapperte sie drauflos. Er war sicher, daß hinter ihrer Harmlosigkeit etwas anderes lauerte. Mit dem Mantelärmel rieb er sich das Gesicht ab und suchte eine belanglose Bemerkung, um ihren Verdacht auf eine falsche Spur zu lenken, aber nicht die kleinste Floskel bot sich an.

»Morgen werde ich ihn rasieren«, hörte er sich schließlich sagen und erschrak. Aber die Hauswartsfrau hatte sich bereits abgewandt und fegte weiter den Hof. Er stand da und sah ihren krummen Rücken. Seine Gedanken waren schnelle Messer, die auf sie einstachen. Vielleicht war es besser, sofort in die Wohnung zurückzukehren und auf den Fremden im Spiegel aufzupassen. Aber würde das nicht den Verdacht der Alten nähren, die jetzt scheinheilig den Hof fegte und so tat, als hätte sie nichts bemerkt?

»Frohe Weihnachtstage«, rief er, und seine Stimme klang etwas zu schrill, doch er hatte einen unverfänglichen Satz gefunden.

Schnell trat er auf die Straße und tauchte in der Geschwindigkeit der anderen unter. Die Bäume funkelten kalt und elektrisch, und auch an den meisten Fenstern flimmerte Festbeleuchtung. Alle Weihnachtslichter schienen ruhelos und taten seinen Augen weh.

»Weitergehen! Nicht stehenbleiben!« flüsterte es in seinem Kopf, und er ging und gehorchte. An einer Haltestelle stand ein Bus.

Er stieg ein und stellte sich zu den anderen. Eine kleine Mutprobe, dachte er, und sein Herz randalierte, aber niemand hörte es.

Ihm war gleichgültig, wohin der Bus fuhr, solange alles in Bewegung war und der Fremde im Spiegel blieb. Irgendwann würde der Gegner ausbrechen und zuschlagen, doch bis dahin ließe sich ein Verteidigungsplan ausdenken. Vielleicht hatten die Zwillinge eine Idee. Sie waren alt und kannten das Leben. Es war möglich, daß in diesem Augenblick in der Wohnung das Telefon klingelte. Er bedauerte jetzt, daß er keinen Anrufbeantworter besaß. Niemand konnte eine Nachricht hinterlassen.

Ein dicker Mann mit einer Zeitung vor dem Gesicht trat ihm auf die Füße und murmelte eine Entschuldigung. Alles nur Tarnung, dachte er und war stolz, daß er ihn durchschaute. Er sah mutig um sich, und sein Blick stürzte nicht ab inmitten der rasierten Gesichter, die alle wie Feinde aussahen. Ich muß damit fertig werden, dachte er und senkte den Blick vor niemandem.

Neben ihm stand jetzt ein Liebespaar, das zärtliche Albernheiten austauschte. »Wenn du mich noch einmal kitzelst, beiß ich dir was ab«, sagte das Mädchen und kicherte in die Jacke des Jungen, der verwegen vor sich hin grinste und gewillt schien, es darauf ankommen zu lassen. Das Mädchen sagte noch etwas, was er nicht verstand, und der Junge lachte und sah aus wie jemand, der sich vor nichts fürchtete.

Er blickte zur Seite. Da war ein Schmerz in seinem Kopf. Er erinnerte sich an seine Sehnsucht nach jener Verwegenheit, die der Junge neben ihm mit Selbstverständlichkeit im Gesicht trug.

Damals hatten alle Spiegel Akne. »Auf die inneren Werte kommt es an«, hatte die Mutter gesagt, aber sie konnte ihn nicht trösten.

Er hatte sein Gesicht gehaßt. Die anderen waren schön geworden nach der Pubertät, und er hatte auch noch mit zwanzig ein Narbengesicht. Keine Frau sah seine inneren Werte, wenn er sie ansprach, um sie ins Kino oder in die Diskothek einzuladen. Manchmal war er zu irgendeiner Nutte gegangen, doch was er sich wünschte, war nicht käuflich zu erwerben.

Jetzt war er fünfunddreißig, und noch immer war kein Wunder passiert.

Ein älterer Herr musterte ihn streng durch die Brille, und er merkte, daß Tränen über sein Gesicht liefen. Als der Bus wieder hielt, stieg er aus und verschwand in der Menge. So etwas kommt vor, dachte er und bemerkte, daß er rannte. Erschöpft blieb er vor einer Bäckerei stehen und zündete sich eine Zigarette an. »Sei kein Narr«, befahl er sich und zählte bis zwanzig und beschloß, daß alles in Ordnung war. Ich bin ein Mann, der ein Schaufenster betrachtet, dachte er und entdeckte zwischen all den bunten Torten und Weihnachtsstollen eine zierliche Lebkuchenfrau, die ihn an das Mädchen im Bus erinnerte. Sie hatte blaue Zuckeraugen, und ihr roter Mund strahlte mitten durch ihn hindurch. Er ließ die Zigarette fallen und betrat den Laden.

»Soll ich es in eine Tüte packen?« Die Stimme der Verkäuferin klang wie vergifteter Honig. »Nein, keine Tüte«, wehrte er ab und biß in den Arm der Verkäuferin, als sie ihm die Lebkuchenfrau überreichte. Jemand schrie, und er stand da und betrachtete den Abdruck seiner Zähne auf der fremden Haut. »Ich rufe die Polizei«, gellte es in seinem Kopf, und er nickte und grinste verwegen, bevor er das Geschäft verließ.

Nach einer Weile aß er die Lebkuchenfrau auf. Erst zögernd, dann entschlossen und nicht ohne Appetit.

Die Namen der Straßen waren ihm unbekannt, aber er kümmerte sich nicht darum. Ich führe mich auf wie ein Verrückter, dachte er und war erstaunt, daß der Gedanke keinen Schrecken mehr besaß.

Als er an einem Café vorbeikam, erinnerte er sich vage an seine Absicht, irgendwo zu frühstücken, und ließ es dabei bewenden.

Nicht so wichtig, dachte er und vergaß auch diesen Gedanken.

Er setzte einen Schritt vor den anderen, und der Vormittag verging. Manchmal bog er in eine Seitenstraße ein, um nicht immer geradeaus zu gehen.

Vielleicht war das »Eldorado« in der Nähe. Er könnte hingehen und sich erkundigen, ob der Barkeeper seine Hilfe brauchte. Schließlich waren sie befreundet und würden bald gemeinsam verreisen.

Es mußte einen Grund geben, warum sein Freund bis jetzt noch nicht angerufen hatte. Möglicherweise war der Zettel mit der Telefonnummer verlorengegangen. Dem Geschäftsführer des Bahnhofsrestaurants war zuzutrauen, daß er sich weigerte, Fragen nach seinen Angestellten zu beantworten. Selbst dann, wenn es sich um einen entlassenen Kellner handelte. Wahrscheinlich wußten viele Stammgäste immer noch nicht, was vorgefallen war. Sie wähnten ihren Lieblingskellner im Urlaub und waren überzeugt, daß er im neuen Jahr wieder auf seinem Posten war.

Er würde noch einige Tage verstreichen lassen und dann im »Eldorado« ein Bier trinken. Wie gut, daß ihm ein Kollege damals verraten hatte, wo der Barkeeper arbeitete. Es gab keinen Grund, ungeduldig oder unruhig zu sein. Spätestens im neuen Jahr würde sich alles zum Guten wenden. Freundschaft war auf Vertrauen angewiesen. Er wollte nicht aufdringlich erscheinen und den Eindruck erwecken, als zweifelte er an seinem Freund.

»Haste mal ne Mark?« fragte ein Mädchen in einer Jeansjacke. Es hockte neben einem Schäferhund und sah verfroren aus. Er kramte nach Kleingeld und warf es in die Schachtel, in der nun neben den Groschen mehrere Zweimarkstücke blinkten. »Bist in Ordnung«, murmelte das Mädchen, und er wurde rot vor Freude. Gerne hätte er den Hund gestreichelt, aber er traute sich nicht. Er überlegte, ob er einen der Zettel rausholen sollte, die er immer bei sich trug. Eine Telefonnummer konnte niemanden kränken. Sie war leicht wie eine Hoffnung und verpflichtete zu nichts.

»Du bist okay, aber jetzt verpiß dich«, murmelte das Mädchen, nicht böse, eher müde.

Er erschrak und ging schnell weiter.

Er überquerte die Straße und setzte sich in eine Kneipe, in der man sich schon früh am Tag betrinken konnte.

Neben der Musikbox stand ein älterer Mann, der mit heiserer Stimme die Schlager mitsang und einem imaginären Publikum Kußhände zuwarf.

Er hörte ihm zu, bestellte Bier und Schnaps und goß alles hastig in sich hinein. Die Kellnerin kannte sich aus und stellte gefüllte Gläser vor ihn. Er brauchte nur dazusitzen und abzuwarten.

Die Zeit verging, er trank, und nichts veränderte sich. Die Nüchternheit blieb in ihm und alles andere auch. Er beneidete jeden um seine Betrunkenheit. Neben ihm saßen Familienväter, die sich auf die Bescherung vorbereiteten. Sie knallten Karten auf den Tisch und soffen und gaben sich männlich und lachten über irgendwelche Zoten.

Vor einigen Jahren hatte er verschiedene Witze auswendig gelernt, um mitreden zu können, aber jetzt fiel ihm keiner ein, und es war ihm auch egal. Die Kellnerin schäkerte mit den Gästen, nannte sie beim Namen und warf den Kopf zurück, wenn sie lachte. Sie hatte einen sinnlichen, weichen Körper. Er überlegte, wann er zum letzten Mal mit jemandem geschlafen hatte, doch er konnte sich nicht erinnern. Ein Glas fiel auf den Boden und zersprang. Die Kellnerin drohte irgend jemandem scherzhaft mit dem Finger. Er saß und trank und versuchte, sich auf das kommende Jahr zu freuen. Auf einen Nachmittag mit den Schwestern in seiner Wohnung. Bei Kaffee und Apfelkuchen mit Sahne. Auf die Reise mit seinem Freund. Wahrscheinlich würden sie nicht in die Berge, sondern ans Meer fahren. Der Schrei der Möwen. Der Strand. Vertrauliche Gespräche am Abend. Der Geschäftsführer würde seinen Brief lesen und sich bei ihm entschuldigen. »Ich habe Sie falsch eingeschätzt. Bitte kommen Sie zurück. Wir brauchen Sie.«

Er stand auf, zahlte und ließ sich ein Taxi rufen. »Kommt gleich«, sagte die Kellnerin und lächelte. Er wußte nicht, ob das Lächeln ihm galt oder einem anderen Gast. Es wäre wichtig gewesen, das herauszufinden, aber er hatte keine Worte, um sich auszudrücken. Das Taxi kam. Er stieg hinten ein und schloß die Augen und wollte nichts mehr sehen. Der Fahrer mokierte sich über den Weihnachtsrummel und machte Anspielungen, die er nicht verstand. Er schwieg, und nach einer Weile sagte auch der Fahrer nichts mehr. Es gab nur die Geräusche der Straße und das Gedudel irgendwelcher Leierkästen. Dann hielt das Taxi. Er stieg aus und stand vor dem Haus, in dem er wohnte.

Hinter den Fenstern war Licht, und daran erkannte er, daß es schon Abend war. Aber auch das war nicht sicher, denn im Dezember wurde es früh dunkel. Er zuckte gleichgültig die Achseln und trat in den Hinterhof, der jetzt leer war.

Die Dunkelheit griff nach ihm, und er ließ es zu und stieg schwer die Treppe hoch. Irgendwo fiel ein Schuß, wahrscheinlich stürzte jetzt in allen Fernsehgeräten des Hauses ein toter Weihnachtsmann vom Pferd, aber das ging ihn nichts an.

Er schloß seine Wohnung auf und trat in die Stille und stand im Flur und lauschte, aber er konnte sein Herz nicht hören.

Dann stieg Übelkeit in ihm auf. Er rannte in sein Badezimmer und erbrach sich vor dem Fremden im Spiegel. Sachlich beobachteten beide, wie es floß und sich verteilte. Alles hatte seine Richtigkeit. Der Fremde nahm das Rasiermesser, es gehorchte und tanzte über sein Gesicht, er summte eine Melodie, die an das Weihnachtslied erinnerte, das er beim Aufwachen gehört hatte.

»Das Chaos feiert keinen Triumph über dich. Du feierst das Chaos«, sagte der Fremde und lachte. Sein Lachen war ansteckend, und er empfand plötzlich Zärtlichkeit für den anderen. Sie gingen beide ins Zimmer und warfen das Sofa um und den Schreibtisch und lachten und schnitten die Telefonschnur durch und lachten immer lauter. Dann legten sie sich auf das Bett, und der andere umarmte ihn, und sie beschlossen, nicht mehr aufzustehen.

Umarmungen am Ende der Nacht

Martin wußte, was Rolf erwartete. Sein bettelnder Körper war ein Vorwurf. Aufdringlicher als das teure Eau de Toilette, das er über sich schüttete, strömte sein Verlangen aus allen Poren.

Liebst du mich nicht mehr? Begehrst du mich nicht mehr? Weder diese noch andere stummen Fragen gingen Martin unter die Haut, aber er drehte Rolf auf den Bauch und drang in ihn ein. Machte ihn zur Sau. Machte ihm den Hengst. Fickte ihn die Wände hoch. Nagelte ihn fest. Rammelte brutal bis zum Anschlag. Härter. Tiefer. Schneller.

Martin war gelangweilt, doch er stieß mechanisch zu und leierte den vereinbarten Text runter, bis Rolf endlich abspritzte. Schnell verschwand Martin im Bad, um sich der Gefahr weiterer Berührungen zu entziehen. Rolf war danach immer unerträglich zärtlich.

Martin versuchte, den kalten Wasserstrahl auf seiner Haut zu genießen, aber er fühlte nichts. Auch nicht für den muskulösen Dreißigjährigen, den er an den verspiegelten Wänden gleich mehrfach betrachten konnte. Nach wie vor taugte er zum Objekt der Begierde, doch das war ihm egal. Martin ließ das Wasser über seinen Körper rieseln und war dankbar, daß Rolf nicht wie früher kam, um mit ihm zu duschen. Es war anstrengend, Gefühle vorzutäuschen.

Wann hatte er aufgehört, sich für das Leben zu interessieren? Er funktionierte und lieferte den Text ab, den seine Rolle vorschrieb. Er war ein beliebter Lehrer. Ein geschätzter Kollege. Ein freundlicher Nachbar. Ein guter Freund. Ein zuverlässiger Partner. Ein potenter Liebhaber.

Niemand, nicht einmal Rolf, schien wahrzunehmen, daß er sich entfernte. Rolf vermutete eine kleine depressive Verstimmung. Eine harmlose Krise ihrer fünfjährigen Partnerschaft. So etwas war normal.

So etwas kam in allen Beziehungen vor.

Martin wußte nicht, was mit ihm geschah. Er schaute zu, wie die Gleichgültigkeit von ihm Besitz nahm. Sie war eine Droge, der er jeden Tag etwas mehr verfiel.

Ein schläfriger Rausch. Materialisierte Abwesenheit. Noch gelang es ihm, aus dem Gedächtnis täglich die vertraute Gestalt zu entwerfen, die alle kannten. Er diskutierte mit seinem alten Freund Tobias über Politik und Kunst. Er reagierte humorvoll auf die Scherze seiner Kollegin Sabine. Aber etwas in ihm war bereit, alles zu zerstören. Warum nicht mit diesem Bad beginnen? Gefliest, gekachelt und verspiegelt, lud es ein zur Verwüstung. Und dann weitermachen mit ihrer schönen Vier-Zimmer-Wohnung, die er täglich mit Inbrunst putzte. Jedes Detail ein kleines Heiligtum, dem er mit Staubtuch und Feudel diente. Warum nicht alles kurz und klein schlagen? Den Dingen und Pretiosen ihre Zerbrechlichkeit beweisen. Mit einer entschlossenen Handbewegung den Plunder aus der Welt schaffen. Alles zerstören, was sich in diesen Jahren angesammelt hatte. Schluß machen mit ihrer mittelmäßigen Idylle. Der aufgeräumten Durchschnittlichkeit. Kaputtmachen, was niedlich und geschmackvoll ihr austauschbares Dasein bewies.

Martin versuchte, so etwas wie Zorn oder zumindest Ekel zu empfinden, doch selbst die Vorstellung, in ihrer Wohnung Amok zu laufen, ließ ihn kalt.

»Alles in Ordnung?« Rolf klang beunruhigt.

»Ja. Alles in Ordnung.«

Martin legte sich neben Rolf, der sich sofort anschmiegte und verliebtes Kauderwelsch brabbelte. Nach einer Weile nuckelte Rolf wie ein hungriger Säugling an seinem Schwanz, und Martin stöhnte auf, bevor er in seinen Schlaf fiel. Wieder folgte er der Blutspur im Schnee. Auch in diesem Traum war er nackt. Er fror nicht. Die Kälte war seine Heimat. Er war in seinem Element. Er ging ruhig und konzentriert. Er fürchtete sich nicht vor dem toten Mann, der seine schwarze Lederjacke trug. Seine Hose, seinen Pullover, seine Schuhe. Martin wußte, daß er selbst es war, der dort mit verrenkten Gliedmaßen im Schnee lag.

Wieder schaute er in seine weit aufgerissenen Augen, als könnte er in ihnen eine letzte Botschaft entdecken. Irgendeine versteckte Nachricht, ein heimliches Zeichen. Vielleicht sogar einen Hinweis, wer ihn getötet hatte.

Martin hob den Toten auf seine Arme und wunderte sich nicht, daß er leicht war wie ein leerer Koffer. Nichts wogen die Jahre, keine Wahrheit hatte Gewicht. Martin trug den Mann durch eine weiße Landschaft, die von Blut besudelt war, als hätten die Wölfe ihr Opfer gefunden. Die Verbindung von Schnee und Blut erregte Martin, und er küßte den Mund des Toten, während sein Sperma weiß und kalt in die Landschaft tropfte.

»Ich habe dich schändlich mißbraucht, aber ich konnte nicht widerstehen.« Rolf saß auf ihm und lachte wie ein Kind, das gerade jemandem einen Streich gespielt hatte. Das rote, struppige Haar, die runden Schultern, sein weißes Fleisch, alles schien so jung und unverletzbar, lodernd vor Kraft und Zustimmung, doch schon jetzt hockte der Greis im Körper und verrichtete seine Arbeit. Gründlich und unerbittlich.

»An wen denkst du?« Rolf spielte die Eifersucht, die er tatsächlich empfand.

»An einen alten Bauern, der ein Weizenfeld mäht.«

»Wenn dich das geil macht.« Rolf hüpfte auf und ab, und Martin ließ es eine Weile zu, dann warf er den Reiter ab und trabte ins Bad. Dort erinnerte nichts an seine Phantasien vom letzten Abend.

Seine Spiegelbilder hingen sinnlos und steril in ihren Rahmen. Ausdruckslos und ausweglos.

»Frühstücken wir im Schwarzen Café? Haben wir lange nicht mehr gemacht. Weißt du noch, vor fünf Jahren? Mein Tomatensaft auf deinem weißen Pullover? Du warst blaß, als wärst du gerade einem Mordversuch entgangen.« Rolf schwatzte fröhlich drauflos, und Martin erinnerte sich an die angstvolle Heftigkeit seiner Liebe für diesen jungen Mann, der so unbekümmert zu leben wußte.

Sachlich schaute er auf seine Erinnerung, ohne Trauer über den Verlust. Ihm war, als betrachtete er einen Film, der nichts mit ihm zu tun hatte.

»Keine Zeit. Muß Aufsätze korrigieren. Beim nächsten Mal.« Martin ahmte seine Sonntagmorgenstimme aus vergangenen Jahren nach, während er sich mit der Rasierklinge kleine Wunden zufügte. Er fühlte keinen Schmerz, und sein Blut, das sich mit dem weißen Schaum vermischte, war ein lächerliches Bild. So lächerlich wie die blutenden Spiegelbilder, die jetzt ihre Gesichter in weiße Handtücher drückten, als könnten die Blutflecke irgend etwas beweisen.

»Wärst du böse, wenn ich mit Stefan frühstücke? Wir haben uns ewig nicht gesehen. Außerdem habe ich gehört, daß er das neue Stück von seiner dicken Freundin Anne am Freien Schauspiel herausbringen will. Vielleicht hat er eine Rolle für mich. Ich bin zwar eine behütete Lehrersgattin, aber es wird Zeit, daß ich mal wieder etwas tue. Und eine Uraufführung ist immer gut. Da kommt mehr Presse als sonst bei irgendeiner Premiere. Natürlich mache ich nur mit, wenn die Rolle groß genug ist. Stefan war mal verliebt in mich, und was noch wichtiger ist, er weiß, daß ich ein guter Schauspieler bin. Soll froh sein, wenn ich ihm mein Talent zur Verfügung stelle. Meinst du nicht auch?« Rolf plapperte unter der Dusche, und die Männer im Spiegel lauschten dem Wasserfall, während Martin an tote Vögel dachte. Die tote Taube auf der Straße. Vor ein paar Tagen. Warum hatte er sie aufgehoben und eine Weile mit sich herumgetragen, um sie dann kurz vor dem Eingang der Schule wegzuschmeißen? Der tote Schwan auf dem See. In seiner Kindheit. Sein Vater lachte über seine Tränen, und er hatte sich geschämt.

Martin fühlte nichts für das Kind, das er einmal gewesen war. Auch nicht für den Vater, vor dem er sich gefürchtet hatte. Gestalten aus einem vergilbten Buch.

Er schaute auf sein Leben, wie ein Zuschauer, der zur Kenntnis nahm, daß Martin anfing, sich seltsam zu verhalten, aber ohne die Ambition, Einfluß zu nehmen auf den unvermeidlichen Ablauf von etwas, das Martin noch nicht begriff.

»Hat mein armer Liebling sich geschnitten?« Rolf preßte seinen glitschigen Körper an Martin. Sein dünner, harter Schwanz war ein Fisch, den Martin ins Wasser zurückwarf. Er drehte allen Schwänen die langen Hälse um.

Rolf winselte vor Schmerz, doch Martin hörte nicht auf. Blut und Scheiße liefen über seine Schenkel, während das Wolfsrudel im Spiegel auf seinen Anteil lauerte.

»Warte nicht auf mich. Kann spät werden.« Die Tür fiel ins Schloß. Martin lauschte den Schritten, die sich entfernten. Wuchtige Vaterschritte. Fest und unversöhnlich, als wollten sie den Boden mißhandeln. Der Zorn des Vaters war ein Stempel. Auf jeder Treppenstufe. Auf allen Straßen. »Kann spät werden.« Das Kind klammerte sich an diesen Satz wie an ein Versprechen. Eine Weile war es in Sicherheit, bis der Vater zurückkehren würde, um seinen Rausch mit dem Sohn zu teilen. Die starken Vaterhände meinten es gut, wenn sie zuschlugen, um aus dem Weichling einen Mann zu formen. Der Sohn wollte kein Schlappschwanz werden, der dem Kampf des Lebens nicht gewachsen war. Tapfer hielt er jeden Schmerz aus, aber selbst dann, wenn es ihm gelang, die Züchtigung hinzunehmen, ohne zu weinen, war der Vater voller Verachtung.

Martin wunderte sich über die Erinnerungen, die sich aufdrängten, als bettelte der Junge, der er gewesen war, um sein Mitgefühl. Er hatte seine Kindheit überlebt. Es gab keinen Grund, sentimental zu werden. Ihm waren Menschen ein Greuel, die ihre Zeit damit verbrachten, in den Wunden der Vergangenheit zu wühlen.

»Führst du Selbstgespräche?« Rolf steckte seinen roten Haarschopf durch die Tür und grinste spöttisch.

»Ich dachte, du wärst schon weg.«

»Wunschdenken, mein schöner Eremit. Aber jetzt. Warte nicht auf mich. Kann spät werden.« Rolf warf ihm eine Kußhand zu und verschwand.

Die Tür fiel ins Schloß. Martin lauschte den Schritten. Rolf ging immer leichtfüßig und beschwingt. Auch seine Schritte verrieten seine einfältige Lebensfreude, sein simples Einverständnis mit jedem Augenblick. Martin fühlte keine Liebe, aber an diesem Sonntag war er dankbar für die Harmlosigkeit des Lebens, in dem er sich eingerichtet hatte. Rolf würde es gleich mit Stefan treiben, und er würde Aufsätze korrigieren. Das alles war wohltuend banal. Vielleicht war auch alles sinnlos, aber was ging ihn das an? Er hatte das Spiel durchschaut.

Martin stellte sich vor, wie Stefan seinen unersättlichen Rolf fickte oder fistete oder anpißte. Schauspieler und Regisseur. Zwei unbegabte Theaterfuzzis, die ihre Erfolglosigkeit mit Geilheit kompensierten. Sie unterschieden sich nicht von kopulierenden Pavianen. Daß er auf diese Vorstellung mit einer Erektion reagierte, bewies nur seine Zugehörigkeit zum Menschenzoo. Auch das geheimnisumwitterte Triebgeschehen, das abgetakelte Freudianer und jeden Talkshow-Gast zu ermüdenden Monologen inspirierte, war nur trivial.

Rührend und komisch waren die Lügengeschichten von Rolf, der sich immer wieder etwas ausdachte, um Gefühle zu schonen, die Martin nicht empfand.

»Im Wienter baue ich mit meinem Papa einen grosen Schneman.«

Martin hatte mit seinem Vater nie einen Schneemann gebaut, doch in seinen Aufsätzen hatte er ein glückliches Familienleben erfunden. Vielleicht war auch Kai ein mißhandeltes Kind. Was wußte er von Petra, die mit ihren »Freunten Schliten fehrt«? Auf die eine oder andere Weise waren sie alle

Opfer von Eltern, die ihrerseits Opfer gewesen waren. Mütter, die ihre Kinder durch hysterischen Ehrgeiz zerstörten, Väter, die alles, was sie selbst nicht erreicht hatten, auf ihre wehrlosen Söhne projizierten.

Alle Erziehungsberechtigten waren potentielle Psychopathen, die ihre Kinder als Krüppel und Monster ins sogenannte Leben entließen. Was Eltern an Unversehrtheit übrigließen, erledigten die Lehrer mit kollektiver Billigung.

Martin wußte, daß er gerade komplizierte Sachverhalte unzulässig und nicht besonders intelligent verallgemeinerte, aber er war zu träge, um andere Gedanken zuzulassen. Wie in Trance richtete er in den Wintertagen seiner Schüler ein Blutbad an. Verträumt tänzelte die Spitze seines Füllfederhalters über die vollgekritzelten Seiten. Seine rote Tinte war tödlich für den Papa von Kai, der sich am Schneemann festhielt, bevor beide zu Boden sanken. Kein Erwachsener entging seinem Schicksal. Der Onkel von Daniel fiel in der Schneeballschlacht, die Mutter von Heike brach ins Eis ein und ertrank. Martin zensierte auch die fehlerhaften Aufsätze der armen Waisen mit »sehr gut«. Kai weinte, weil er noch nicht begriff, daß nur tote Väter gute Väter waren. Martin umarmte den schmächtigen Jungen und tröstete ihn mit Berührungen, die ihm zu gefallen schienen. Er spürte die Hände des betrunkenen Vaters auf seinem Körper. Manchmal waren die Hände sehr sanft und geduldig und weckten Empfindungen, die das Kind verwirrten.

Der zärtliche Vater, der sich an ihn klammerte und nach Alkohol und Zigaretten stank, machte ihm mehr Angst als der Wutvater, doch neben dem Schrecken gab es ein Gefühl von Überlegenheit, das der Sohn genoß. Als wären die Größenunterschiede aufgehoben und für ungültig erklärt. Als wäre jetzt der Vater das Kind und der Sohn ausgestattet mit der Macht, zu strafen oder zu vergeben.

»Wäre Mama da, wäre alles anders. Jetzt haben wir nur noch uns. Wir sind ein Fleisch und Blut. Wir müssen zusammenhalten«, lallte der Vater, während er einen großen

Schmerz in den Sohn stieß. Das Kind biß die Zähne zusammen und schrie nicht. Vielleicht war Mama weggelaufen, weil es so weh getan hatte. Der Sohn war kein Weichling. Als sein Wellensittich tot im Käfig lag, hatte er keine Träne vergossen. Nicht vor dem Vater, und nicht heimlich. Der Vater hatte den Vogel in den Mülleimer geworfen, damit war die Sache erledigt.

Martin war stark. Nicht nur wegen der Gewichte, die er täglich stemmte. Seine Schulkameraden bewunderten seine Muskeln, aber niemand sah, daß er auch innen unbesiegbar war.

»Männer können ein Geheimnis für sich behalten, nicht wahr?« flüsterte der Vater, bevor er Martin erlaubte, in den Schlaf zu fliehen.

»Darf ich bitte vorbeikommen?« Martin hörte seiner devoten Stimme zu, doch Hans war noch nicht zufrieden. Martin bettelte und winselte und sabberte den Telefonhörer voll, bis Hans endlich barsch seine Erlaubnis erteilte.

Ein trüber Sonntagnachmittag im Januar. Kein Schnee, und auch die Kälte war ohne Kraft. Trotzdem starrten die Leute in ihren Mänteln ungläubig auf sein T-Shirt. Manchmal trafen ihn lüsterne Blicke, aber die waren für Martin so selbstverständlich wie die gierigen Tauben in den Straßen. Er kümmerte sich nicht um die anderen, die erschöpft durch diesen Sonntag im Januar gingen, als wüßten sie, daß sie auch vom neuen Jahr nichts zu erwarten hätten.

Es war kein Optimismus, der Martin von den anderen unterschied. Keine Hoffnung auf Unerfüllbares. Er wußte, daß sich dieses Jahr auf etwas zubewegte, das andere als Katastrophe bezeichnen würden. Er aber hatte ein friedliches Einverstandensein mit dem Dunklen, das sich in ihm zusammenbraute. Er würde keinen Widerstand leisten.

Martin war sich noch nicht klar, welche Rolle Hans in diesem letzten Akt spielte. Er hatte den Fünfundfünfzigjährigen in einer Lederbar kennengelernt und sich von ihm in eine schmutzige Hinterhauswohnung abschleppen lassen. Hans war ein Alkoholiker, der gerne den Master mimte. Martin nahm diese Spiele nicht besonders ernst, doch es war wichtig, daß Hans sein Ding in ihn steckte. Der Vorgang hatte nichts mit Lust zu tun. Jedes Detail beteiligte sich am erwünschten Absturz. Der volle Aschenbecher, die häßlichen Gardinen, die verschwitzten Klamotten, die verstreut im Zimmer lagen, die Porzellanente auf dem Tisch. Seine Beine über der Schulter von Hans. Die flimmernden Bilder der Glotze, die Hans nie abschaltete. Seine Bierfahne. Seine Wampe. Seine grobe Ungeschicklichkeit. Martin wartete, daß es weh tat, aber das Kind gab den Schmerz nicht frei. Er schlüpfte in die Haut von Kai, doch sein Schüler verweigerte sich. Auch an diesem Sonntag gab es keine Erlösung. Martin küßte Hans' Stiefel. Kroch auf allen vieren durch das Zimmer. Hans gab Befehle, vorhersehbar und belanglos wie Drehbücher der Vorabendserien. Hans hatte keine Macht über ihn. Ihre Spielchen simulierten Wildheit und Gefahr. Wenn Martin sich schlagen ließ, war das keine wesentliche Erfahrung. Auch keine Grenzüberschreitung. Martin verlor nie die Kontrolle. Er stöhnte und wimmerte, und alles war wie die Geräuschkulisse eines durchschnittlichen Pornos. Er agierte in den vorgestanzten Wichsphantasien eines traurigen Säufers. Hans verwandelte sich in keinen Wolf. Es roch nicht nach Blut und Schnee.

»Ich träume, von meinem Mörder gefickt zu werden?« Hatte Martin den Satz gesagt oder geträumt? Hans saß in seiner fleckigen Unterhose vor der Glotze und öffnete die vierte Bierdose. Er würde nicht mehr zu ihm gehen. Hans war ein Fremder, den Martin an der nächsten Straßenecke vergessen hatte.

»Ich muß geduldig sein und warten.« Eine alte Frau, die ihren asthmatischen Dackel spazierenführte, schaute fragend in sein Gesicht. Martin lächelte und ging weiter. Die Sterne über ihm waren Wundmale auf einem schlafenden Körper. Mit dem Abend kam eine gute Kälte, in der Martin sich zu Hause fühlte. Die Kälte war seine Komplizin. Seit jener Winternacht. Der Vater war eine Schlagzeile wert. »Betrunkener vor seinem Haus erfroren.« Das Kind schlief ruhig. Im Traum flog es in ein anderes Leben. In Wirklichkeit änderte sich nicht viel. Die Jahre im Heim waren nüchtern.

Herr S. duftete wie ein Rosengarten und sprach unverblümt: »Du weißt, was dir blüht, wenn du nicht parierst.« Das Kind hielt still. Zeigte den Ekel nicht, wenn Herr S. ihm die Zunge in den Mund steckte. Prügelstrafen. Sex mit Herrn S. Mit älteren Jungs. Martin schloß keine Freundschaften. Er lernte, sich Respekt zu verschaffen. Er trainierte täglich und gehörte bald zu denen, die selber Schläge austeilten. Die Macht, die er seinen Muskeln verdankte, erregte ihn. Die Wunden seiner blutenden Opfer versöhnten ihn mit dem Leben. Seine Faust zertrümmerte das Nasenbein von Herrn S. Martin war stolz, als man ihn in ein Heim für Schwererziehbare sperrte. Jeder Tag war Kampf. Er überlebte. Jede Stunde war eine Mutprobe. Seine Kraft war sein Kapital, seine Schläge Argumente. Er konnte es sich sogar leisten, alle zu verwirren. Er las Tolstoi und Camus, und keiner wagte, ihn zu verspotten. Auch die Hartgesottenen buhlten um seine Freundschaft, aber Martin wies alle ab. Einem Jungen, der nachts heimlich weinte, erlaubte Martin manchmal, ihm den Schwanz zu lutschen, doch als der Kleine ihn küssen wollte, prügelte Martin ihn krankenhausreif.

Auch als Student suchte er keine Nähe zu seinen Kommilitonen. Tobias studierte Theaterwissenschaft und inszenierte seine Gefühle für Martin mit Poesie und Pathos. Er legte rote Rosen vor seine Tür und schrieb ihm Liebesbriefe in Versen. Martin lachte bloß, aber sie galten in der Szene als Paar, bis Martin Rolf kennenlernte. Den gierigen Rotschopf. Den jungen Schauspieler, dem Martin im ersten Augenblick verfiel. Seine Körperkraft rettete ihn nicht vor der schrecklichen Ohnmacht in Rolfs Gegenwart. Der Tolpatsch schüttete Tomatensaft über seinen weißen Pullover, doch Martin war, als würde ihm das Herz aus der Brust gerissen. Die Liebe war von Anfang an Schmerz. Schon in der ersten Umarmung verriet Martin das Geheimnis des Kindes, das nicht schlief in jener Winternacht. Die Rufe des Vaters wurden leiser. Das Kind lag im Bett und wartete, bis es still wurde vor dem Fenster.

Dann zog es mit den Wölfen in einen tiefen Schlaf. Der tote Schwan auf dem See erwachte aus seinem Traum und flog in ein anderes Leben.

Dort wartete die Mutter. Sie hatte alles vorbereitet für die Rückkehr des Sohnes. Endlich durfte er weinen.

Rolf hielt ihn wie ein Kind. Der junge Schauspieler war fasziniert von der kraftvollen Gestalt dieses Dramas. Lange glaubte Martin, daß sein Leben erst mit Rolf begonnen hatte. Die Vergangenheit war ein Alptraum, aus dem er neben Rolf erwacht war.

Über allen Tagen hatte sein kehliges Lachen gehangen. Seine fröhliche Neugier. Der junge Lehrer und der junge Schauspieler suchten sich eine gemeinsame Wohnung. Die Ernsthaftigkeit und der Übermut. Martin gründete eine Familie. Tobias verwandelte sich in den besten Freund. Zu dritt gingen sie ins Theater oder ins Kino.

Zum ersten Mal führte Martin ein ganz normales Leben, in dem es Liebe und Freundschaft gab, Konflikte, die zu bewältigen waren, Probleme, die sich lösen ließen.

»Ist es noch weit zu dir?«

Der Junge neben ihm fröstelte. Martin erinnerte sich vage an das Pornokino. Hatte er den dünnen Brillenträger aufgefordert mitzukommen? Das war nun wirklich nicht der Typ, auf den er wartete.

»Du hast doch deine Jacke. Sei nicht so zimperlich«, knurrte Martin und hielt Ausschau nach einem Straßenschild, an dem er sich hätte orientieren können.

»Ich friere trotzdem. Du mit deinem T-Shirt, ganz schön verrückt.«

»Stehst du auf Verrückte? Typen, die ein bißchen wahnsinnig sind? Geile Psychopathen?«

Martin berauschte sich an der Angst, die hinter den Brillengläsern aufglomm wie eine wärmende Glut in dieser Nacht.

»Wie heißt du?« Er schlug dem Jungen die Brille vom Gesicht.

Sie zersprang in der Kälte zu funkelnden Eissplittern. Gefrorene Tränen, dachte Martin und erigierte, während er zärtlich auf sein Opfer einschlug.

Die Straße war leer. Niemand störte. Seine Hände meinten es gut. Sie legten sich sanft um den Schwanenhals.

In der Ferne heulten die Wölfe.

»Ich heiße Martin«, röchelte der Junge. Dann war es still.

Der Mann hob den Toten auf seine Arme. Nichts wogen die Jahre. Keine Wahrheit hatte Gewicht. Der Mann trug Martin nach Hause.

Blicke der Unruhe

1

Anne zeigte nicht, daß sie die begehrlichen Blicke von Maik wahrnahm, die er vor ihr versteckte. Er tat so, als schaute er friedlich auf den Bodensee, der sich unter der flirrenden Sonne dieses Nachmittags in flüssiges Gold verwandelt hatte. Heimlich aber glotzte er den Männern hinterher und wünschte sich wahrscheinlich an die Stelle ihrer Bräute, mit denen sie selbstgefällig auf der Strandpromenade flanierten. Eine mit stupider Feierlichkeit dahinziehende Prozession von Machos und Tussis. Lauter Abziehbilder, die aussahen, als hätte sie ein Zeichner für einen Comicstrip entworfen. Macker und Muschi. Er breitbeinig und mit Goldkettchen auf der behaarten Brust, die sich stolz unter dem aufgeknöpften Hawaihemd blähte, sie zierlich und trippelnd, mit devotem Augenaufschlag in seine Richtung. Er mit pomadisiertem Haar und öligem Grinsen, sie schwindelerregend blond wie in den dümmsten Blondinenwitzen. Er mit Stiernacken und Sonnenbrille, sie im Miniröckchen und auf Stöckelschuhen. Alle von einschläfernder Ähnlichkeit. Gockel und Hühnchen. Vervielfältigt und kaum voneinander zu unterscheiden.

Anne hätte jetzt gerne mit Maik gelacht und gelästert, doch er schaute mit trübem Ernst und ließ sich bluffen von einer plumpen Körperkraft, die weder ein erotisches Geheimnis versprach noch jene animalische Sinnlichkeit, von der Maik so oft schwärmte. Nicht die Sensiblen und Schmalhüftigen weckten seine Aufmerksamkeit. Nicht die Sanften, bei denen er vielleicht sogar eine Chance gehabt hätte. Immer waren es Typen, die ihn sofort zusammenschlagen würden, wenn sie von seinen Phantasien wüßten. Provinztarzane ohne Wildnis. Maik träumte vor sich hin, und Anne löffelte ihr Eis und lächelte zufrieden, als säßen sie noch in vertrauter Zweisamkeit an diesem Tisch, als wüßte sie nichts von den Männern, mit denen Maik in einer von ihm bestimmten Reihenfolge ihren Stuhl besetzte.

Wahrscheinlich haßte er sie in diesem Augenblick und bereute, daß er sich auf diese Reise mit ihr eingelassen hatte. Was sah er? Eine dicke Frau mit einer Vorliebe für kalorienhaltige Süßspeisen. Anne wußte, daß Maik sie mochte, aber an diesem Nachmittag hätte er keine Sekunde gezögert, ihre Freundschaft und seine aufrichtige Zuneigung zu ihr für einen Quickie mit irgendeinem dieser Kraftmenschen aufs Spiel zu setzen.

Seine Sexbesessenheit war ihr unheimlich. Obwohl Maik sich selbst immer wieder als »Sexjunkie« bezeichnete, war er weit davon entfernt, seine Sucht ernst zu nehmen. Er mußte nicht kriminell werden, um seinen Dealer zu bezahlen. Den Stoff, den er brauchte, fand er in Berlin an jeder Straßenecke. Vielleicht nicht mehr ganz so mühelos wie in jungen Jahren, da die Gesetze des Fleischmarktes bei den Schwulen noch unerbittlicher waren, doch auch mit zweiundvierzig war Maik immer noch attraktiv genug, um im Sexdschungel der Großstadt Beute zu machen.

Die Art und Weise, wie er Männer auf körperliche Details reduzierte, war Anne fremd und nicht nachvollziehbar, aber auch sie bewegte sich schon im Vokabular seiner Jägersprache, wenn sie über ihren Freund und seine Sexualität nachdachte.

Nun hatte sie den passionierten Großstädter in eine Idylle entführt, in der die meisten Männer Hirschen und Hasen nachstellten. Wenn sie mit Maik im Leihwagen durch die Gegend fuhr, sahen sie überall Geweihe von trostloser Pracht, die über die Haustüren genagelt waren, und in den trutzigen Gaststuben hingen Ölgemälde an den Wänden, die die Jagd in allen Farben und Posen verherrlichten.

Maik schaute mit der unverbindlichen Heiterkeit des Touristen auf die vitale Kulisse dieser Landschaft, die auch Anne zu robust und zu gesund erschien, doch sie spürte, daß er die Tage zählte, bis er wieder in Berlin er selbst sein konnte. Die Überdosis Heterosexualität und Weiblichkeit führte bei ihm allmählich zu Entzugserscheinungen, was ein Teil von ihr, wenn auch widerwillig und schwermütig, sogar verstehen konnte.

»Erstaunlich, daß sich die Segelboote bei dieser Windstille bewegen«, murmelte Maik und meinte die zwei Matrosen, die gerade an ihrem Tisch vorbeitigerten. Auch sie schaukelten sich in muskulöser Körperfülle. Zwei Athleten, die noch nicht fündig geworden waren, aber sichtbar auf der Suche.

»Vielleicht herrscht nur hier bei uns am Tisch Flaute.«

Maik lächelte Anne zu, als hätte er ihre Anspielung verstanden.

»Ja, ganz schön anstrengend, diese Hitze«, sagte er schläfrig, und ihr war, als wäre die Zweideutigkeit des Satzes ein halbes Geständnis.

»Wollen wir gehen?« fragte Anne und hoffte, daß ihre Stimme ihren Wunsch nicht verriet, Maik an einen Ort zu bringen, an dem es nur Stille und keine anderen Männer gab, doch er schüttelte seinen Kopf und zündete sich eine Zigarette an. Seine schmalen Hände sahen wie zwei nervöse Tiere aus, auf der Lauer und sprungbereit. Anne war froh, daß Maik jetzt nicht alleine in irgendwelchen Parks oder Spelunken herumstreunte. Immer hatte sie Angst, daß ihn irgendwann mal einer seiner Muskelprotze krankenhausreif prügeln würde, weil er die Blicke ihres Freundes richtig deutete. Maik gab sich viel Mühe, unbeteiligt zu schauen, aber seine Augen gaben alles preis. An diesem Nachmittag beschützte ihn ihre Anwesenheit. Selbst wenn er sie in seinem Kopfkino wegdichtete, war sie für die anderen sichtbar. Sie sahen einen Mann und eine Frau auf der Terrasse eines Cafés. Auffällig vielleicht ihr Übergewicht und der Altersunterschied von zehn Jahren, doch eine Liebesgeschichte zwischen einer älteren Frau und einem jüngeren Mann, der besser aussah als sie, war nicht einmal in der katholischen Prüderie dieser Region ungewöhnlich. Wenn Maik Hand in Hand mit Anne spazierenging oder sie spontan umarmte, was eher selten vorkam, erschienen sie in den Augen der anderen wie ein verliebtes Paar, etwas anders als andere Pärchen, etwas unkonventionell und schräg, aber unbestreitbar und offensichtlich war ihre Zusammengehörigkeit, das Bekenntnis zueinander und vor der Welt.

Es gab keinen Hinweis, daß ihre Liebe unerbittlich keusch und platonisch war. Klammheimlich genoß Anne das Mißverständnis, das alle aussichtslosen Hoffnungen, die sie anfangs auf Maik projiziert hatte, für einige Augenblicke zumindest in der Wahrnehmung der anderen verwirklichte. Sie behielt dieses kleine, gefälschte Glück für sich, weil sie fürchtete, daß sich Maik selbst davon bedrängt und vergewaltigt fühlen könnte und ihr unterstellen würde, daß sie immer noch das Unmögliche wollte. Er weigerte sich stur, ihr zu glauben, daß sie schon lange aufgehört hatte, ihn zu begehren oder von ihm begehrt werden zu wollen.

»Ich wünsche mir eine unbeschwerte Zärtlichkeit mit dir, unbekümmert und ohne Angst vor Nähe«, hatte sie einmal gesagt und ihm ihre Hand auf die Schulter gelegt. Er war zusammengezuckt und hatte sie voller Argwohn angeschaut, als wollte sie mit weiblicher List jene Grenze überschreiten, die Maik ihrer Geschichte von allem Anfang an gezogen hatte. Eine Grenze, an die er Anne täglich erinnerte.

»Mir geht diese Grabscherei auf die Nerven. Das hat nichts damit zu tun, daß du eine Frau bist«, hatte er lachend gesagt und versucht, das Thema zu wechseln. Niemand wußte, daß Maik sie nur in der Öffentlichkeit unbefangen berührte und in geschlossenen Räumen geradezu panisch jeden Körperkontakt mit ihr vermied, als müßte er sich immer noch vor ihren Gefühlen in Sicherheit bringen, als hätte sie nicht längst begriffen, daß sie für ihn die Frau ohne Unterleib war. Manchmal haßte sie seine hysterische Aufrichtigkeit, mit der er sie verletzte und zurückwies.

»Wenn man jemanden mag, möchte man ihn berühren. Das ist ganz natürlich. Du aber tust so, als wäre mein Bedürfnis eine Krankheit«, hatte sie gesagt und ihre Tränen leider nicht verhindern können.

Selbstverständlich fühlte sich Maik erpreßt und reagierte kalt. »Bei dir ist immer alles dramatisch. Nie ist etwas einfach und leicht. Es wird Zeit, daß du dir mal wieder einen Kerl suchst. Vielleicht gelingt es dir dann, mich so zu nehmen, wie ich bin.«

Maik hatte es geschafft, daß sie sich an seiner Seite wie eine alte, aufdringliche Nymphomanin fühlte, mannstoll und frustriert, die jetzt mit zunehmendem Alter und Körpergewicht auf die Almosen eines Schwulen angewiesen war, zur Dankbarkeit verpflichtet, wenn er sie mal in seine Arme nahm.

Anne wußte, warum sie in Berlin nur selten bereit war, Maik in eine seiner Lieblingsbars zu begleiten, obwohl oder gerade weil sie dort immer mit einer fast quälenden Freundlichkeit überschüttet wurde. Einer harmlosen Herzlichkeit, bei der sie in wenigen Stunden noch einmal um zwanzig Jahre alterte und sich in ein geschlechtsloses Wesen verwandelte. »Du bist ein echt guter Kumpel«, sagten die hektisch nach Zweisamkeit Ausschau haltenden Männer zu ihr und wähnten sie schon jenseits von Sehnsucht und Verlangen. Wie oft war Anne nach einer durchzechten Nacht alleine in ihr Taxi gestiegen, überschwenglich verabschiedet von Maik und seinem One-Night-Stand, mit etlichen Wangenküssen und albernen Liebeserklärungen. »Du bist meine Beste. Du bist die First Lady of my heart.« Auf dem Rücksitz des Taxis drehte sie sich um, in der törichten Absicht, noch einmal zu winken, und mußte sehen, wie Maik und seine neueste Eroberung sie in einer heftigen Umarmung bereits vergessen hatten. Das Verlangen nacheinander war so ungeduldig gewesen, daß es nicht warten wollte, bis das Taxi mit dem lästigen Anhängsel endlich verschwunden war.

Immer hatte Anne sie tragisch gefunden, auch ein bißchen lächerlich, jene »Schwulenmuttis«, die in Ermangelung eigener Liebesgeschichten zur besten Freundin eines meist jüngeren Mannes mutierten, den sie mit seinem jeweiligen Lover jeden Sonntag und manchmal auch zu Weihnachten bekochen durften.

Und weil sie nicht nur gut kochten, sondern auch gut trösten konnten, waren sie gerngesehene Gäste in den Bars, wo sie gutmütig und bis zum Rand der Selbstverleugnung den Herzschmerzballaden ihrer »Jungs« lauschten. Die waren egozentrisch genug zu glauben, daß die gewährten Einblicke in ihre turbulenten Verstrickungen und die Einladung zu absoluter Anteilnahme genügend Lebensinhalt für die »beste Freundin« darstellten.

Niemand hatte Anne gezwungen, diese undankbare Rolle anzunehmen. Sie hatte sich vor fünf Jahren in Maik verliebt und um ihn geworben, mit langstieligen roten Rosen und Geschenken, als wäre er die Braut und sie der Bräutigam. Schnell hatte sie gemerkt, daß Maik nicht unempfänglich war für klassische Liebesbeweise. Überraschungstelegramme und kostbare Aufmerksamkeiten wie ein silbernes Zigarettenetui oder ein Cartier-Feuerzeug. Seine kindliche Freude, wenn er alle Ängste vergaß und sie stürmisch an sich drückte. »Noch nie hat mich jemand so verzaubert wie du. Du bist meine gute Fee. Meine Königin. Ich revanchiere mich und schenke dir mein Luftschloß.« Sie war glücklich gewesen und hatte alle Signale ignoriert, die ihren Traum hätten stören können.

Und so deutlich waren die Zeichen vor fünf Jahren nicht gewesen. Maik, der nach zwölfjähriger Beziehung von seinem Partner verlassen worden war, verstand es geschickt, sich ganz aufrichtig zu seinen Grenzen zu bekennen und gleichzeitig eine sehnsüchtige Nähe zu Anne zu suchen, die immer wieder neue Hoffnungen in ihr weckte.

»Ich kann mir ein Leben ohne dich nicht mehr vorstellen. Du bist mein Engel, der alle Tage beflügelt. Du bist der hellste Stern in meiner Nacht.« Anne unterstellte Maik nicht, daß er sie bewußt täuschte, weil er sie und ihre Liebe zu diesem Zeitpunkt dringend brauchte, aber sie glaubte auch nicht, daß die Mißverständnisse zwischen ihnen nur auf ihre Verblendung zurückzuführen waren. Vielleicht irrte sie sich. Tatsache war, daß sie von Anfang an schlechtere Karten hatte, da Maik für sie immer wichtiger war als sie für ihn.

Jetzt hatten sie eine unkomplizierte Freundschaft, so wie

Maik sie sich vorgestellt hatte, und Anne hoffte, es wäre kein Selbstbetrug, wenn sie sagte, daß sie aufgehört hatte, sich mehr als eine platonische Zuneigung zu wünschen.

Es störte sie nicht, daß Maik ihre Gegenwart oft mißbrauchte, um unter dem Anschein von Normalität unbehelligt fremde Männer anzugaffen. Kränkend war die Heimlichkeit, mit der er sich in vorgetäuschter Nähe von ihr entfernte. Anne hatte begriffen, daß Maik sie nicht begehrte und ihr auch nie die Hauptrolle in seinem Leben anbieten würde, und lange schon verschwieg sie ihm ihre immer noch quälenden Anfälle von Liebesverlangen und Kummer, damit nichts ihr keusches Bündnis gefährdete. Aber sie verstand nicht, warum Maik auch mit seinem Vertrauen zu ihr geizte. Als sie nach seiner Kindheit fragte oder etwas über seine zwölfjährige Partnerschaft mit Ulf wissen wollte, wies er sie barsch zurück und warf ihr vor, daß sie alles unnötig verkompliziere. »Warum beugst du dich inquisitorisch über meine Vergangenheit? Du bist indiskret wie eine Talkshowtante von Pro 7 oder RTL. Finde endlich ein Maß für das, was zwischen uns beiden möglich ist. Meine Geschichte mit Ulf geht dich nichts an.« Anne hatte sich nur mit Mühe beherrschen können, ihm nicht ins Gesicht zu schlagen. Seine arrogante Stimme. Seine verdammte Selbstgefälligkeit. Nur eine Närrin wie sie war bereit, sich an jemanden wie Maik zu binden.

»Der Typ hat mehr als einen Sprung in der Schüssel. Du bist viel zu schade für so einen narzißtischen Gefühlskrüppel«, tröstete sie Stefan, bei dem sie sich ausgeweint hatte. Er hatte vor Jahren ihr erstes Theaterstück inszeniert, und seitdem waren sie befreundet. Auch Stefan war schwul, aber zum Glück hatte sie sich nie in ihn verliebt. Vielleicht weil er ihr ähnlich war. Genauso labil und unvernünftig. Beide waren sie Experten für Antidepressiva und andere Psychopharmaka. Bei ihm konnte sie hemmungslos sie selbst sein und alles loslassen. An seiner Seite wurde jeder Jammer ein Fest, und zum Schluß lachten sie gemeinsam über das verrückte Leben.

»Schlag dir diesen verkrachten Romeo aus dem Kopf. Er taugt nichts.« Natürlich war Stefan befangen, und sie genoß seine Eifersucht.

»Meinen Kopf habe ich längst verloren.«

Er tätschelte ihre Hand, und das sah so komisch aus, daß sie erneut in Gelächter ausbrachen.

Gestärkt kehrte sie in ihre Zwangsverstrickung mit Maik zurück und schaute einige Tage mit Nachsicht auf seine Macken.

Manchmal geschah es sogar, daß er sich ihr offenbarte, meistens unter der Einwirkung von Alkohol, doch um so radikaler waren dann seine Rückzugsmanöver und die kalte Verschlossenheit, hinter denen er verläßlich wochenlang verschwand, als müßte er sich und sie für die Augenblicke von Intimität bestrafen.

»Laß uns zahlen«, sagte Anne und mußte den Satz noch zweimal wiederholen, bevor Maik von seinem tranceartigen Woanderssein zu diesem Nachmittag zurückfand, in das Terrassencafé vor ansichtskartenwürdiger Kulisse, an den Tisch, an dem er seit drei Stunden mit seiner besten Freundin saß.

2

Maik schlief noch. Zusammengerollt in seinen Schlaf wie in ein Schneckenhaus. Das Licht des Tages verbündete sich mit ihren Blicken. Er zog seine Vorhänge nie zu, als könnte er so sicher sein, daß die Welt vor dem Fenster kontrollierbar blieb. Jetzt nahm ihn das Tageslicht in Besitz und lieferte ihn den Augen von Anne aus. Wie ein altes Kind lag er da, spitznasig und blaß, gezeichnet von den Jahren, die er am Tag mehrmals mit einem teuren Make-up zuschminkte. Die Sonne, die wie ein Scheinwerfer vor dem Fenster hing, beleuchtete alle Risse und Spuren auf seinem Gesicht, und trotzdem erschien Maik in seiner ungeschützten Dünnhäutigkeit jünger und weniger verletzt. Er glaubte ihr nicht, daß es gerade seine kosmetischen Kämpfe gegen die Jahre waren, die ihren Triumph bewiesen. Jeder sah, daß er sich anstrengte, jünger auszusehen. Seitdem sich Ulf wegen eines fünfundzwanzigjährigen Diskothekenbesitzers von ihm getrennt hatte, wütete Maik verzweifelt gegen das Alter und hatte sich sogar seine Haare schwarz gefärbt. Dabei hatte Anne mehr Grund, sich zu fürchten.

Es war das Unglück, das sie beide miteinander verkuppelt hatte. Am Tresen einer Cocktailbar. Der Anfang ihrer Geschichte erinnerte an den Plot für ein Melodram. Ältere, heterosexuelle Schriftstellerin, die von ihrem Partner wegen einer langbeinigen Barbiepuppe aus Fleisch und Blut verlassen wird, begegnet jüngerem, schwulen Tagträumer in einer dieser Selbstmördernächte. Alle offensichtlichen Unterschiede und Gegensätze verflüssigten sich in hochprozentigen Cocktails und der ebenso offensichtlichen Trostbedürftigkeit auf beiden Seiten. »Zwölf Jahre waren eine lange Zeit. Die Ewigkeit ist was für Tote. Ich sollte Ulf dankbar sein, daß er mich vor unserer goldenen Hochzeit rausgeworfen hat.«

Die Schriftstellerin war verzaubert von den Tränen des Kindmannes und seiner schönen Seele, die er ihr nie wieder so aufrichtig zeigen würde wie in jener Nacht, doch längst war sie entschlossen, ihn zu lieben und zu beschützen.

Warum stand Anne jetzt wie eine Diebin vor seinem Schlaf? Warum starrte sie auf seinen halbgeöffneten Mund, als wartete sie darauf, daß er ihr seine Geheimnisse verriet? An diesem späten Vormittag schien das chronische Mißtrauen berechtigt, mit dem er sie auch vor ihrer Reise an den Bodensee gepeinigt hatte. Seine vorsichtigen Fragen, bevor er sich zögernd bereit erklärt hatte, gemeinsam mit Anne das Haus ihrer Freunde und deren zwei Katzen zu hüten.

»Verzeih mir bitte, daß ich dir einen Urlaub anbiete, der dich kaum etwas kostet. Vergib mir meine Dummheit, anzunehmen, du könntest dich darüber freuen. Vielleicht sogar wegen der Aussicht, einige Tage mit deiner besten Freundin zu verbringen.« Sie hatten in ihrem Lieblingscafé am Kollwitzplatz gesessen, und Anne war laut geworden und hatte sich nicht darum geschert, daß die anderen Gäste bereits zu ihrem Tisch guckten.

»Warum wirst du gleich so wütend? Die Idee ist toll. Trotzdem will ich wissen, ob das Haus groß genug für uns beide ist. Ich bin verschroben und brauche viel Platz. Normalerweise haben Ehepaare nur ein Schlafzimmer. Ich kenne Rita und Tim nicht. Es sind deine Freunde. Hauptsache, ich habe ein eigenes Zimmer, dann reicht mir auch ein breites Sofa oder eine Luftmatratze«, hatte Maik herumgestottert, und sie war aufgesprungen und hatte das Café verlassen.

Natürlich war das Bett seine größte und bangste Sorge. Wahrscheinlich fürchtete er, daß sie mit dieser gemeinsamen Reise unsittliche Attentate auf ihn plante. Wäre es nicht so grotesk und traurig gewesen, hätte sie über die Hartnäckigkeit lachen müssen, mit der er sie zum geilen Vamp stilisierte. Schon hinter einer liebevollen Umarmung witterte Maik ein kannibalisches Verlangen. Dabei war er der Sexjunkie. »Meine zornige Königin, ich bin ein verklemmter Trottel. Und wenn das Haus groß wie eine Streichholzschachtel ist, ich freue mich auf jede Stunde an Deiner Seite. Notfalls schlafe ich in Deiner Herzkammer und Du in meiner. Ich liebe Dich. Dein doofer Prinz«, hatte Maik noch in jener Nacht gefaxt, aber Anne war inzwischen so deprimiert, daß sie seine Nachricht in den Papierkorb geworfen hatte.

Was wollte sie von diesem Mann, der sie immer wieder beleidigte und demütigte? Was hatte sie davon, daß sie seine dicke Mama spielen durfte? Sie sollte auf Stefan hören und die Beziehung beenden.

Mit dem Tag kamen auch die Fliegen. Die schwarze Plage summte an Maiks Bett, doch er atmete ruhig und arglos. Er wußte nicht, daß Anne gegen die Versuchung kämpfen mußte, ihm das schweißnasse Haar von der Stirn zu streichen. Sie konnte nicht sagen, was sie zu dieser Stunde in sein Zimmer getrieben hatte. Vielleicht nur ein morgendliches Unbehagen in diesem Haus am Wald, dessen ungewohnte Stille ihr lauter erschien als das Großstadtrauschen. Selbst Lilo und Oscar, die zwei launenhaften Katzen, waren noch ein Stilleben neben dem Küchentisch. Sie teilten sich das Bild mit halbvollen Weingläsern und zwei überquellenden Aschenbechern.

Es war wieder spät geworden letzte Nacht. Trotzdem hatte Anne nicht schlafen können. Sie beneidete Maik um seine Fähigkeit, in sich selbst zu versinken, so tief und lange, wie er es brauchte. Er konnte mit offenen Augen untertauchen und wegsein. Durch nichts zu erreichen. In dieser Nacht waren sie sich nah gewesen. Sie hatten gewürfelt und getrunken, und alles war leicht und selbstverständlich zwischen ihnen. Die draufgängerische Lilo auf dem Schoß von Maik, und Oscar, etwas scheuer und zurückhaltender als seine kesse Katzenschwester, saß schnurrend zu Annes Füßen und ließ sich streicheln.

Erst vier Tage waren seit ihrem Einzug in das Waldidyll vergangen, aber schon war alles, was mit Berlin und ihrem Leben dort zu tun hatte, für Anne in eine weite Ferne gerückt. Ihr war, als hauste sie bereits eine halbe Ewigkeit mit Maik in dieser einstöckigen, seltsam verbauten Datscha, die in ihrer quadratischen Form an einen Schuhkarton erinnerte. Zwei kleine Flure und eine große Diele, von denen Zimmer und Zimmerchen nach allen Seiten abgingen, garantierten die von Maik gewünschte Weiträumigkeit, die er jedoch zu ihrem Erstaunen bis jetzt nicht genutzt hatte. Wenn sie nicht gerade auf der Terrasse saßen, verbrachten sie die meiste Zeit in der Küche, dem einzigen Raum, der auch tagsüber kühlen Schatten anbot.

Abgesehen von den erträglichen Temperaturen, war die Küche der Ort, an dem sich Maik mit verwirrender Intensität in ein Kind zurückverwandelte. Ihre Rolle auf seiner Traumbühne war klar definiert, aber Anne tat so, als wüßte sie nichts von seinem Spiel, und bedrängte ihn mit den verquasten Themen einer Erwachsenen. Europapolitik und der

Euro. Die Rechtschreibreform in Deutschland. Neue Filme und Bücher. Maik schaute großäugig und aufmerksam, und es hätte sich auch um die versonnene Schweigsamkeit eines Zweiundvierzigjährigen handeln können. Brav saß er am Tisch und guckte zu, wie sie rotgesichtig und unter Hitzewallungen in den Töpfen rührte. Ihre Sätze prallten an ihm ab. Er war auf sein Bild fixiert. Anne war ein Stummfilm ohne Untertitel. Die dicke Mama kochte sein Lieblingsgericht. Ungarischen Gulasch mit Bandnudeln. Als Nachtisch gab es rote Grütze mit Vanillesoße. Der Kettenraucher ignorierte sogar die Zigarettenpackung auf dem Tisch.

»Willst du ein Bier?« fragte Anne provozierend, doch Maik schüttelte nur stumm den Kopf und lächelte wie ein Kind, das auf den Scherz seiner Mutter reagieren mußte. Auch in anderen Situationen geschah diese Verwandlung, die Anne erschreckte und verwirrte.

»Ich will ein Eis«, sagte Maik, wenn sie Hand in Hand an der Uferpromenade entlangliefen, und in diesem Augenblick sprach ein Fünfjähriger zu ihr, und es wunderte sie, daß nicht auch seine beträchtliche Körperlänge auf Kindergröße zusammengeschrumpft war.

Warum wehrte sie sich so störrisch gegen sein Spiel? Warum konnte sie sich nicht revanchieren für die Behutsamkeit und Geduld, mit der Maik ihr in diesen fünf Jahren die Angst vor Kaufhäusern und U-Bahnen genommen hatte? Am ersten Tag waren sie nur eine Station gefahren. Er hatte es ausgehalten, daß Anne sich an ihn preßte, verkrampft und mit Schweißausbrüchen. An einem anderen Tag zwei Stationen, dann drei, dann vier, immer wieder, monatelang, bis sie es sich zugetraut hatte, eine Strecke allein zu fahren.

Vom Kottbusser Tor bis Wittenbergplatz. Die anderen Fahrgäste hatten verlegen von ihr weggeguckt. Anne saß starr auf der Bank und murmelte unentwegt vor sich hin, mit weit aufgerissenen Augen und Schweißtropfen auf der Stirn. Für die anderen eine von den Irren, die in der Großstadt so zahlreich waren wie die Tauben und Hunde, doch Anne war stolz auf ihren Sieg gewesen. Maik wartete mit einer gelben Rose auf dem U-Bahnsteig, und sie behielt ihre Enttäuschung für sich, daß es keine rote war. Sie hatten in einem Bistro ein Glas Champagner getrunken und ihre Rückkehr in die Selbständigkeit gefeiert.

So oft war Maik ihr Ritter und Beschützer gewesen. Seitdem er sich um sie kümmerte, brauchte sie nur noch geringe Mengen Tavor, wenn sie unter Menschen ging. An seiner Seite hatte sie allmählich in ein normales Leben zurückgefunden, vertrauensvoll und geborgen wie ein kleines Mädchen an der Hand des Vaters.

Warum fiel es ihr schwer, den Rollentausch zuzulassen? Warum fühlte sie sich von seinen Kinderaugen bedroht?

Die lästigen Fliegen kamen wegen der Kühe, die friedlich und bilderbuchmäßig neben dem Haus auf einer Wiese grasten, aber im Licht dieses Tages erschienen sie Anne wie die klassischen Vorboten eines sich ankündigenden Unheils. Vielleicht brauchte sie diese Phantasie, um ihre Anwesenheit in Maiks Zimmer vor sich zu rechtfertigen.

Entschlossen, jede Gefahr von ihm abzuwenden, der es liebte, wenn man ihn wie ein Kind behandelte, hängte Anne leise einen neuen Fliegenfänger über sein Bett.

3

»Ich vermisse dich auch. Nächsten Montag bin ich wieder in Berlin. Noch sieben Tage. Holst du mich ab? Bahnhof Zoo. 21.45 Uhr. Ich komme mit dem Zug aus München.« Maik telefonierte mit Ulf, und Anne war sicher, daß er absichtlich so laut sprach, damit ihr kein Wort entging. Keine Intimität, kein Bekenntnis zu seinem Geliebten, der ihn verlassen hatte. Verletzend war die plumpe Ich-Form seiner Sätze, als gäbe es nicht einmal bei einer sachlichen Information genug Platz für seine beste Freundin. Er würde mit dem Zug aus München kommen, und ihre Bestimmung war es, sich spätestens bis 21.45 Uhr in Luft aufzulösen. Wie oft hatte sie sich seine schreckliche Liebesgeschichte anhören müssen, wenn Maik betrunken war und ihr eine Überdosis Nähe und Offenheit zumutete, ohne zu merken, daß Anne litt. Alle Verschwiegenheiten und Tabus lösten sich im Alkohol auf, und er bedrängte sie mit einer Ausführlichkeit, die kaum auszuhalten war.

Trotzdem ließ sie ihn reden und ertrug die ganze Litanei, mit allen Wiederholungen, immer wieder, stundenlang, und jetzt tat Maik so, als könnte er es nicht erwarten, Ulf in seine Arme zu schließen. Sie verstand nicht, daß er auf jeden Stolz verzichtete und immer noch um Liebe bettelte. Seit fünf Jahren lebte Ulf mit seinem smarten Diskothekenbesitzer zusammen, in einer großen und protzigen Eigentumswohnung am Nikolassee, doch Maik wartete geduldig und blind für alle Tatsachen, daß sein ehemaliger Partner in das winzige Appartement zurückkehrte, das die beiden vor vielen Jahren gemeinsam bezogen hatten. Auch andere Liebespaare blieben nach der Trennung befreundet, aber Maik und Ulf terrorisierten sich gegenseitig mit ihrer Unfähigkeit, den anderen loszulassen. Kein Tag verging in Berlin ohne Anruf, keine Woche ohne Verabredung, kein Monat, ohne daß Ulf weinend vor Maiks Tür stand, um sich über Liebeskummer wegen seines Youngsters auszuheulen. Maik tröstete Ulf, und Anne tröstete Maik, der schon am nächsten Tag alle heimlichen Hoffnungen begraben mußte, weil sich Ulf regelmäßig und verläßlich mit seiner neuen Liebe versöhnte.

Maik weigerte sich zu begreifen, daß es nicht nur Ulfs Fixierung auf junge Männer war, die nach zwölf Jahren zur Trennung geführt hatte. Ulf war erwachsen geworden. Er hatte seine Dolmetscherausbildung beendet und wollte Karriere machen, während Maik nach der Exmatrikulation ohne Abschluß in den Tag hineinlebte, im Status des ewigen Jünglings, mit irgendwelchen Jobs und kühnen Absichtserklärungen, aus denen nie Wirklichkeit wurde.

Ulf hatte sich in seinem Leben eingerichtet, wollte aber nicht auf die Verfügbarkeit verzichten, die Maik ihm freiwillig und masochistisch anbot. Wahrscheinlich liebte auch Ulf ihn immer noch, auf irgendeine sentimentale Weise, doch er konnte unversehrt zwischen seiner alten und seiner neuen Beziehung hin- und herpendeln, im Gegensatz zu Maik, der selbst nach fünf Jahren keinen Abstand gefunden hatte. Er war von Ulf besessen, und so blieb für die anderen Männer, die sich in Maik verliebt hatten, kein Gefühl übrig, das über die Dauer einer Nacht hinausging. Er trennte Sex und Liebe mit einer Rigorosität, die Anne erschreckte. Sie wußte aber auch, daß das, was sie als schizophren empfand, die Basis ihrer verrückten Geschichte mit Maik war, daß er sie allen Grenzen zum Trotz brauchte, weil es keine neue Liebe in seinem Leben gab.

»Nicht schlimm, wenn du Montagabend nicht kannst. Dann sehen wir uns eben Dienstag oder Mittwoch. Ach so. Nein, dann geht es natürlich nicht. Wann wollt Ihr denn wegfahren? Schottland ist bestimmt wunderschön.« Seine Stimme klang ruhig und gelassen, aber Anne spürte, daß Maik sich verstellte. Vielleicht konnte er Ulf täuschen, der sicher erleichtert war, daß Maik ihm keine Gefühlsausbrüche zumutete.

Anne sah, wie Maik in Tims Arbeitszimmer saß, eine zusammengekauerte Gestalt neben dem Telefon, in sich zusammengefallen wie ein Schauspieler nach der Vorstellung. Lilo strich um seine Beine und wartete, daß er sie streichelte, doch er war jetzt nur ein wundes Starren. Seine Maske zersprang wie eine Porzellanfigur. Anne fühlte sich getröstet von der Vorstellung, daß Maik in diesem Augenblick unglücklich war.

Sie konnte ihre Gefühle nicht so gut verstecken wie er und mußte dafür büßen, wenn sie sich schwach zeigte. Wie oft hatte sie in diesen Tagen um etwas mehr Zuwendung gebuhlt, immer am Rande der Lächerlichkeit. »Kannst du nicht einmal über deinen verklemmten Schatten springen?« hatte sie gebettelt, und Maik umarmte sie flüchtig und widerwillig, und sie fühlte sich auf eine verquere Weise schuldig.

Schon ihre Bitte, daß er sich beim gemeinsamen Fernsehabend zu ihr aufs Sofa setze, war ein Verstoß gegen das Gesetz, das nur Maik brechen durfte. Er nahm sich das Recht heraus, seine Anfälle von Zärtlichkeit prompt auszuleben. Dann streichelte und küßte er sie und empfand wahrscheinlich, was er auch für Lilo oder eine andere Katze empfunden hätte, aber Anne sank zurück in ihre Verwirrung. Es wäre leichter für sie gewesen, wenn Maik sich an jene Regeln gehalten hätte, deren strikte Einhaltung er von ihr verlangte. Sie hätte sich mit der Zeit an eine Freundschaft gewöhnt, in der Umarmungen und jede Form von Körperkontakt sparsam bis geizig bemessen waren. So aber trieb Maik sie mit seinen launenhaften Stimmungen in einen unerträglichen Schmerz. Ausbrüchen von Zuneigung und Herzlichkeit, bei denen er mit ihr schmuste und sie hätschelte, liebevoll umfaßte und an sich drückte, folgten Tage, an denen er kalt und schroff war und es gleichgültig hinnahm, daß sie litt.

»Schlaf gut!« rief er dann hastig in ihr Zimmer, das an einem anderen Flur lag, weit genug entfernt von seinem Reich, und brachte es nicht fertig, sich noch einen Moment an ihr Bett zu setzen und ihre Hand zu halten.

Anne dachte an die Abende, an denen sie mit ihm gewürfelt und Karten gespielt hatte, er auf der einen Seite des Tisches, sie auf der anderen.

Sie hatten den Abstand zwischen sich zugelacht und zugetrunken, eingenebelt in den blauen Dunst von Zigaretten und alkoholisiertem Selbstbetrug. Auch diese Augenblicke von Intimität waren nur ein hochprozentiges Mißverständnis gewesen. Sie hatte sich beobachtet, wie sie breit lachte und die Unkomplizierte mimte, damit Maik zufrieden war. Er hatte sie in seine Version der Freundschaft gezerrt, und Anne hatte jedes Gefühl in sich zensiert, das nicht rein platonisch und harmlos war.

Seit fünf Jahren zwang sie sich zur Lüge, um so zu sein, wie Maik sie sehen wollte. Er duldete keine Wahrheit zwischen ihnen, die ambivalent und schwierig war. Alles mußte klar und einfach sein. Eine Schublade für die Liebe, die Ulf vorbehalten war. Ein Fach für den anonymen Sex, eins für die pure Freundschaft mit Anne.

»Ich erwarte schon lange nicht mehr, daß du meine Liebe erwiderst, aber du könntest mir einen Teil des Schmerzes abnehmen, wenn du bereit wärst zuzulassen, daß meine Gefühle für dich anders sind«, hatte sie einmal zu ihm gesagt, und er hatte geschwiegen und geguckt, als wüßte er nicht, wovon sie redete. Manchmal dachte sie, daß er es genoß, derjenige zu sein, der sich verweigerte. Ulf hatte Macht über ihn, und Maik hatte Macht über Anne, die sich von ihm kränken und zurückweisen ließ. Daß er sie überforderte, indem er sie zu Muttergefühlen nötigte, die sie nicht empfand, war kein Thema für ihn. Sie war die Liebende, von der er alles haben konnte, und diese Gewißheit hatte er auch während ihres Urlaubs ausgenutzt.

Kleinmaik hatte Lust auf Germknödel. Selbstverständlich hatte er erwartet, daß Mama Anne ihre Arbeit sofort unterbrach, um ihn zu einem Restaurant am Pfänderberg zu kutschieren, wo man diese Süßspeise seiner Meinung nach besonders delikat zubereitete. Das Feinschmeckerlokal, das nur zehn Minuten vom Waldhaus entfernt war, kam nicht in Frage, denn dort erschien ihm die Atmosphäre zu spießig.

An einem anderen Abend hatte er unbedingt ins Kino gewollt und die Tatsache ignoriert, daß es in dieser Gegend an Wochentagen keine Spätvorstellung gab. Er hatte so lange gequengelt, bis Anne mit ihrem despotischen Kleinkind zwei Stunden übermüdet herumgefahren war, um in irgendeiner österreichischen Stadt einen idiotischen Actionfilm zu sehen, der auch Maik langweilte.

»Ich schnappe noch mal frische Luft. Alles okay?« Maik wartete ihre Antwort nicht ab und verließ fluchtartig das Haus. Anne hätte ihn gerne begleitet, doch sie kannte ihn inzwischen gut genug und wußte, daß er jetzt bei anderen Trost suchte.

Er würde den langen Fußweg vom Waldhaus in die Stadt auf sich nehmen, um sich irgendeinem Kerl hinter einem

Busch oder sonstwo hinzugeben. »Wenn die Heten geil sind und genug getrunken haben, ficken sie auch einen Tannenbaum«, hatte Maik einmal lachend gesagt und ihr Gesicht beobachtet. Es bereitete ihm Vergnügen, sie zu provozieren, doch sie hatte gegähnt und ihm den Spaß verdorben. Vielleicht würde er niemanden finden, weder in der Kneipe noch im Park, aber die Ruhelosigkeit selbst war schon ein Rausch. Das Umherstreunen und Wittern. Atemlos und gierig. Angstlust im Verborgenen. Der Reiz der Gefahr. Zunächst ein vorsichtiges und heimliches Schauen, dann immer deutlicher und dreister. Das Opfer fixieren. Gleichzeitig Jäger und Beute. Gezielte Blicke wie tödliche Kugeln. Hinsinken in nächtliche Ohnmacht und alles geschehen lassen. Willenlos und nur noch Haut, Muskeln und Nerven.

Anne hatte diese Geschichten so oft von Maik gehört, daß es ihr vorkam, als hätte sie all das selbst erlebt. Er liebte theatralische Details und Metaphern, wenn er seine Jagdabenteuer beschrieb. So verdoppelte er seine Lust und empfand sie beim Erzählen ein zweites Mal. Natürlich war seine Offenheit kein Vertrauensbeweis. Mit jedem Satz trennte er sich etwas mehr von ihr und ihren Gefühlen und zeigte ihr eine Welt, von der sie ausgeschlossen war.

Sex schien für Männer so unkompliziert wie Duschen oder Morgengymnastik. All das war auf eine komische Weise auch banal und oberflächlich. Anne dachte an Lothar und seine demonstrative Begeisterung für das Rotlichtmilieu. Seine heiseren Stammtischwitze über Nutten und alles, was ihm verrucht und lasterhaft erschien. Auch er hatte ihr mit lüsterner Ausführlichkeit von seinen Bordellbesuchen erzählt, und sie war nicht allzu verzweifelt, als er sie wegen seiner Barbiepuppe verließ.

Das Telefon klingelte dreimal, bis sich der Anrufbeantworter von Tim und Rita einschaltete. Wahrscheinlich war es Ulf, der vor seiner Reise nach Schottland noch eine Rückversicherung brauchte, daß Maik ihn nach wie vor bedingungslos liebte.

Kleinmütig und schwach erschien Anne das Herz der Männer. Es wagte nichts, nicht einmal ein bißchen Einsamkeit. Maik trieb sich jetzt irgendwo da draußen herum, und sie würde gleich den Kühlschrank plündern und so tun, als könnte sie ihren Hunger stillen.

4

Das klägliche Miauen vor der Tür. Wahrscheinlich war es Oscar. Er war es nicht gewohnt, daß die Tür verschlossen war. Der scheue Kater hatte in diesen Tagen seine Schüchternheit verloren. Er suchte ihre Nähe und folgte ihr überallhin. »Oscar macht dir den Hof«, hatte Maik gesagt und spöttisch gelächelt.

Anne wollte aufstehen und die Tür öffnen, aber sie konnte sich nicht bewegen. Der Körper über ihr war schwer und hielt sie fest. Eine fremde Frau lag im Bett und stöhnte. Sie kümmerte sich nicht um das Maunzen vor der Tür.

Maik hatte den jungen Russen an ihren Tisch geholt, ohne sie zu fragen. »Das ist Sergej«, hatte er gesagt und ihm etwas plump die Hand auf die Schulter gelegt. Anne war benommen von der Hitze des Tages. Auch vom Sekt, den sie auf nüchternen Magen getrunken hatte. Sie war nicht erstaunt gewesen. Maik hatte ihre Anwesenheit schon oft dazu genutzt, fremde Männer anzusprechen.

Maik war charmant und witzig und in Begleitung einer Frau. So wirkte er wie jemand, der spontan und kontaktfreudig ist. Ihre Gegenwart gab allem den nützlichen Anschein von Harmlosigkeit. Anne hatte sich auf diese Spiele eingelassen, und manchmal war es auch amüsant.

Er hatte ein gutes Auge für die Einsamen und Verwirrten. Desorientierte Touristen. Ausländer, die sich fremd und hilflos fühlten. Selten waren sie so verführbar, wie sie Maik erschienen, doch er war ein Trickser und fand immer eine Möglichkeit, seine arglosen Opfer zu berühren und zu begrabschen. Sein Repertoire reichte vom Handrunterdrükken bis zum Vergleich des Bizeps. Die meisten waren gutmütig und etwas schwerfällig und geschmeichelt von den Komplimenten des komischen Kauzes, der sie auf Annes Kosten freigiebig zu Bier und Schnaps einlud. Sie hatte durch ihn trinkfeste Iren kennengelernt und schwermütige Finnen. Heimwehkranke Griechen und Türken, die kein Wort Deutsch sprachen oder verstanden. Maik verwandelte sich in einen Pantomimen, und Anne schaute ihm fasziniert zu, wieviel Kraftaufwand und Vehemenz er in diese flüchtigen Kontakte investierte, die zu nichts führten.

Alle Männer, die Maik angeschleppt hatte wie Strandgut, waren höflich zu ihr gewesen. Manchmal auch verunsichert und mißtrauisch, weil sie die Beziehung zwischen Anne und Maik nicht einordnen konnten. Einige dachten wahrscheinlich, daß sie beide ein modernes Paar waren, das einen dritten Spielgefährten suchte. Alle hatten mit ihr geflirtet, aber niemand war so leidenschaftlich gewesen wie dieser junge Russe, der höchstens Ende Zwanzig war. Seine Augen hatten sie sofort in Besitz genommen, und es war das erste Mal nach langer Zeit, daß Anne sich wieder begehrt fühlte. Maik hatte wie immer seinen Charme versprüht und versucht, die Aufmerksamkeit von Sergej auf sich zu ziehen.

Die Hitze des Tages. Der Sekt. Diese dunklen Augen, die sie hypnotisiert hatten. Anne war gerührt gewesen von diesem russischen Herkules, der aus Moskau kam und seit zwei Jahren in der Schweiz als Koch arbeitete. »Rote Haare wie Feuer. Haut wie Milch. Mund wie Kirsche. Grüne Augen wie Sterne.« Sergej hatte langsam und andächtig gesprochen, als wären diese Worte noch nie vorher gesagt worden.

Vielleicht lag es an seinem Akzent und seiner liebenswerten Unbeholfenheit, daß dieser Schlagertext für Anne wie Poesie geklungen hatte. Sie war verwirrt gewesen und empfand auch eine leichte Genugtuung, daß Sergej die Inszenierung von Maik ignorierte, in der ihr nur eine Nebenrolle zugedacht war. Er merkte allmählich, daß seine neue Bekanntschaft anders war als die Typen, die er bislang eingesammelt hatte. Sergej war kein gutmütiger Tolpatsch, der in die Fallen tapste, die Maik für ihn bereithielt. Der Russe verweigerte sich dem Kräftemessen, das Maik fast bettelnd vorgeschlagen hatte. »Gut für Kindergarten«, hatte Sergej abgewehrt, mit einem verächtlichen Unterton, ohne Anne aus den Augen zu lassen. Seine schwarzen Blicke hatten ihr den Kopf vernebelt. Sie sah, daß Maik in sich zusammengesunken war wie ein erfolgloser Clown, doch sie hatte kein Mitleid. Zu oft hatte er sie und ihre Gefühle seinem Spiel geopfert, wenn er sich auf der Siegerseite wähnte. Anne gönnte ihm diese Niederlage von Herzen.

An diesem Freitagabend hatte sie die besseren Karten. Sergej war ihr As, und mehr Bedeutung wollte sie ihm nicht geben. Noch einmal auftrumpfen vor der Rückkehr nach Berlin. Maik eine kleine Lektion erteilen. Ihm zeigen, daß seine beste Freundin kein Wesen ohne Körper war. Ein bißchen Rache nehmen an seiner Ignoranz und Gleichgültigkeit.

»Wild wie ein Hengst. Stark wie ein Stier. Klug wie ein Ochse«, hatte Maik gespottet und versucht, sich mit Anne gegen Sergej zu verbünden. Er tat so, als wäre er belustigt, aber seine Stimme klang schrill, und er hatte ausgesehen wie eine gehässige alte Tunte.

»Ich weiß, daß du träumen von Hengst, doch Hengst nicht träumen von dir.« Sergej hatte seine deutliche Antwort mit traurigem Ernst gemurmelt, als müßte er ein Rätsel lösen, und Anne war in Gelächter zerflossen und hatte Maik an Sergej verraten.

Wer hatte den Vorschlag gemacht, ins Waldhaus zu fahren, um dort weiter zu trinken? Vielleicht war es sogar Maik gewesen, der jäh seine Taktik änderte und Anne komplizenhaft zuzwinkerte und sich einbildete, daß er seine beste Freundin mit dem jungen Russen verkuppelte. Dabei war alles schon entschieden.

Das jammervolle Miauen vor der Tür. Die Fliegen, die wie betrunken gegen die Wände taumelten. Der schweißnasse Körper, der langsam in ihr versank.

Einen Engel rufen

Da war nichts, aber etwas mußte da sein. Vielleicht etwas, was nur die Großen sehen konnten. Etwas, was nicht sichtbar war für Kinderaugen.

Wenn die Mutter so guckte, war sie eine andere. Sie starrte auf die Teller, die sie eben gerade auf den Tisch gestellt hatte, als kennte sie nicht das Blumenmuster. Dabei waren es jeden Tag dieselben Teller. Als wäre sie mit offenen Augen in einen tiefen Schlaf gefallen.

Das Kind wußte, daß die Mutter nicht schlief, aber sie war auch nicht wach. Sie war da und fort. In der Küche und woanders. Weiß wie der Schnee in den Bergen, wo sie jedes Jahr hinfuhren, war ihr Gesicht, und ihre Hände waren kalt und gaben keine Antwort. Das Unsichtbare hatte die Mutter verzaubert. Keine Frage erreichte sie, kein Händedruck, kein Wort. Eine fremde Frau stand in der Küche und sah aus wie die Mutter, doch das Kind ließ sich nicht täuschen. Die Unbekannte sah schöner und jünger aus. Vielleicht saß eine Elfe im Teller oder ein Wichtel. Das Kind hätte auf den Stuhl klettern müssen, um nachzuschauen, was aber, wenn sich etwas Böses im Teller versteckte?

Auf die Mutter war jetzt kein Verlaß. Sie war nicht da und konnte nicht helfen. Besser war es, still zu sein, mucksmäuschenstill, und zu warten, bis alles vorbei war. Bis der Schnee auf dem Gesicht der Fremden taute und ihre Hände wieder warm und sicher waren.

Es konnte immer und überall geschehen. Manchmal passierte es bei einem Spaziergang durch den Park. Sie fütterten die Enten, obwohl das verboten war, und auf einmal fiel der Himmel ins Wasser, und alles war dunkel und unheimlich. Auch die Enten sahen nicht mehr niedlich aus. Da, wo die

Mutter gestanden hatte mit ihrem Lachen, stand die andere und schwieg und schaute auf etwas, was nicht da war. Die Fremde hatte das Lachen und den Mantel der Mutter gestohlen. Das Kind wußte, daß sie alles nach einer Weile freiwillig zurückgab. Wenn es zu lange dauerte, rief das Kind den Engel, den kein Erwachsener sehen konnte. Der sorgte dafür, daß sich die Unbekannte in die Mutter zurückverwandelte und alles so war, wie es sein sollte.

Der Himmel hing wieder an seinem Platz, und die Enten waren niedlich und gefräßig und ließen sich füttern. Die Mutter öffnete die Knöpfe ihres Mantels, weil es nicht mehr kalt war, und es waren ihr Mantel und ihr Lachen. Das Kind legte seine Hand in ihre Hand, und alles war gut.

In der Küche war jetzt eine andere Stille als sonst. Selbst der Wasserhahn traute sich nicht zu tropfen. Stumm standen die Töpfe auf dem Herd und warteten. Alles wartete auf die Rückkehr der Mutter. Die Schnitzel, die schon auf dem Kühlschrank lagen. Die krumme Gurke, die geschält werden sollte. Das Kind versuchte, die Kartoffeln in der Schüssel zu zählen, aber es waren zu viele. Leichter war es mit den Bananen und Orangen im Obstkorb. Drei Bananen und zwei Orangen. Das war nicht schwer. Wenn es sich nachher mit der Mutter eine Orange und eine Banane teilte, blieben zwei Bananen und eine Orange für den Vater übrig. Der Vater war ein Riese, und groß war auch sein Hunger. Er bekam das größte Stück Fleisch und die meisten Kartoffeln. Der Vater war streng, und seine Stimme konnte dröhnen wie ein Flugzeug, bis alle Tassen im Schrank zitterten. Aber immer war es der Vater. Seine Augen, seine Hände.

Dann sind wir woanders

Oma hatte sich in der Nacht in eine Taube verwandelt. Sie lag im Bett und gurrte mit schiefem Mund. Ihr weißes Haar schneite auf das Kissen. Niemand konnte schlafen, weil Oma eine Taube im Schnee spielte. Überall war ihr lautes Gurren. Alle Zimmer plusterten sich auf im schrecklichen Taubenlärm. Selbst die Stühle und Schränke gurrten unheimlich. Arn wußte, daß sich Frösche in Prinzen und Prinzen in Vögel verwandeln konnten, aber nachts war er müde und wollte nicht spielen. Oma flog nicht auf wie eine Taube, starr lag sie im Bett. Arn mochte diese Geschichte nicht. Sogar Mama hatte Angst und weinte.

»Sei wieder du!« sagte Arn und war sicher, daß sich Oma an ihre Abmachung hielt, sofort aufzuhören, wenn er sie darum bat, doch sie tat, als ob sie ihn nicht kannte.

Es war das erste Mal, daß sie so spät mit ihm spielen wollte. Dabei mußte sie wissen, daß Mama das nicht erlaubte. Oma konnte wie ein Pferd wiehern oder wie eine Katze miauen, und immer war sich Arn klar, daß es Oma war, die ein Tier nachmachte. Auch, wenn sie Gruselgeschichten erzählte und Grimassen schnitt, fürchtete sich Arn nicht wirklich. Er war fünf Jahre alt und kein Baby mehr. In dieser Nacht plärrte er wie die kleinen Mädchen im Kindergarten und schrie: »Sei wieder du! Sei wieder du!«

Zwei fremde Männer kamen in die Wohnung und legten Oma auf eine Bahre. Sie gurrte und wehrte sich nicht. Ihre Arme lagen wie Stöcke neben ihr. Arn wollte nicht, daß jemand seine Oma aus der Wohnung trug, aber die Männer waren größer und stärker. Sie schoben ihn zur Seite, und Mama half ihm nicht. Sie verschwand mit den Fremden.

Plötzlich stand die dicke Frau aus der Nachbarwohnung

neben Arn. Er konnte sie nicht leiden, weil sie ihn immer anfassen wollte und ihre Stimme verstellte, wenn sie mit ihm sprach, doch jetzt ließ er sich von ihr auf den Arm nehmen und ins Bett bringen. Oma war nicht mehr in der Wohnung, aber überall war noch ihr Gurren. Es hing in den Gardinen und lag unter seinem Kopfkissen. Die Lampe summte nicht wie sonst. Sie gurrte.

»Möchtest du ein Stück Apfelkuchen?« fragte die Nachbarin und streichelte seine Hände. Eine Taube hockte auf dem Schaukelpferd und pickte mit ihrem Schnabel in der Mähne, als ließen sich dort Kuchenreste finden. »Bist du sicher, daß du keinen Kuchen willst. Ich habe ihn heute nachmittag gebacken. Er ist ganz frisch.«

Arn schloß seine Augen und tat so, als wäre alles nur ein Traum. Gleich würde er aufwachen und wie jeden Morgen zu Oma laufen. Sie saß vor dem Spiegel und bürstete ihr langes, weißes Haar, sehr langsam und gründlich, um daraus ein Vogelnest auf ihrem Kopf zu bauen.

»Da ist Platz für viele Meisen«, sagte sie und lachte. Mit langen Haaren sah sie aus wie eine mächtige Zauberin. Jetzt stand sie auf und war seine Oma. Sie gingen in die Küche und kochten Erdbeerpudding. Mama schlief länger, weil sie nachts arbeiten mußte. Wenn sie frühstückte, war es schon Mittag.

Arn öffnete seine Augen. Mama saß an seinem Bett. Sie schwieg und schaute ihn mit roten Augen an.

»Kommt Oma nicht wieder?«

Im Zimmer war es mucksmäuschenstill. Auch das Schaukelpferd hielt erschrocken den Atem an. Die Taube war davongeflogen. Die Stille wuchs und wuchs und war bald ein stummer, unsichtbarer Riese.

»Oma ist jetzt ein Stern«, sagte Mama leise und bedeckte ihr Gesicht mit den Händen. Der Riese hatte Oma in eine Wolke gelegt, damit sie von dort oben besser auf Arn aufpassen konnte. Tagsüber schliefen die Sterne und ruhten sich aus. Aber nachts, wenn die Gespenster erschienen, waren sie hellwach und beschützten alle Träume. Draußen schneite es an diesem Morgen. Die Schneeflocken, die vergnügt vor dem Fenster tanzten, kamen von Oma, die sich gerade auf ihrer Wolke die Haare bürstete. Die Schneeflocken sahen prächtig aus, und auch ein Stern war etwas Schönes, doch Arn wollte seine Oma wiederhaben. Er weinte, und Mama wiegte ihn in ihren Armen, bis er in einen tiefen Schlaf fiel. Dreißig Jahre später wachte er auf in einem anderen Zimmer. Sternenlos war diese Winternacht, und niemand schien ihn zu beschützen.

Vor dem Fenster stand etwas Dunkles und bewegte sich nicht. Arn dachte an den stummen Riesen und tat so, als wäre er bereit. Niedergestreckt lag er in seinem weißen Patientenkittelchen. Ein wehrloses Häufchen Fleisch. Der Riese wog das Leichtgewicht. Spielte mit der Feder in seiner Hand. Ein kleiner Wind nur, und die Feder flatterte noch einmal in alle Zimmer, in denen Arn mit Christian gelebt hatte. In das schmucklose Zimmernest unter dem Dach mit Ofenheizung und ohne Dusche. In die schäbigen Hotelzimmer, in denen sie den Tag verschliefen, um sich auf die Nacht vorzubereiten. In die Chaoszimmer der Wohngemeinschaften. Immer war es Christian, dem etwas Neues eingefallen war. Er betäubte seine Opfer mit Schönheit und Charme, und sie ließen es zu, daß er ihre Kühlschränke und die Getränkebar plünderte. Männer, die ihn begehrten, nahmen Arn in Kauf, um Christian nicht zu verlieren. Nur zu zweit waren sie zu haben. Noch einmal mit Christian anfangen. Das Spiel von vorne beginnen. Alles noch einmal. Alle Namen und Orte. Unterwegs sein mit Christian. Sich treiben lassen unter dem gleichgültigen Himmel. Überall fremd sein. Endstation Berlin oder Barcelona. München oder Marseille. Ohne Bedeutung, wo man seinen Verstand oder sein Leben verlor.

Etwas Dunkles faßte ihn an. Arn hielt still und gab sich besiegt. Seine mageren Hände lagen bleich und kraftlos auf der Bettdecke. Die Kugel hatte ihr Ziel verfehlt, aber das gejagte Tier stellte sich tot, um im allerletzten Augenblick davonzuspringen oder die Rollen zu vertauschen und dem Jäger, der sich bückte, um seine Beute aufzuheben, an die Gurgel zu gehen.

Alle Tricks hatte Arn von Christian gelernt, der wütend war, wenn die Freier erkannten, daß Arn aus der Provinz kam. »Du bist immer noch ein doofes Landei. Jeder kann sofort in deinem Gesicht lesen, was du denkst und fühlst. Total easy, dich über den Tisch zu ziehen, ohne daß du es merkst.«

Arn gab sich Mühe, cool und gerissen zu sein, aber alles, was er tat, wirkte schwerfällig und unbeholfen.

Christian trainierte mit ihm Rollenspiele, streng und ernst, als müßten sie ein Stück für das Theater proben. »Spiel die Unschuld vom Lande, wenn ein Freier darauf abfährt, und sieh zu, daß er gut dafür bezahlt.« Christian brachte ihm bei, wie man auch mit hungrigem Magen und Frust Gleichgültigkeit simulierte, um zahlungsfähige Männer anzulocken. »Du darfst nie zeigen, daß du auf den Job angewiesen bist. Selbst, wenn du dir schon die ganze Nacht die Beine in den Bauch gestanden hast, mußt du so tun, als wäre es dir egal, ob das Geschäft klappt. Ein Stricher, dem es dreckig geht, ist nichts wert in den Augen eines Freiers.«

Nie erreichte Arn Christians Perfektion, wenn es darum ging, zu bluffen, doch er machte sichtbare Fortschritte.

Der stumme Riese warf seinen Schatten über das Bett. Arn hielt sein Schweigen nicht mehr aus. Er bellte seine tierischen Laute in die Lautlosigkeit der Nacht. Alle Erinnerungen ausspucken. Alle Illusionen, alle Mißverständnisse. Jedem Hustenanfall dankbar sein. Sich die verdammte Seele aus der Brust husten. Auf das verlorene Leben husten, auf alles. Bellendes, sabberndes Tier, das von der Kugel des Jägers getroffen war und sich nun kläglich im eigenen Verfall wälzte.

Im Dämmerlicht der Bars und Kaschemmen waren die Jahre wie Falter verglüht. Unbelehrbar und töricht angezogen von jedem Schein, jedem billigen Glanz. Nacht für Nacht hatte sich der Todestanz wiederholt, bis nichts mehr übriggeblieben war von der Zeit, bis der Flitter verbraucht war.

Weit entfernt die Freier, die darauf gewartet hatten, daß die käuflichen Engel ihre Gebete erhörten. Leise und kaum noch hörbar war der Refrain der Nächte, der sich aufsagte gegen die Stille in seinem Zimmer.

»Wie heißt ihr?«

»Ist doch egal.«

»Wollt ihr mitkommen?«

»Wohin?«

»Habe hier ein Hotelzimmer.«

»Was zahlst du?«

»Was verlangt ihr?«

»Kommt darauf an, was du willst.«

»Ich will alles.«

»Das wird teuer.«

»Ich weiß.«

»Okay, gehen wir.«

Christian und Arn teilten sich alle Freier und das Gelächter danach. Sie waren Komplizen, vagabundierten durch die Tage und Nächte, ließen sich von ihrer Ruhelosigkeit treiben.

Der Schatten des Riesen legte sich schwer und dunkel auf seine Brust. Arn hatte Angst, aber er zwang sich, gleichmäßig und ruhig weiterzuatmen, während er leise einen Namen rief, immer wieder, bis Christian erschien und den Schatten in die Flucht schlug. Arn konnte sich auf seine Hilfe verlassen. Die Winternacht malte einen Stern ans Fenster. »Du hast schlecht geträumt«, sagte Christian und strich ihm das fiebernasse Haar aus der Stirn. Er setzte sich an sein Bett und hielt seine Hand. »Schlaf weiter«, flüsterte er zärtlich. »Ich bin bei dir.« Das Spiel war noch nicht vorbei. Es wurde hell im Zimmer. Das Licht war ein Schmerz in seinen Augen. Schweiß rann über den Körper, als wäre die Zeit ein Fluß. Arn schob die Bettdecke weg, um die Hitze erträglicher zu machen. Er drehte sich auf die andere Seite und wich dem Licht aus, doch auch mit geschlossenen Augen spürte er die Gewalt der Sonne.

Der Sommerhimmel über dem Schulhof war blau und teilnahmslos. Er kümmerte sich nicht um die Angstschreie des Achtjährigen.

»Sag: Ich bin ein feiger Lügner. Dann binde ich dich los.« Christian aus der Vierten spuckte ihm sein Lachen ins Gesicht. Er roch nach Pausenkakao und Gemeinheit. Arn verabscheute ihn. Arn bewunderte ihn. Er war in der Hölle. Auch die anderen Kinder grölten und lachten. »Lügenschwein! Lügenschwein!« Ihr Lachen schmerzte mehr als das Seil, das die Haut seiner dünnen Oberarme aufriß. Alle waren Zeugen seiner Schande. Niemand half dem Lügner aus der zweiten Klasse. »Los, gib zu, daß du gelogen hast. Du hast keinen Bruder, und einen Vater hast du auch nicht. Du bist ein ganz gemeiner Lügner.« Der Lehrer, der Aufsicht hatte, stand am anderen Ende des Schulhofs. Er drehte seinen Kopf kurz in die Richtung des Lärms und sah dann wieder weg. Nichts harmloser als ein Indianerspiel. Vom Lehrer war kein Beistand zu erwarten.

»Wenn du es nicht sagst, kannst du hier ewig schmoren.« Arn ließ sich von der Gleichgültigkeit des Himmels anstecken. Er fürchtete sich nicht mehr. Er stieg aus seinem gefesselten Körper und verschwand an der Seite von Christian in die rettende Bläue der Prärie. Der Häuptling war sein Freund und hob ihn aufs Pferd, das mit den beiden davongaloppierte. Das verächtliche Lachen der anderen verfolgte sie noch eine Weile, dann waren sie woanders, an einem Ort, wo sie niemand finden konnte.

»Sag es!«

»Ich bin ein feiger Lügner«, sagte der Achtjährige. Christian schlug in sein Gesicht, aber der bittere Schmerz schmeckte jetzt anders.

»Hast du schon Fieber gemessen?« Fremde Hände legten sich auf seinen Körper. Nahmen ihn in Besitz, als wäre er nicht länger sein Eigentum. Arn hatte seine Lektion bei Christian gelernt. Er durfte nicht zulassen, daß man ihn so einfach anfaßte, ohne dafür zu bezahlen.

»Freier sind Blutsauger. Sie wollen soviel wie möglich umsonst. Mach ihnen klar, daß alles extra kostet. Sonst haben sie ihren Spaß, und du guckst in den Mond.«

Das Tier gehorchte seinem Dompteur. Bäumte sich auf. Setzte zum Sprung an. Schlug seine Krallen in den Pflegerkittel von Carsten. »Schau nicht so traurig. Ich weiß, daß dich das alles nervt. Wie lange bist du schon hier?«

Er konnte sich sein Gesülze sparen. Arn kannte die Typen, die einen vollquasselten und auf Kumpel machten. Eine billige Masche, sich um die Bezahlung zu drükken. Nicht mit ihm. Er gab keine Antwort und fixierte Carsten mit hellwachem Blick. Signalisierte deutlich, daß er ihn durchschaut hatte. Carsten wich seinen Augen aus. Lächelte hilflos ins Leere. »Vielleicht wirst du bald entlassen.« Er winselte um Gnade, aber Arn war kein doofes Landei mehr. Wenn einer hart rangenommen werden wollte, besorgte er es ihm. Viele mochten die brutale Tour. Sie ließen sich fesseln und schauten zu, wie Christian und er ihre Wertsachen einpackten. Je größer die Erniedrigung war, die sie ihnen anboten, desto größer war ihr Orgasmus.

Carsten hängte eine Infusionsflasche über das Bett. So ein Spinner war er also. Kein Problem. Onkel-Doktor-Spiele waren bei den Freiern beliebt. Kein Requisit war ihnen zu teuer, um ihren Spleen auszuleben. Spritzen, Stethoskope, Skalpelle, Blutdruckmeßgeräte. Arn ließ sich auf das Spiel ein. Die Rollen waren klar verteilt. Ein guter Stricher war auch ein guter Schauspieler. Arn mimte den Todkranken. Unterwarf sich den weißen Allmachtsphantasien. Ließ sich ans Bett fesseln und hielt still. Carsten prüfte die Tauglichkeit seiner Venen. Er gab sich professionell und kompetent. Alles schien ganz echt. Auch der Schmerz, der mit der Nadel in ihn eindrang. Arn nahm alles geduldig hin. Nichts war umsonst. Arn wußte um den Preis.

»Hat es weh getan?« Die Stimme von Carsten verlor sich im betäubenden Lärm der Musik. Arn tanzte bis zum Umfallen, während Christian das Bett für die Nacht organisierte. Sie trieben sich rum auf den Parties der Wallstreet-Spekulanten, die sie weitervermittelten an Geschäftsfreunde und andere Börsianer. Wohlhabende Widerlinge und Schwätzer, die selbstverliebt ihr Spiegelbild fickten, aber das kümmerte Arn nicht.

Er war zum ersten Mal in New York. Nachts verwandelten sich die Wolkenkratzer in hellerleuchtete Ozeanriesen, die sich von der Stadt entfernten, um aufs weite Meer rauszuschwimmen. In ihren mächtigen Bäuchen war Platz genug, für jeden, auch für blinde Passagiere.

»It is wonderful to be in New York. Everything is new and exciting. I am very happy.«

Christian lächelte spöttisch über Arns brave Englischkenntnisse. Er selbst verweigerte sich jeder Konversation. Auch der Gastgeber buhlte vergeblich um einen Small talk. Träge fixierte Christian das nächste Opfer, entblößte gezielt seine Zähne zum Raubtierlächeln, und jeder schien willig, seine Beute zu sein.

»Sauf nicht zuviel. Wir müssen noch arbeiten«, fauchte er, weil Arn die Cocktails in sich schüttete, als wären sie Limonade.

»Das war der letzte«, versprach Arn halbherzig und wandte sich wieder dem ältlichen Plattenproduzenten zu, der ihm alle singenden Weltberühmtheiten aufzählte, mit denen er schon Sex gehabt hatte. Mit Hilfe der Cocktails klang Arns »How interesting« ziemlich aufrichtig.

Alles floß in ihn zurück. Das Meer, das jede Nacht New York entführte. Die atemlosen Jahre. Christian und Arn in Trastevere. Römische Engel auf knatternden Vespas. »Sono felice.« Ein dunkeläugiger Ragazzo schnappte seinen Satz im Vorübergehen und warf ihn in den Tiber. »Deine Überschwenglichkeit ödet mich an.«

Christian war genervt, weil sie noch keine Bleibe gefunden

hatten. Die Stricher waren so zahlreich wie die mageren Katzen, die ausgehungert durch das nächtliche Rom streunten. Hier hatte Christians Schönheit keinen großen Marktwert, da alle schön waren.

»Scheiß Rom. Nur Touristen und die Tunten des Vatikans. Laß uns so schnell wie möglich abhauen.« Seine Stimme klang cool und furchtlos wie immer, aber sein Gesicht paßte nicht dazu. Arn traute sich nicht, ihn zu umarmen. Christian fand jede Form von Zärtlichkeit weibisch. Arn hatte sich abgewöhnt, ihm seine Gefühle zu deutlich zu zeigen. Christian beschützte ihn, und Arn wußte, daß er ihm nicht gleichgültig war, doch noch nie hatte er den Satz gesagt, den Arn sich von ihm wünschte. Christian lehnte sich über die Brücke und spuckte in den Tiber.

»Scheiß Rom!«

Alles floß in Arn zurück. Alle Sommer und Winter. Die Vergangenheit, aber auch das Licht eines fernen Tages in der Zukunft. Der Strom des Lebens trug ihn. Überallhin. Carsten verschwand in der gesichtslosen Menge.

»Wenn du brav bist, gibt's auch gleich Abendbrot.«

Mama deckte den Tisch. Sie duftete wie eine Blumenwiese. Ihr roter Mund leuchtete wie Mohn. »Warum schaust du mich so an?« Sie verzog ihr Gesicht, als wollte sie weinen. Arn guckte schnell woandershin. Die Wurstscheiben auf dem Teller sahen traurig aus. Auch die Tulpen in der Vase, unter der sich der häßliche Ketchupfleck auf der Tischdecke verbarg. Die Vögel auf der Serviette sangen für Arn. Drei Blaumeisen und zwei Rotkehlchen und zwei Vögel, die er nicht kannte. Mama schien nichts zu hören.

»Bist du immer noch nicht fertig?« Die Buchstaben auf dem Etikett der Weinflasche verschwammen vor seinen Augen. Arn nahm einen großen Bissen von seinem Wurstbrot, doch in seinem Mund verwandelte sich alles in Sand. Der Orangensaft, den er dazu trank, half ihm nicht. Arn kaute und würgte, und das Brot wurde nicht kleiner.

»Das tust du nur, um mich zu ärgern. Du weißt genau, daß Horst es nicht mag, wenn du noch da bist.« Mama stöckelte aufgeregt hin und her. Ihre Stimme war ein Schmerz in seinen Ohren. In den roten Stöckelschuhen sah sie groß und fremd aus. Arn glaubte nicht, daß Mama Horst mochte, aber sie machte sich für ihn schön, wie auch für die anderen Männer, die sie besuchten. Günther brachte Arn Schokolade mit. Manfred schenkte ihm fast immer Geld fürs Kino. Rüdiger brachte ihm nichts mit, aber er verlangte auch nicht, daß Arn die Wohnung verließ, wenn er kam.

Meistens ging Arn in sein Zimmer und schloß die Tür ab. Er saß über seinen Hausaufgaben und hörte, wie Mama mit den Männern lachte. Für jeden Mann hatte sie ein anderes Lachen. Das Güntherlachen klang warm und gut. Wenn Rüdiger da war, kam ein falsches Lachen aus Mama. Arn hielt sich die Ohren zu, doch das Lachen lachte sich von selbst in seinem Kopf. Zu Günther sagte er »Onkel«, obwohl er wußte, daß es kein Verwandter war. Manfred nannte er einfach beim Vornamen wie auch Wolfgang und Martin, und zu Rüdiger sagte er gar nichts. Manchmal dauerte der Besuch bis zum anderen Morgen, doch Arn konnte sich immer darauf verlassen, daß die Männer wieder weggingen. Horst kam alle vierzehn Tage und blieb nie länger als zwei Stunden. Er ertrug keine Kinder, und deswegen durfte sich Arn noch auf der Straße herumtreiben, wenn seine Freunde schon zu Hause sein mußten. Im Sommer wurde es erst spät dunkel. Arn besuchte die Pferde auf der Weide und wartete am Zaun, bis sie zu ihm kamen, um sich mit Zuckerstücken und Mohrrüben füttern zu lassen. Sogar die scheue Bessy schnaubte in seine Hände und ließ sich streicheln.

»Niemanden habe ich so lieb wie dich. Das darfst du nie vergessen.« Mama beugte sich zu ihm herab und küßte ihn laut auf die Wange. »Jetzt hat mein armer Liebling überall Lippenstift im Gesicht.« Sie gingen zum Spiegel im Badezimmer und betrachteten den halben Mund auf seiner Wange.

Mama lachte und wischte mit einem feuchten Waschlappen alles wieder weg.

»Später mußt du aufpassen, daß deine Freundinnen einen Lippenstift benutzen, der kußfest ist.« Diesen Satz verstand Arn nicht, aber er war glücklich. Kein Sand verklebte ihm den Mund. Auf seiner Zunge war der Geschmack des Parfüms, mit dem Mama sich einsprühte. Es schmeckte nach Marzipan und Seife. »Bist du auch wirklich satt?« Arn nickte und lief schnell aus der Wohnung, damit Mama keinen Ärger bekam.

»Hat es dir nicht geschmeckt?« Rita sah aus, als wollte sie auf eine Party. Keine andere Schwester der Station schminkte sich so verwegen. Arn mochte ihre Fröhlichkeit, doch jetzt ertrug er ihren Anblick nicht. »Keinen Appetit.« Giftgrüne Erbsen. Bleiches Kartoffelpüree. Aufdringliche Karotten. Kränklicher Hackbraten. Ein kleiner Haufen Hundescheiße. »Appetitlosigkeit ist normal nach einer Chemo. Du mußt dich ein bißchen zwingen.«

»Morgen ganz bestimmt.« Sie sollte mit dem Teller verschwinden. Jede Farbe war ein Schmerz. Hinter der Stirn grünte sein Wahn. Sirrten die Karotten wie auf einem LSD-Trip. »Ich laß dich in Ruhe. Bis später.« Rita blieb noch einen Augenblick in der Tür stehen, als wartete sie auf eines der Scherzworte, zu denen Arn sich oft zwang, um die anderen bei Laune zu halten. Heute hatte er keine Almosen. Alles auskotzen. All die vielen traurigen Mahlzeiten. Die teure Kraftkost, die den Geschmack von Erdbeeren und Vanille simulierte. Diese Anstrengungen, das klapperdürre Gespenst von Zimmer 54 hochzupäppeln. Auskotzen das Grauen, das mit der ersten Chemo in Arn geflossen war. Schreckliche, unheimliche Kälte, die ihn langsam in Besitz nahm. Als sei es ihm vorbestimmt, in einem geheizten Zimmer in sich selbst zu erfrieren. Auf Eisschollen trieb der Rest, der von ihm übriggeblieben war, auf die andere Seite.

Nur harmloser Speichel tropfte auf das Kissen. Der Schrecken verteidigte seine Beute. Das Unheimliche gab

Arn nicht frei. Alles blieb in ihm. Das Gift, das die Ärzte in ihn geschüttet hatten, verwüstete alle Landschaften, alle Träume, alle Erinnerungen.

Das Gift überschwemmte New York. Überschwemmte alle Tage auf dem Queens Boulevard. Alle Nächte in Greenwich Village. Die Wolkenkratzer gingen unter im Traumstrom. Todesengel auf den knatternden Vespas in Rom. Das Gift war kalt und unsentimental. Der nächtliche Gefährte verflüchtigte sich auf der Brücke am Tiber. Flüchtete vor den Klagelauten des verwundeten Tieres. Jäger und Beute nahmen die Gestalt des Schmerzes an. Wohin mit dem Glatzkopf, der sich so theatralisch krümmte?

Der Fährmann lächelte still und bot ihm einen Platz auf seinem Floß an, aber Arn zögerte. Er war erst 35 Jahre.

»Wir haben die Dosis noch einmal erhöht.« Die sanften Augen des Oberarztes, der an seinem Bett saß und seine Hände hielt. Er sah nicht, daß Arns Hand zu Staub zerfiel, der über das weiße Krankenhauslaken rieselte. Arn streute Asche über alle Landkarten, die ihn aus kleinen Zimmern in die große Welt geträumt hatten. Keine Insel war unerreichbar, kein Kontinent zu weit entfernt.

»Wieviel Zeit bleibt mir noch?«

Das Körpertier duckte sich im gleißenden Licht des weißen Gottes. Lammfromm. Bereit, jedes Opfer zu bringen, das er forderte.

»Ihre Frage kann ich leider nicht beantworten. Das kann niemand genau sagen. Es gibt Fälle, die hoffnungslos erscheinen, und plötzlich tritt eine Besserung ein, mit der keiner mehr gerechnet hat. Das liegt nicht nur in unserer Hand. Wir tun alles, was möglich ist, aber …« Der Oberarzt lächelte traurig.

»Wann kapierst du endlich, daß du es bist, der die Regeln des Spiels bestimmt? Selbst dann, wenn du den Arsch hinhältst. Du bist der Puppenspieler, und der Freier ist die Marionette, die an deinen Fäden tanzt.«

Arn hatte nicht aufgepaßt. Der Typ, der ihn angebaggert hatte, schien okay. Groß und breit wie ein Schrank, aber harmlos. Arn war im Vollsuff einfach mitgegangen. Hatte nichts gecheckt. War auch nicht mehr sicher auf den Beinen. Arn stolperte und wollte sich an ihm festhalten, doch der drängte ihn gegen die Wand von einem Abrißhaus.

»Schwules Stück Scheiße!« Ganz leise sagte er es, aber Arn war sofort nüchtern. Das war eine Szene aus einem schlechten Film, den Arn schon zigmal gesehen hatte. Er hatte keinen Einfluß auf das Drehbuch und die Rolle, die ihm vorbestimmt war. Ein mächtigerer Puppenspieler war für das Spiel verantwortlich.

»Mieser Schwanzlutscher!« Arn wehrte sich nicht gegen die Faust und wartete, bis das Licht in seinem Kopf ausging.

»Kannst froh sein, daß dich jemand in der Gegend gefunden hat.« Christian spielte mal wieder den Coolen und zückte großspurig mehrere Geldscheine, weil Arn nicht krankenversichert war, aber der Arzt von der Unfallstation winkte müde ab.

»Kommen Sie in einer Woche wieder, damit ich die Fäden ziehen kann.«

Jetzt floß der Traumstoff in sein Blut. Trieb die Kälte aus. Spülte alle Schmerzen fort. »Wir sehen uns morgen zur Visite. Sie werden diese Nacht gut schlafen.« Arn schloß die Augen und träumte von sich und Christian an einem Sommernachmittag in der Zukunft, wenn dieser Winter Vergangenheit sein würde.

»Hör auf, ich kann nicht mehr.«

Christian hockte auf seiner Brust und kitzelte ihn, bis er nach Luft schnappte. Sein Gesicht war nicht nur vom Lachen rot. Es war auch nicht die Hitze des Sommertages. Arn genoß das unberechenbare Gewicht auf sich, doch er wußte, daß er sein Glücksgefühl nicht zeigen durfte. Niemand durfte wissen, daß er Christian liebte und sich nach seinen

Berührungen sehnte. Es war ihm egal, ob er von ihm verprügelt oder in die erstbeste Pfütze geschmissen wurde. Ihre Spiele waren harmlos, bis Christian ihn mit einer neuen Gemeinheit überrumpelte. Arn wartete aufgeregt auf diesen Augenblick, mußte aber so tun, als ob er sich fürchtete. Er bettelte um Gnade, während er sich heimlich wünschte, daß Christian noch nicht aufhören würde, ihn zu quälen.

Arn war zwölf Jahre alt und spielte die Angst, die vor vier Jahren noch echt gewesen war. Niemand durfte wissen, daß sich der Klassensprecher Christian mit dem Klassenclown abgab. Sie suchten sich abgelegene Wiesen und Felder.

»Sag: Ich bin dein doofer Sklave. Dann höre ich auf.«

Kleines, prustendes, kicherndes Körpertier unter dem gleichgültigen Himmel. Kleines, glückliches Körpertier.

Manchmal dachte Arn, daß Christian ihn durchschaute, aber es war beruhigender, sich auf dessen Arglosigkeit zu verlassen, auf die Eitelkeit des Angebers, der gerne seine Muskeln zeigte und mit der Überlegenheit über die anderen Jungen prahlte.

Christian, der schnellste Schwimmer. Der beste Fußballer. Der tollste Turner. Arn, eine sportliche Null, übertrieb die Zeichen seiner Bewunderung. Ein Handstand seines Gebieters, und der Sklave kriegte sich nicht mehr ein vor Begeisterung. Er behandelte Christian wie einen Gott, damit er wichtig und unersetzlich für ihn wurde. Er unterwarf sich bedingungslos und genoß heimlich seine Macht über das blonde Großmaul, das wie der Bruder aussah, den Arn sich mit acht Jahren erfunden hatte, bis alle Kinder ihn als Lügner entlarvt hatten. In seinen Träumen waren sie Brüder, die sich gegenseitig halfen und beschützten, doch in der Wirklichkeit jagte Christian mit den anderen Jungen Arn hinterher und schlug besonders fest zu, wenn sie das Opfer umzingelt hatten. Niemand konnte vermuten, daß es zwischen ihnen noch eine andere Beziehung gab. Arn hütete ihr Geheimnis und zählte die blauen Flecke, die ihn mit Christian verbanden. Die Rollen waren klar verteilt. Arn mußte warten, bis sein

Gebieter ihm befahl, sich an einem von ihm bestimmten Tag an einem von ihm gewählten Treffpunkt einzufinden. Nie hätte es Arn wagen dürfen, von sich aus eine Verabredung anzubieten.

»Wenn du nicht pünktlich kommst, wird die Strafe gnadenlos sein.«

Arn guckte ängstlich und verbarg seine Freude. Wenn Christian ihn eine Weile vernachlässigte, geriet er in Panik. Er stellte sich vor, daß sein Gebieter ein anderes Opfer gefunden hatte. Arn war eifersüchtig auf jede Demütigung, die Christian dem anderen zufügte. Vielleicht fesselte er jetzt einen anderen Jungen an den Baum. Zwang ihn, sich in der weißen Hose im Dreck zu wälzen. Einen Regenwurm runterzuschlucken. Barfuß zur Schule zu gehen. Beim nächsten Diktat absichtlich viele Worte falsch zu schreiben. Die Verzweiflung dauerte so lange, bis Arn wieder einen Befehl erhielt. Dankbar schenkte er dem erstaunten Christian seine funkelnagelneue Uhr und tat, als gehorchte er einer Anweisung, die sein vielbeschäftigter Meister vergessen hatte.

»Wie lange soll ich noch warten?«

Arn spürte, daß Christian das Spiel langweilte, und sagte brav den Satz, den der andere hören wollte.

»Lauter!«

»Ich bin dein doofer Sklave!«

Christian lachte, und es fiel Arn schwer, nicht in sein Haar zu fassen. Er drehte den Kopf zur Seite und gab sich besiegt.

Der Patient von 54 schaute auf seine bunte Wand. Poster von New York und Rom. London und Paris. Sein Globus drehte sich nicht mehr.

Arn hatte sich gut vorbereitet auf den ersten Schultag nach den Sommerferien. Diesmal würde er nicht der einzige sein, der nirgendwo gewesen war. Kein Neid wuchs auf Thomas und die Berge in Österreich. Auch Claudia mit ihren blöden Schafen in Schottland konnte Arn gestohlen bleiben.

»Paris ist die Hauptstadt von Frankreich. Der Eiffelturm ist das Wahrzeichen der Weltausstellung von 1889. Paris liegt in einer Senke, die durch einige heute zur Stadt gehörende Hügel wie den Montmartre, Belleville, Chaillot und Montparnasse begrenzt ist. Ile de la Cité und die kleinere Ile St.-Louis bilden das historische Zentrum. Die Hotels werden in ganz Frankreich mit Sternen klassifiziert, die das Ministerium für Tourismus vergibt. Ohne Zweifel ist die französische Hauptstadt ein Dorado für alle, die das Besondere suchen und bereit sind, dafür auch etwas auszugeben. Sacré-Cœur ist ein typisches Beispiel für die stilistische Orientierungslosigkeit in der Architektur gegen Ende des 19. Jahrhunderts. Elemente ganz unterschiedlicher Herkunft, aus Romantik und Renaissance, der byzantinischen und der maurischen Kunst, werden hier zu einem Bauwerk vereinigt.«

Arn kam nicht mehr dazu, von den verwinkelten Gassen und grandiosen Boulevards zu erzählen, den mondänen Geschäften und exklusiven Restaurants, weil jedes weitere Wort im Gelächter der Klasse unterging. Es nützte nichts, daß die Lehrerin Ruhe befahl. Auf ihrem Gesicht saß ein Lachen, das sich mit den anderen gegen ihn verbündete. Immer wieder hatte Arn in den Ferien die Sätze aus dem Reiseführer auswendig gelernt, bis sie sogar im Schlaf aus ihm sprachen, doch alles war umsonst gewesen. Auch die Freundlichkeit von Onkel Günther, der ihm geduldig erklärt hatte, wie man Sacré-Cœur und Ile de la Cité richtig ausspricht.

Der Eiffelturm fiel vor den anderen auf seinen Kopf, und Sacré-Cœur, die weiße Kirche, die Arn genau vor sich sah, wie sie hell im Licht der Sommerferien leuchtete, brach zusammen unter dem feindlichen Gelächter.

»Wir haben im Ritz gewohnt. An der Métro Opéra. Das ist ein berühmtes Hotel in Paris. Filmstars trifft man dort. Und Herzöge«, schrie Arn mit rotem Gesicht, obwohl er längst wußte, daß alles verloren war. Er stürzte aus der Klasse und wollte bis ans Ende der Welt laufen, aber Lügen hatten kurze Beine, und er kam nicht weit. Die Häuser waren keine steinernen Wächter mehr, die mit bösen Augen jeden Schritt verfolgten und aufpaßten, daß niemand die Stadt verließ, doch noch immer hatten sie Macht über Arn.

Ihm war, als ob ihn jedes Haus festhielt und zur Rede stellte. Seine Schande hatte sich in Windeseile herumgesprochen. Hinter den Fenstern saßen die Leute und tuschelten über den mißratenen Sohn. Alle wußten, daß er ein Lügner war. Er hatte keinen Vater. Er hatte keinen Bruder. Er war noch nie in Paris gewesen. Seine Mama liebte niemanden so sehr wie ihn, aber einen Urlaub konnten sie sich nicht leisten. Arn war kein kleines Kind mehr und verstand, daß das Glück Geld kostete. Der Vater von Thomas war Zahnarzt und hätte seinem Sohn sogar einen Berg in Österreich kaufen können, wenn er den gewollt hätte. Claudia hatte einen Fabrikbesitzer zum Vater, der so reich war, daß er seiner Tochter eine ganze Herde schottischer Schafe schenken konnte und einen goldenen Stall noch dazu. Onkel Günther verdiente auch viel Geld, doch er war nicht Arns Vater. Er legte Geldscheine auf den Schuhschrank im Flur, bevor er sich aus der Wohnung schlich. Auch die anderen Männer schlossen die Tür verdächtig leise hinter sich, als dürfte niemand von ihrem Besuch erfahren. Arn stellte keine Fragen mehr, weil Mama schlechte Nerven hatte und sich immer gleich aufregte. Wenn Arn erwachsen war, brauchte sie keine anderen Männer mehr, die ihr Geld gaben. Er würde ihr all die eleganten Kleider kaufen, die sie sich so oft in den Katalogen anschaute. Alle würden sich vor der Schönheit seiner Mutter verbeugen, und niemand würde es wagen, schlecht über sie zu reden. Sie reisten um die Welt, und ihre Ferien dauerten das ganze Jahr. Arn war reich, und sie konnten sich das Glück leisten.

»Du hast das schönste Zimmer auf der Station«, sagte Antje, die zusammen mit Carsten das Bett neu bezog. Sie blickte auf die gelbe Nachttischlampe, die Christian mitgebracht hatte. Den Weihnachtsstern über Arns Bett. Die Plüschtiere auf dem Fensterbrett zwischen üppigen Blumensträußen.

Der Wolf schlief und träumte vom Wald. Der Fuchs wärmte mit seinem Fell den Nußknacker, der grimmig aus dem Fenster guckte, als zürnte er der Kälte.

»Hier ist es viel gemütlicher als bei mir zu Hause«, scherzte Carsten, während er das frische Laken glattzog.

»Tut mir leid, daß ich euch so viel Arbeit mache mit meiner Schwitzerei«, sagte der Patient von Zimmer 54.

»Red keinen Unsinn!« Antje lächelte der schlotternden Gestalt im Bademantel zu, die sie für Arn hielt. Auch Carsten verwechselte das Gespenst, das nächtlich vor sich hin zitterte, mit ihm.

»Wahrscheinlich wachsen deine Haare wieder nach, wenn die Chemo abgeschlossen ist, aber ich würde es so lassen. Du siehst mit Glatze toll aus.« Antje nickte zustimmend. »Schlaf gut – und ruf uns, wenn du was brauchst.«

Beide verschwanden in ihrer Nacht. Arn folgte ihnen. Vorbei an den Türen, hinter denen das Unheil nur scheinbar schlief.

Uwe und Sven schoben den Medikamentenwagen über den langen Flur. Pillen und Tropfen. Spritzen. Flaschen für Infusionen. Mittel, um das Schicksal zu betäuben. Niemand entdeckte Arns Flucht. Der Patient von Zimmer 54 riß die bunten Poster von den Wänden, während Arn unterwegs war.

Christian und Max hatten ihn eingeladen. Sie konnten nicht wissen, daß Arn schon oft vor dem Haus in der Maaßenstraße 11 gestanden hatte. Dritter Stock. Links. Ihre Silhouetten. Licht oder Dunkel. Himmel oder Hölle. Der Schattenriß seiner Schultern. Das rettende Ufer vor Arns Augen, während er in heillosen Träumen ertrank. Licht oder Dunkel. Seine verrückte Sehnsucht. Arn besetzte ihr Zimmer mit seinem Christianfieber. Infizierte ihren gemeinsamen Schlaf mit seinen kranken Wünschen. Arn richtete sich ein in ihrer Zweisamkeit. Er lauerte. Er wartete auf seine Chance. Wie tollwütig trieb er sich rum in ihrem Leben. Keine Kugel erlöste ihn von seinem Wahn.

»I am sailing.« Das Lieblingslied von Christian segelte bei geöffnetem Fenster durch die Nacht.

Max hörte lieber Maria Callas und andere Operndiven. Er dachte, daß Arn in Christian verliebt wäre und quälte ihn mit gutmütigen Scherzen und Anspielungen, doch er ahnte nichts von dessen Besessenheit. Er wußte nicht, daß Arn immer wieder den Tod von Max träumte, um seinen Platz einnehmen zu können. Christian war sein glücklicher Schmerz. »Kleiner, schon was vor am Montag? Wenn nicht, kannste bei uns vorbeikommen. Max kocht Spaghetti Bolognese. Schmeckt scheußlich, aber der Hunger treibts rein.«

Im »Eldorado« nannte ihn jeder Kleiner oder Zwerg, weil Arn auch in seinen hochhackigen Cowboystiefeln nicht über 165 hinauskam, doch bei keinem klang das »Kleiner« so brüderlich und vertraut wie bei Christian, obwohl er dabei spöttisch grinste.

»Ich habe am Montag nichts vor«, sagte Arn schnell und ärgerte sich, daß er schon wieder rot wurde, aber Christian fixierte mit seinem wachen Pantherblick einen Freier, der hektisch Münzen in den Spielautomaten warf. Eine leichte Beute. Max verließ die Bar an der Seite von Knut, der seit Jahren regelmäßig ins »Eldorado« kam. Ein harmloser Typ, der die Jungens in verschiedenen Posen fotografierte. Kein Sex. Keine Berührungen. Vielleicht fürchtete sich Knut vor Geschlechtskrankheiten, vielleicht war er nur ein bißchen verschroben. Selbst die hartgesottenen Burschen mochten ihn, da er großzügig war und jeden mit Respekt behandelte.

Das »Eldorado« war seit vielen Jahren Arns Familie. Er fragte sich nicht mehr, ob er hoffnungslos gestrandet war oder aber hinter dem Tresen dieser alten Kaschemme den Platz gefunden hatte, der ihm von allem Anfang an vorbestimmt war. Arn kannte sie alle. Schon die Art und Weise, wie jemand den Laden betrat, offenbarte seine Geschichte. Die Jahre hatten Arns Blick geschult. Er durchschaute Macken und Maschen, hilflose Tarnungsmanöver und Tricks. Die Familienväter, die für eine Nacht aus ihrer Lebenslüge flohen. Die Profis, die in allen Städten dieser Welt wußten, wo sie Frischfleisch erwerben konnten. Sie taxierten den Marktwert der Jungen und wollten nur Sex. Ganz anders die einsamen Romantiker, die im »Eldorado« die Illusion von Liebe und Zuneigung suchten. Stricher waren auch gute Psychologen und begabte Schauspieler. Sie witterten die heimlichen Wünsche und Sehnsüchte ihrer Kunden und taten so, als wäre der ausgehandelte Preis ein Geldgeschenk unter Freunden, das sie überraschte. Niemand von den Jungen aber war so ausgebufft wie Christian und Max. Obwohl es Jüngere und Schönere gab, waren sie die Stars im »Eldorado«. Sie beherrschten die Kunst der Verwandlung und nahmen die Gestalt an, die der Freier begehrte. Christian war zuständig für alle, die es härter bevorzugten. Besonders die Uniformfetischisten kamen bei ihm auf ihre Kosten. Er schlüpfte in jede Rolle. Max kümmerte sich um die Anfänger. Die Unsicheren und Unerfahrenen fühlten sich von ihm nicht bedroht. Er verfügte nicht über die Kälte, mit der Christian jeden einschüchterte. Max konnte seine ländliche Herkunft nicht verleugnen. Mit seinem widerspenstigen Kraushaar und den Sommersprossen sah er aus wie ein junger Bauer, der seinen Hof nie verlassen hatte.

Im »Eldorado« wußte niemand, daß Christian und Max auch privat ein Paar waren. Jeder hielt sie für ein Team, das sich gemeinsam auf dem Fleischmarkt anbot.

»Liebe verdirbt das Geschäft. Freier sind von Natur aus neidisch und mißgünstig«, sagte Christian und lächelte kühl.

Max schwieg und stocherte lustlos auf dem Teller. Die Spaghetti hatten zu lange gekocht und schmeckten fade, aber für Arn war es ein köstliches Gericht. Er war überwältigt von der bürgerlichen Gemütlichkeit ihrer Wohnung. Üppige Blumensträuße in hellen Keramikvasen. Verspielte Stehlampen und orientalische Brücken auf einem flauschigen Teppich. Ein leuchtender Weihnachtsstern über ihrem französischem Doppelbett, daneben eine gelbe Nachttischlampe, die auf alles ein versöhnliches Licht warf.

»Da staunste, wa? Mäxchen ist die perfekte Hausfrau und eine sentimentale Socke.« Christian entblößte seine gierigen Raubtierzähne und legte brüderlich den Arm um Arn. Der drehte sein gerötetes Gesicht in eine andere Richtung und bat sein Herz, nicht so aufgeregt zu lärmen. Auf dem Fensterbrett tummelten sich Plüschtiere neben einem Nußknacker, der grimmig aus dem Fenster schaute, als müßte er die kindliche Welt von Max gegen alle Erwachsenen verteidigen. Poster von New York und Rom an den Wänden. Friedlich mündete der Hudson River im Tiber. Christian und Max merkten nicht, daß Arn im Traumstrom versank. Sie erzählten von wilden Parties in New York.

»Rom war ein Flop. Lauter Puppenjungen mit Marzipanschwänzen. Zum Kotzen!« Christian schüttelte sich theatralisch.

»Mir hat Rom gefallen«, sagte Max leise und öffnete eine weitere Flasche Wein. Arn saß auf ihrem grünen Ledersofa und rekelte sich im sanften Licht eines römischen Abends. Vor dem Fenster die kehligen Stimmen der Italiener, die auch dann sangen, wenn sie sprachen.

»Wat kiekste so komisch, Kleiner?« fragte Christian und boxte ihm scherzhaft in die Rippen.

»Sono felice«, sagte Arn und nahm in Kauf, daß die beiden ihn für übergeschnappt hielten.

Der Wagen mit dem Nachmittagskaffee schepperte über den Flur. »Kaffee oder Tee. Streuselkuchen.« Die leiernde Stimme von Uwe, der den Animateur mimte. Die Patienten der Station 30 C waren dankbar für alles, was den tristen Alltag der Krankheit unterbrach. Uwe war lustiger als Sven. Sven war lustiger als Carsten. »Kaffee oder Tee. Streuselkuchen.« Viermal lauschte Arn dem Spruch, als handele es sich um eine komische Nummer. Uwe schob seinen Koboldkopf mit den grünen Haaren durch die Tür.

»Ich muß nüchtern bleiben. Wegen der Gastroskopie«, rief der artige Patient von Zimmer 54. Uwe schaute auf seine Liste.

»Stimmt. Da steht es. Haben sie dich immer noch nicht abgeholt? Schlamperei. Freu dich auf das Abendbrot, das wird dir heute besonders gut schmecken.«

Die Freundlichkeit von Uwe trieb Tränen in Arns Augen. Er drehte den Kopf zum Fenster.

»Habe sowieso keinen Appetit«, murmelte Arn, aber Uwe war schon draußen. »Kaffee oder Tee. Streuselkuchen.«

Schnee rieselte auf seinen Nachmittagskörper.

»Wenn du es nicht probierst, wirst du nie wissen, wie toll es ist.« Christian machte Arn mit glitzernden Augen an. Er nahm alles, was antörnte. »Keine Angst, mein Kleiner. Das macht dich noch nicht zum Kokser. Verlierst nur deine Hemmungen. Wirst geil und wild.«

Christian lachte und lümmelte sich in den schmutzigen Decken eines schäbigen Hotelzimmerbettes. Er hatte Arn in die Absteige mitgenommen, wohin er sonst mit seinen Freiern ging. Christian wußte, daß Arn verrückt nach ihm war, doch er ließ ihn zappeln. Es machte ihm Spaß, mit Arns Masochismus zu spielen. Ein flüchtiger Kuß, eine schnelle Umarmung, dann schroffe Zurückweisung. Willenlos lieferte sich Arn aus. Er war die Karikatur eines Abhängigen.

»Wenn du dich traust, laß ich dich ran, Kleiner.« Arn fürchtete sich vor Christians Verachtung, die ihn erregte. Schnee rieselte auf seinen Handrücken.

»Wartest du auf jemanden?« Frau Döring musterte Arn mißtrauisch. Die Frau seines Biologielehrers war eine stadtbekannte Klatschbase. Was trieb der vierzehnjährige Bastard aus der Untergasse im Villenviertel? Unwahrscheinlich, daß er mit dem Sohn des Arztes befreundet war. Auch die Tochter des Rechtsanwaltes war in seinem Alter, aber der Vater würde nie dulden, daß sich seine Prinzessin mit dem Sohn der Stadthure abgab.

»Ich gehe spazieren«, stotterte Arn und glotzte andächtig auf eine schneebedeckte Birke. Wieder dieses neblige Gefühl von Schuld. Als lauerten Dolche in seinen Manteltaschen.

»Bei der Kälte würde ich nicht spazierengehen. Paß auf, daß du dich nicht verkühlst.« Die Studienratsgattin lächelte scheinheilig und trippelte durch den Schnee davon.

Arn bemühte sich, wie ein Naturliebhaber auszusehen, und machte ein paar Schritte, um dann schnell zur Hausnummer 30 in der Ederdorfstraße zurückzukehren. Hatte ihn das alte Schandmaul schon öfter beobachtet? Wußte sie, daß er Christian seit Wochen nachspionierte? Sollte sie es doch jedem sagen. Arn pfiff auf das Geschwätz der Leute. Er vernachlässigte seine Hausaufgaben. Er belog seine Mutter und erfand fadenscheinige Ausreden, wenn ihn das Christianfieber aus dem Haus trieb. Seine Mutter schaute ihn oft an, als wüßte sie, daß etwas nicht mit ihm stimmte, aber klammheimlich war sie erleichtert, wenn Arn die Wohnung verließ, damit sie ungestört und ohne Zeugen trinken konnte. Arn ignorierte ihre wachsenden Alkoholprobleme. Er war besessen von Christian, der schon lange das Interesse an ihren Spielen verloren hatte. Alle waren im Bilde, daß der blonde Christian mit der blonden Petra ging. Ihre Romanze war Stadtgespräch, ein ideales Paar, die beiden Lichtgestalten. Der Sohn des Sparkasseninspektors und die Tochter des Ingenieurs.

»Hallo, alter Spinner!« rief Christian, wenn er Arn sah und schlug ihm gönnerhaft auf die Schulter. Ihre seltsamen Treffen am Rande der Stadt waren für ihn abgelegter Kinderkram. Was wollte Arn von Christian, der durch seine Träume spukte? Auch an diesem Nachmittag stand er vor seinem Haus und ließ sich von Eifersucht quälen. Seit zwei Stunden war Petra bei Christian. Sie rauchten und hörten Musik. Sie umarmten sich. Arn fürchtete sich vor den wirren Gefühlen, die wie eine Krankheit über ihn kamen.

Kreischende Kinder auf Schlitten, die von Müttern im Nerz oder Vätern im Kaschmirmantel gezogen wurden. Arn grinste harmlos und tat so, als schaute er gerührt auf das winterliche Familienidyll, während er die besorgten Elternblicke genoß.

Dieser komische Wicht mit den dunklen Schatten unter den irren Augen, der offensichtlich nicht ins Viertel gehörte, eine verdächtige Gestalt. Wirkte etwas verhaltensgestört, der Bengel. Was führte er im Schilde? Warum grinste er so blöde? Arn sagte höflich »guten Tag« und schaute gedankenverloren in die Landschaft. Er vermied es, zu lange auf die Fenster der Nummer 30 zu starren. Niemand ahnte, daß in seinen Träumen ein blondes Mädchen starb. Fettgedruckte Schlagzeilen hinter seiner Stirn.

Wieder tragisches Drogenopfer!

Ungeklärter Mordfall!

Rätselhaftes Verschwinden einer 16jährigen!

Tödlicher Verkehrsunfall!

Mädchen sprang aus dem Fenster!

16jährige von Zug überfahren!

Lebensmittelvergiftung endete tödlich!

Tod im Hallenbad!

Arn tröstete den verzweifelten Christian. Sie saßen in dessen Zimmer und rauchten. Christian sprach von Petra, und Arn hörte ihm zu. Der Freund weinte in seinen Armen und erlaubte Arn, ihn zu berühren. Sein Kummer war so groß, daß er es nicht ertrug, nachts allein zu bleiben. Arn ging nicht weg. Sie schliefen in einem Bett. Seite an Seite. Einer des anderen Hüter. Unzertrennlich.

Gewalttätig klangen die Glocken der Kirche, die auf den Sonntagmorgen in Zimmer 54 einschlugen. Dieser dumpfe Lärm kannte kein Erbarmen. Eine kalte Wintersonne brach durch die Fensterscheiben und war ein Schmerz in Arns Augen. Lärm und Licht waren unheilvoll verbündet. Jemand hatte alle Poster von den Wänden entfernt.

Die Städte seiner Sehnsucht und Unruhe. Niemals war er dort angekommen, wohin er sich wünschte. Abgestürzt waren seine Jahre in flüchtige Augenblicke mit Fremden.

Immer nur war er die Tresenschlampe in zwielichtigen

Bars und Kaschemmen gewesen. Der Kellner mit dem komischen Fernweh.

»Komm, Kleiner, erzähle uns eine deiner bewegenden Reisegeschichten! Berichte uns von deinem göttlichen Christian!« Die spöttischen Blicke der Gäste, die Arn Drinks spendierten, damit sie auf seine Kosten lachen konnten. Das Gelächter auf dem Schulhof war nur etwas älter geworden. Die Gäste wußten, daß Arn jeden One-Night-Stand zwanghaft Christian nannte. Wer seinen Arsch wollte, kümmerte sich nicht um seinen Spleen. Es hatte sich inzwischen auch herumgesprochen, daß sich seine detaillierten Kenntnisse der Welt den Polyglott-Stadtführern verdankten. Wenn er genug getrunken hatte, konnte Arn sehr unterhaltsam sein. Er schüttete ihre Drinks in sich rein, und nach einer Weile verwandelten sich die Fremden in Freunde, die Anteil an seinem Schicksal nahmen. Vielleicht war es gut, daß nichts mehr an das andere Leben erinnerte, das möglich gewesen wäre, wenn Arn besser auf sich aufgepaßt hätte.

Unwirklich war die schneeweiße Leere der Wände, die Arn wie unverletzbare Körper erschienen. Sie standen bewegungslos im Raum und warteten. Körper ohne Geschichte. Ohne Vergangenheit und ohne Zukunft. Körper ohne Erinnerung. Die Mißhandlung der Glockenschläge berührte sie nicht. Auch der Weihnachtsstern, den Arn sich über das Bett gehängt hatte, war verschwunden. Mit ihm die gelbe Nachttischlampe. Als duldete die schreckliche Helligkeit dieses Morgens kein tröstliches Licht. Der Raum war fremd und unheimlich. Vielleicht war Arn auf ein anderes Zimmer verlegt worden. War ihm nicht nach dem Befund der letzten Computertomographie eine höhere Dosis Morphin bewilligt worden? Vielleicht schlief Arn noch, und dieser Sonntagmorgen war ein Traum. Das Fensterbrett war leer. Wolf und Fuchs konnten zurückgekehrt sein in die Wälder, in denen Arn als Kind gespielt hatte.

Der Schläfer brauchte keine Requisiten für seine Sehnsucht. Die Jägerspiele der Männerwildnis verloren ihren tödlichen Ernst. Es war nicht länger nötig, die Gefahr des Großstadtdschungels durch infantile Riten zu verharmlosen. Der Bann der Furchtsamen, die alles, was wild war, in Plüsch und Niedlichkeit verwandelten, galt nicht mehr in der Landschaft des Schläfers. Im Traum erwachten die Verzauberten zu ihrem eigentlichen Leben. Die Blumensträuße, die neugierige Stammgäste aus dem »Eldorado« gebracht hatten, vermißte Arn nicht.

»Der arme Kerl liegt im Sterben. Nur noch Haut und Knochen. Besucht den Kleinen doch mal. Er hat keinen, der sich um ihn kümmert.« Arn hörte ihre Stimmen, aber sie erreichten ihn nicht mehr. Aufdringlich war die Vergänglichkeit der Blumen. Arn brauchte keinen Tod, den er sich in die Vase stellen konnte. Auch der Nußknacker fehlte ihm nicht. Das Geschenk von Christian und Max.

»Na, Kleiner, wie lange willst du hier noch faulenzen?«

Christian tigerte nervös durch das Zimmer und wich Arns Augen aus, die ihn zum letzten Mal suchten.

»Ich soll dich von allen grüßen«, sagte Max, und Arn wußte, daß er log, doch auch das war nicht mehr wichtig. Arn war froh, als die beiden verschwanden.

Eine Taube setzte sich auf das Fensterbrett, gurrte lockend und flog auf, als wäre alles gesagt.

Die Glocken hatten aufgehört, gegen die Wände zu schlagen. Eine große Stille nahm das Zimmer und diesen Sonntagmorgen in Besitz. Die Wintersonne warf einen kalten Schatten auf das Bett, vor dem Rita und der Oberarzt schweigend standen.

Schritte vor dem Fenster

Jan stieg aus dem Bett und schaltete auch in dieser Nacht in allen Zimmern das Licht an. Wer von draußen die hellerleuchteten Fenster sah, vermutete ein Fest, bis die anhaltende Stille das Mißverständnis korrigierte. Keine Musik. Keine tanzenden Silhouetten. Keine Stimmen und kein Gelächter. Lichter und Stille schienen in Erwartung. Vielleicht blieb in diesem Augenblick ein Fremder vor den Fenstern stehen. Er dachte daran, kleine Kieselsteine gegen die Scheiben zu werfen, vorsichtig, wie ein verabredetes Zeichen, oder auf dem Türschild den Namen zu suchen, der zu der Stille im zweiten Stock des Vorderhauses paßte. Es war möglich, daß er der Gast war, von dem die hellerleuchteten Zimmer träumten. Der Fremde lächelte und ging langsam weiter. Jan lauschte den Schritten nach, die sich entfernten, und ihm war, als wäre es Mirko, der noch einmal weggegangen war, um sich irgendwo zu betrinken.

»Treib dich nicht wieder besoffen in irgendwelchen Parks herum!« Der Todesengel lehnte lässig an einem Baum und ließ sich umschleichen. Wartete, bis Mirko auf die Knie sank und jede Wachsamkeit verlor.

»Mach nicht auf tyrannische Mutter«, hatte Mirko gesagt und war weggegangen. Er hatte sich nicht noch einmal nach Jan umgedreht, der im Flur stand und die Treppenstufen zählte, die Mirko in die Nacht führten. Der Todesengel lauerte geduldig an irgendeiner Straßenecke, bis Mirko genug getrunken hatte und eine leichte Beute war. Ein Schlag auf den Kopf und aus.

Jan hatte seine Angst gehaßt. Nur noch Angst und Haß in diesen letzten Jahren. Angst um Mirko. Haß auf Mirko, der es ihm überließ, um das zu kämpfen, was von ihrem Leben übriggeblieben war.

»Deine Liebe kann mich nicht retten. Also misch dich nicht ein«, hatte er gesagt und vor Jans Augen eine volle Flasche Whisky bis zur Hälfte ausgetrunken. Jan hatte sich bei dem Wunsch ertappt, daß das Unheil etwas schneller seinen Lauf nähme, daß alles, auch wenn es schrecklich wäre und Schmerz bedeutete, in eine überschaubare Ordnung zurückkehrte. Doch selbst in der Hölle hatte es Stunden gegeben, in denen Jan an Gott glaubte und ihn um ein Wunder bat. Wenn Mirko schon schlief und ruhig atmete, hatte Jan über seinen Schlaf gewacht und war sicher gewesen, daß sie die Krankheit besiegen könnten. Sie würden dem Alter gemeinsam begegnen. Seite an Seite. Ein seltsames Paar. Jeder würde wissen, daß sie seit mehr als einem halben Jahrhundert zusammenlebten. Zwei störrische Alte, oft zänkisch und rechthaberisch, aber immer zu zweit. Ein stadtbekanntes Bild. Wo der eine war, war auch der andere. Mirko lächelte im Schlaf. Ob er den Schutzengel auch gesehen hatte?

Immer wieder hatte es diese Anfälle von Hoffnung gegeben, die allen Tatsachen trotzte, und dann erbitterte es Jan, daß Mirko nichts tat, um Widerstand zu leisten. Fast wollüstig ergab er sich seinem Schicksal und vergeudete die restlichen Kräfte an Exzesse, die seinem geschwächten Körper noch mehr schadeten. Jan hatte in der Küche gestanden und vegetarisch gekocht, während Mirko eine Zigarette nach der anderen rauchte und beiläufig eine Flasche Wein leerte.

»Sei nicht so deutsch. Im Süden wird auch viel getrunken. Dort versteht man es, das Leben zu genießen.« Jan hatte in den Töpfen gerührt und geschwiegen. Es war sinnlos, Mirko daran zu erinnern, daß er kein neapolitanischer Kraftprotz war. »Bist du jetzt sauer?«

Jan hatte den Kopf geschüttelt und gewußt, daß er das vitaminreiche Menü gleich alleine essen mußte, weil Mirko satt war von Nikotin und Alkohol.

Immer noch hingen die Fotos an den Wänden. Als bräuchte Jan für seine Erinnerungen Beweise. Mirko als Hamlet. Mirko als Prinz von Homburg. Mirko auf einer Party mit Schauspielerkollegen. Mirko mit Sonnenbrille vor dem Hotel in Heringsdorf. Ihr letzter gemeinsamer Urlaub.

Berlin, versunkene Stadt, für sieben Tage untergetaucht in der Ostsee. Mirko und Jan. Jan und Mirko. Sie hatten das Zeichen gegeben, dann war alles untergegangen, die Wartezimmer der Schwerpunktpraxen, Termine in der Tagesklinik, Chemo-Therapie und Infusionen, alles war im Lärm der Möwen verschwunden.

Jan und Mirko. Mirko und Jan. Sie hatten einen einwöchigen Gedächtnisverlust geprobt. Stille und Schlaf. Wolken und Wind. Meer und Matjes. Keine anderen Höhepunkte als ein Besuch des Muschelmuseums. Jan verordnete absolute Ruhe, und Mirko protestierte nicht und war so fügsam, daß Jan beunruhigt war. Er vermißte die trotzige Unvernunft seines Freundes.

»Siehst du, jetzt erlebe ich ein Alter, das ich nie erreiche«, hatte Mirko gesagt und den rüstigen Damen nachgeschaut, die mit ihren Stöcken schneller am Meer waren als die zwei Männer. Mirko übertrieb die Langsamkeit, zu der ihn die Krankheit zwang, und trippelte. Parodie auf einen Hundertjährigen. Jan konnte darüber nicht lachen. Sie hatten sich umarmt und nichts mehr gesagt. Der Spaziergang war so anstrengend gewesen, daß sie sich auch an diesem Abend für ein Essen im Hotel entschieden. Fangfrischer Ostseefisch.

»Protein ist nahrhaft, aber eine Überdosis Gesundheit kann auch schädlich sein«, hatte Mirko gemurmelt und etwas zu laut gelacht.

»Ob ich noch einen Wein trinke?«

»Ja, laß uns leichtsinnig sein«, hatte Jan zugestimmt, als wäre ein zweites Glas eine Ausschweifung.

»Nein, ich bestelle mir ein Mineralwasser. Sonst komme ich morgen nicht aus dem Bett.« Mirko guckte tapfer zu den anderen Tischen, an denen Alte und Uralte saßen, keiner jünger als sechzig. Die Kellnerinnen standen träge herum, ab und zu bewegte sich die eine oder andere, bedächtig, als vertrüge sich zuviel Entschlossenheit nicht mit dem hohen Alter der Gäste.

Die letzte Zigarette am Ende eines Tages war ihr Ritual in dieser Woche in Heringsdorf. Jan und Mirko hatten auf dem Balkon gestanden und auf das Meer geschaut, das schon zu schlafen schien. Mirko hustete nach jedem Zug, doch er wollte die Zigarette aufrauchen.

Wer hatte in der Nacht Jans Namen gerufen? Jemand stieß ihn die Schlaftreppe runter und zählte die Stufen. Jemand befahl seinen Absturz. Jan war gefallen. Warum trug Frau Müller von der Rezeption seinen Koffer? »Vielleicht finden Sie in Ahlbeck ein Zimmer, wo Sie sterben können«, hatte sie gesagt und ihm den Koffer in die Hand gedrückt. Jan war weinend in den Armen von Mirko erwacht, der ihn hielt und tröstete. Obwohl der stumme Dritte nicht von ihrer Seite wich, waren diese Tage, in denen sie sture Regelmäßigkeit zelebrierten, glücklich gewesen. Choreographie für zwei Kurgäste. Sie stürzten sich auf die Ereignislosigkeit wie auf das rettende Heilmittel. Harmlosigkeit und Ruhe. Sie schwelgten in Langeweile und sammelten Kraft. Nach dem Frühstück stille Spaziergänge am Meer oder auf der Kurpromenade. Prächtige Villen in Ahlbeck. Noch prachtvollere in Bansin. Sie schenkten sich gegenseitig Häuser, die ihnen besonders gut gefielen. Wald und Meer. Grün, das ins Blaue aufbrach. Die Luft war mild. Mirko war zu warm angezogen und gab Jan den Mantel, der ihn sich über die Schulter hängte. Unterwegs hatten sie einen Kater getroffen, der sich sofort an Mirkos Beinen rieb. »Na, du Schöner, keine Maus in Sicht? Auch sonst nichts los? Ja, mein Vagabund, ich verstehe, das Leben!« Der Kater schien Mirko aufmerksam zuzuhören, er schnurrte zustimmend und trollte sich von dannen.

Jan schaute auf die Fotos und lächelte. Mirkos Narzißmus, der während ihrer dreiundzwanzigjährigen Beziehung das Erwachsenwerden boykottierte, hatte in den Jahren der Krankheit oft groteske Züge angenommen.

»Das ist mein privates Museum. Ich werde demnächst Eintritt verlangen«, hatte Mirko vor Freunden gescherzt, und alle lachten bis auf Jan. Er wußte, daß Mirko diese postergroßen Fotos von sich brauchte, um sein Verschwinden zu kaschieren. Hamlet magerte nicht ab. Prinz vom Homburg verlor keine Haare.

Das Bild, das Mirko vor dem Hotel in Heringsdorf zeigte, dünn und mit eingefallenen Wangen, hatte Jan erst nach dem Tod seines Freundes aufgehängt.

Jan hatte sich oft vor der prahlerischen Unverletzbarkeit der auf die Fotos gebannten Augenblicke gefürchtet, die ihn nur auf den offensichtlichen Unterschied zwischen Vergangenheit und Gegenwart hinwiesen, aber er schwieg, wenn wieder ein neues Poster an der Wand hing. Er hoffte, daß die Erinnerungen seinen Freund ermutigen würden, um sein und ihr gemeinsames Leben zu kämpfen. Die Ärzte bezogen Mirko in eine klinische Studie ein, die noch nicht abgeschlossen war, und eine Weile schien es ihm wieder besserzugehen. Er kehrte zu seiner alten Unvernunft zurück. Selbst die schlimmen Hustenanfälle der Nacht hinderten ihn nicht daran, zu viel zu rauchen, und auch die Folgen seiner Alkoholexzesse waren schon am nächsten Tag vergessen. Wenn Mirko den fröhlichen Säufer und Entertainer mimte, war sein dröhnendes Lachen ansteckend, und jeder ließ sich von seinen Bonmots und Anekdoten verführen, den Ernst der Lage zu unterschätzen. Sogar Jan hatte in diesen Stunden die Angst vergessen und genoß die komödiantische Ausgelassenheit seines Freundes. Alles war wie am Anfang ihrer Geschichte, alles war wie früher.

Jan starrte auf die Fotos, auf denen sich Mirko theatralisch spreizte, und es war der pathetische Fremde, hinter dessen Masken Jan den Geliebten wiederfand, der nach einer Premierenfeier oder einem Essen mit Freunden kindlich und schutzbedürftig in seinen Armen gelegen hatte.

»Mußt du deinem Affen immer soviel Zucker geben? Kannst du dich nie entspannen und aufhören, ein durchgedrehter Schauspieler zu sein?« Jans Stimme hatte gereizt geklungen, aber eigentlich war er stolz, daß nur er den unsicheren Mirko kannte. »Nicht böse sein«, hatte Mirko gemurmelt, bevor er eingeschlafen war. Jan hatte wach gelegen und sich bei einem neidischen Groll ertappt. Immer war es Mirko, der eine Situation mit seinem despotischen Charme und Selbstdarstellungsdrang dominierte. In seiner Gegenwart verwandelte sich jeder in einen Zuschauer.

»Kinder, was bin ich doch für ein egozentrisches Monster. Schon seit Stunden höre ich nur meine Stimme«, röhrte er mit gespielter Zerknirschung, um danach seine One-Man-Show fortzusetzen.

Weil er nicht wollte, daß Mirkos Hofstaat ihn für eifersüchtig und mißgünstig hielt, hatte Jan wütend zuviel Wein getrunken und geschwiegen. Aus Höflichkeit fragte manchmal jemand nach seinem Jurastudium, doch Jan spürte das allgemeine Desinteresse und verbot sich jede Ausführlichkeit. Noch unerträglicher war es gewesen, wenn Mirko mit gönnerhafter Noblesse die Aufmerksamkeit auf ihn lenkte und ihn nötigte, ungewöhnliche Fallgeschichten vorzutragen.

»Ein Jurastudent hat mehr mit trockenen Paragraphen zu tun als mit Bankräubern und Mördern«, hatte Jan abgewehrt, obwohl er genug Fälle kannte, die interessanter waren als das ewige Künstlergequatsche.

»Das Theater muß leidenschaftlich sein wie ein Affektmord«, hatte Stefan doziert, der sich als Regiegott aufspielte und von Mirko angebetet wurde.

»Jeder gute Schauspieler ist auch ein Krimineller«, lallte Mirko, und alle außer Jan nickten ehrfürchtig.

Vor Jans Kommilitonen gerierte sich Mirko, als wäre er die Inkarnation von Gründgens, und jeder vergaß, daß der begnadete Mime nur an Off-Theatern und Hinterhofbühnen von Berlin tingelte. Realität langweilte Mirko. Er nahm es hin, daß sein Freund alles bezahlte, denn Banalitäten wie Mietschulden und abgeschalteter Strom existierten nicht im Kosmos des Künstlers. Alle bewunderten den Egozentriker, und Jan ärgerte sich über dieses eitle Spektakel und war gleichzeitig stolz auf seinen glamourösen Partner. Kommilitonen, die Jan früher nicht beachtet hatten, kamen jetzt auf ihn zu und erkundigten sich vertraulich nach Mirko, als gehörten sie zum näheren Freundeskreis. Jan, der bis dahin ein ereignisarmes Leben in einem Studentenwohnheim geführt hatte, mit harmlosen Ausschweifungen, lernte durch Mirko eine neue Welt kennen.

Exaltiert und aufregend war das Theatermilieu, ein bißchen verrückt und anstrengend, doch Jan genoß es, sich an der Seite von Mirko und dessen Kollegen über den Rand seiner Schüchternheit zu wagen. Ihm war, als erwache sein anderes, ungezähmtes Ich, das langsam, aber entschlossen gegen seine Wohlerzogenheit rebellierte. Jan war fünfundzwanzig Jahre alt, und seine Liebesgeschichte mit Mirko war der Ausbruch einer zweiten, glücklichen Pubertät. Bei den sonntäglichen Besuchen in seinem Elternhaus, das sich in einer ruhigen Seitenstraße in Zehlendorf vor dem Rest der Großstadtwirklichkeit versteckte, kam es zu temperamentvollen Auseinandersetzungen, die sowohl seine Eltern als auch ihn selbst erstaunten. Seine Mutter, die mehr mit ihren zahlreichen Jugendstilvasen verheiratet war als mit seinem sich in Geschäftsreisen flüchtenden Vater, war sogar laut geworden, was noch nie passiert war, und hatte geschrien: »Was ist los? Nimmst du Drogen? Ich erkenne dich nicht wieder.« Sie hatte nicht gemerkt, daß Jan diesen Vorwurf als Kompliment empfand. Wo stand geschrieben, daß er Jurist werden mußte wie sein Vater und sein Großvater und auch dessen Vater? Wer sagte, daß Familientradition mehr bedeutete als eigene Wünsche?

»Vielleicht werde ich ein Theaterstück schreiben«, hatte er eines Tages in Gegenwart von Mirkos Freunden gesagt, und niemand wunderte sich, da alle eingesponnen waren in einen Traum von Ruhm und Großartigkeit. Die dicke Anne, die Tragödien verfaßte und auf Literaturpreise wartete. Stefan, der sich auf dem Titelblatt von »Theater heute« sah. Mirko und die anderen Schauspieler, die selbst in der U-Bahn damit rechneten, daß ein Hollywoodproduzent sie entdeckte.

Jan mit seiner chronischen Prüfungsangst wurde süchtig nach jener leichtstofflichen Welt, in der die Gegenwart nichts und die Zukunft alles bedeutete. Mächtiger als Tatsachen waren die trunkenen Fiktionen, in denen das Mögliche immer über das Wirkliche triumphierte.

»Wirst du mir dein erstes Stück widmen? Mit einer Rolle, die mir auf den Leib geschrieben ist, den niemand so gut kennt wie du«, hatte Mirko geflüstert und Jans Körper wie eine wärmende Decke über sich gezogen.

Jan hatte am nächsten Morgen fünf Seiten getippt.

»Ein bißchen Tennessee Williams, ein bißchen Genet, ein bißchen Pasolini. Aber es hat etwas. Du mußt unbedingt weiterschreiben.«

Jan gab sich noch zwei Wochen den Anschein, als würde er an seinem Stück arbeiten. Dann hatte er sein Debüt als Dramatiker dem Papierkorb anvertraut und war dankbar gewesen, daß Mirko keine Fragen stellte.

Weil sein Freund erwartete, daß er bei allen Proben im Zuschauerraum saß, vernachlässigte er sein Studium.

»Ich fühle mich nur sicher, wenn du da bist«, hatte Mirko gesagt, und Jan wußte inzwischen, daß dieser Satz keine verliebte Phrase war. Die Intensität, mit der Mirko sich an ihn band, erschreckte und überforderte ihn. Er liebte die bedingungslose Liebe, die Mirko für ihn empfand, doch er selbst zweifelte nach dem ersten stürmischen Jahr an der Stabilität ihrer Beziehung. Ihm war, als nährte sich ihre Liebe von einem kolossalen Mißverständnis, einer störrischen Weigerung, den anderen so zu sehen, wie er war.

Mirko, der seine Kindheit und Jugend in Heimen verbracht hatte, wähnte sich bei Jan endlich in Sicherheit. Jan sollte seine Familie sein, die er sich immer gewünscht hatte. Mehr noch als den Liebhaber suchte er den zärtlichen Bruder. Begeistert ließ er sich von der Mutter seines Freundes umgarnen und begriff mit seiner Kindersehnsucht nicht, daß sich Jans Mutter mit ihm verbündete, um wieder mehr

Macht über ihren Sohn zu bekommen, der alles tat, um sich aus den familiären Fesseln zu befreien.

»Warum wollen wir Weihnachten diesmal nicht mit deiner Familie feiern? Deine Mutter gibt sich soviel Mühe, alles schön zu machen. Der Baum. Die Musik. Das Essen. Selbst deinen schweigsamen Vater mag ich. Wir können nicht einfach absagen«, hatte Mirko gebettelt, und Jan gab seinen Plan auf, mit seinem Freund während der Feiertage irgendwohin zu fahren. Auch Silvester entkam er nicht der kalten Pracht seines Elternhauses, da sich Mirko immer gewünscht hatte, das neue Jahr im Kreis einer Familie zu begrüßen.

»Noch etwas Champagner, mein lieber Mirko?« Die künstliche Fröhlichkeit seiner Mutter, die genau wußte, daß es kein plötzlicher Termin mit einem brasilianischen Geschäftsfreund gewesen war, der ihren Mann daran hinderte, Silvester zu Hause zu sein. Der aufdringliche Gestank der Orchideen in den Jugendstilvasen, alles übertrieben und beklemmend wie bei einer Totenfeier. Selbst das Feuer im Kamin hatte keine Wärme gespendet. »Kümmert euch nicht um mich. Ich bin gleich wieder da«, hatte Jans Mutter zwanzig Minuten vor Mitternacht gesagt und war die Treppe hochgestürmt. Der theatralische Lärm einer Tür, die zugeschlagen wurde. Die hysterische Stille danach. Jan hätte gerne das Haus verlassen, aber natürlich war es seine Pflicht gewesen, seiner Mutter nachzugehen und sie zu beruhigen. »Es ist nur ein Migräneanfall«, hatte sie gesagt und war vor ihrem Spiegelbild in Tränen ausgebrochen. Jan dachte an Gloria Swanson in »Boulevard der Dämmerung« und hatte die Frau nur komisch gefunden, die jetzt vor dem Spiegel saß und ihr Make-up erneuerte. »Wir können den armen Mirko nicht so alleine da unten sitzenlassen.« Jans Mutter nahm die Hand ihres Sohnes, und gemeinsam waren sie die Treppe hinuntergeschritten wie in einem schlechten Film. Mirko hatte geduldig vor dem Kamin gesessen und war von allem beeindruckt. Von den böhmischen Weingläsern. Den Orchideen in den Jugendstilvasen. Den Juwelen, mit denen sich Jans Mutter behängt hatte. »Wollen wir nicht spontan nach London fliegen? Oder nach Paris? Wir drei sind ein gutes Team«, hatte sie beim Klang der Silvesterglocken vorgeschlagen, und Mirko war entzückt und verstand nicht, warum sich sein Freund verweigerte.

Mirko wünschte sich genau jene Bürgerlichkeit, aus der Jan an seiner Seite auszubrechen hoffte. Immer wieder ließ er sich blenden von der Rolle des selbstbewußten Künstlers, den Mirko außerhalb ihrer Zweisamkeit virtuos spielte, und war verwirrt, wenn sich der Freund nachts in seinen Armen in ein hilfloses Kind verwandelte.

Mirko spürte, daß er Jan mit seinem heftigen Liebesverlangen verschreckte, und war vorsichtig genug, eine gewisse Gelassenheit vorzutäuschen.

»Du hast versprochen, daß du mich nie im Stich lassen wirst, aber das ist natürlich romantischer Unsinn. Ich bin glücklich, daß du jetzt da bist, und das genügt. Wenn du mich morgen verläßt, werde ich mich an diese Nacht erinnern.« Mirkos Arme umschlossen seinen Körper wie Fesseln, aber Jan ließ es zu, daß ihn sein Freund gefangennahm, und wartete, bis Mirko eingeschlafen war, um sich aus seinen Armen zu lösen. Auch ihr Sex war seltsam scheu und kindlich gewesen. Die atemlose und zupackende Rücksichtslosigkeit, die sich lustvoll nahm, was sie brauchte, und die Jan erregte, wagte sich nicht vor bei den verspielten und unschuldigen Zärtlichkeiten, mit denen Mirko auf sein Begehren antwortete. Ihre unbeholfenen Umarmungen und Berührungen hatten etwas von nächtlichen Kinderspielen.

Jan verschwieg nicht nur seine sexuellen Bedürfnisse, sondern auch die konfuse Lebensangst, die ihn oft lähmte. Er gab sich zuversichtlich und ausgeglichen, um jene Zuverlässigkeit zu verkörpern, nach der sich Mirko sehnte. Regelmäßig besuchte Jan die Vorstellungen, die meistens im dritten Hinterhof im vierten Stock eines vom Abriß bedrohten Seitenflügels vor einer Handvoll Zuschauer stattfanden, und er achtete darauf, daß er, wenn ihn einmal ein wichtiges Seminar von seiner auferlegten Pflicht abgehalten hatte, vor dem Ende der Vorstellung da war, um seinen Freund wenigstens abzuholen. Geduldig saß Jan in einem ungeheizten Flur, der mit einer Kaffeemaschine und einer Kiste Mineralwasser die Theaterkantine simulierte, und wartete, bis der Star mit Schmollmund und vibrierenden Nasenflügeln erschien.

»Wo warst du heute? Ich habe gleich gemerkt, daß du nicht da bist. Drei Versprecher und zweimal das Stichwort verpaßt. Ich war schrecklich.« Mirkos Kollegen hatten die Köpfe zu ihrem Tisch gedreht, und Jan rutschte unbehaglich auf seinem Stuhl hin und her. Mirko verwechselte Jans Verlegenheit mit einem Schuldbewußtsein, das er für angemessen hielt.

Vielleicht erinnerte sich Mirko auch an die Absicht, seine Abhängigkeiten weniger deutlich zu offenbaren. »Vergiß alles, was ich gesagt habe. Das alles muß dich sowieso furchtbar langweilen. Du kannst inzwischen sicher jeden Text mitsprechen. Warum bewirbst du dich nicht als Souffleur?«

»Wenn ich durchs Examen rassele, komme ich gerne auf dein Angebot zurück.« Sie hatten beide gelacht, und der Abend war gerettet.

Als Mirko vor fünf Jahren starb, hatte auch Jan aufgehört zu leben, aber er war immer noch da. Ein dicklicher Herr, der beim Anblick von Katzen und Theaterplakaten weinte. Seit fünf Jahren deckte er den Tisch für eine Person. Eine Tasse. Ein Glas. Ein Teller. Ein Besteck. Eine Serviette.

»Die Schrippen sind noch ganz warm.« Das Lächeln der Verkäuferin, die es gut mit Jan meinte. Sie hatte Mirko gekannt und immer ein bißchen mit ihm geflirtet. »Grüßen Sie mir den schönen Mann«, hatte sie früher zu Jan gesagt, wenn er für sich und Mirko Kuchen besorgte. Manchmal hatte sie noch ein Stück zusätzlich eingepackt.

So viele Mahlzeiten ohne Mirko. So viele Tage und Nächte. So viele Stunden, die Jan irgendwie hinter sich gebracht hatte.

Mirkos Sonnenbrille auf dem Regal. Seine Hemden und Hosen im Schrank. Seine Lederjacke im Flur an der Garderobe. Seine Zahnbürste im Bad und der Rest von seinem Eau de Toilette. Die halbvolle Schachtel Mentholzigaretten auf dem Schreibtisch. Sein Kugelschreiber. Alle Dinge waren an ihrem Platz, unverändert, als würde Mirko gleich zurückkommen. Der Roman, den er zuletzt gelesen hatte, mit dem Lesezeichen auf Seite 120, neben dem Bett, griffbereit.

Jan nahm es nicht übel, daß sich die meisten Freunde von ihm zurückgezogen hatten. »Du mußt endlich aufhören, dich in deiner Trauer einzurichten. Auch andere verlieren ihren Partner und akzeptieren trotzdem, daß das Leben weitergeht«, schimpfte Renate, Jans Kollegin, mit der er in einer gemeinsamen Anwaltskanzlei zusammenarbeitete.

Sie machte sich Sorgen um ihn, und er fühlte sich zur Dankbarkeit verpflichtet, weil sie sich in diesen fünf Jahren nach Mirkos Tod um ihn gekümmert hatte, aber eigentlich empfand er nur ein wirres Gefühl von Widerstand, als müßte er seine Geschichte mit Mirko gegen Renate und ihre treue Freundschaft verteidigen. Jan brauchte seinen Schmerz und hatte Angst, daß die Annahme des Trostes ein Verrat an Mirko wäre.

Fünf Jahre waren vergangen, und Jan schien es oft, als wäre er abwesend von seinem Leben, das sich durch irgendwelche Eintragungen im Terminkalender kläglich bewies. Termine beim Zahnarzt. Verabredungen mit dem Steuerberater, der nicht verstand, warum Jan alle Tips ignorierte. Beratungsgespräche mit Scheidungsklienten, die ihn anschauten, als könnte ausgerechnet er ihnen sagen, wie das Unglück auszuhalten wäre. Viele trennten sich nach dreißigjähriger Ehe, weil sie jemanden kennengelernt hatten, mit dem sie von vorne anfangen wollten.

Immer vertrat Jan die Rechte derer, die von ihrem Partner verlassen worden waren.

»Du bist sentimental und auch ein bißchen verlogen«, spottete Renate, und wahrscheinlich stimmte es, daß er sich leichter mit denen identifizierte, bei denen er seine Schwäche und Passivität wiedererkannte.

Wie oft hatte er in dreiundzwanzig Jahren mit dem Wunsch gespielt, sich aus der Zwangsverstrickung mit Mirko zu lösen, ohne auch nur einen halben Schritt in eine neue Richtung zu wagen. Sein heimliches Aufbegehren war Teil jener Routine gewesen, in der sie beide verharrten, bis eine andere Kraft ihre störrische Zweisamkeit gewaltsam beendet hatte.

Jan wußte, daß er sich mit seiner Trauer, die er so panisch festhielt, vor allem gegen die Nötigung des Schicksals wehrte, noch einmal ein neues Leben zu suchen. Er ertrug sie nicht, die durch ein frisches Liebesglück verjüngten Männer in seinem Alter, die mit beschwingten Schritten in die Praxis kamen und von ihm erwarteten, daß er sie bei ihrem Neuanfang juristisch unterstützte.

Die Daseinslust der anderen machte Jan müde. Ihre Hoffnungen und Zukunftspläne. Ihre Zuversicht, daß sie den Lauf der Dinge kontrollieren könnten.

Er vermißte den vitalen Lärm seiner Freunde nicht und war erleichtert, daß sie aufgehört hatten, ihn zum Essen oder ins Kino einzuladen. Renate war die einzige, die sich gegen seinen Rückzug wehrte. Sie nahm es nicht hin, daß er sie aus seinem Leben strich. Weder als Freundin noch als Kollegin. »Gönne dir eine lange Pause, verreise, lenke dich ab, und wenn es dir bessergeht, wartet hier nicht nur dein Schreibtisch auf dich. Du wirst Mirko nie vergessen, natürlich nicht, aber der Schmerz wird nachlassen, und alles wird erträglicher sein.«

Etwas in Jan nahm ihr übel, daß sie recht behalten hatte. Er war nicht wahnsinnig geworden und auch nicht aus dem Fenster gesprungen. Die Banalität des Lebens war mächtiger gewesen als sein Unglück. Alles war weitergegangen, und alles ließ sich aushalten.

Manchmal saß Jan in der kleinen Bar am Nollendorfplatz, in der er früher oft mit Mirko gewesen war. Die Schönen der Nacht ignorierten den ältlichen Herrn mit der vorspringenden Wampe und dem Doppelkinnansatz. Jeder entwarf seine Pose vor den verspiegelten Wänden und schien mit sich selbst zu flirten. Nichts hatte sich verändert.

»Es ist ein Wunder, daß uns die Tresenschlampe überhaupt bedient. Demnächst werden sie Männern über Dreißig Hausverbot erteilen. Als wäre man unsichtbar«, hatte Mirko gesagt und seine Hände betrachtet. »Wir brauchen die anderen nicht. Wir haben uns.«

Mirko hatte sich an Jans Schulter gelehnt und Rilke zitiert. »Jeder Engel ist schrecklich.«

Jetzt war Jan dreiundfünfzig und bewohnte Mirkos Zimmer. Er hatte dessen Zigarettenmarke übernommen und dessen Eau de Toilette. Dessen Vorliebe für melodramatische Spielfilme und Musikgeschmack. Stundenlang hörte er Piaf und Leander und konnte sich kaum noch erinnern, daß er früher Klavierkonzerte und Opern bevorzugt hatte.

Mirko hatte auch nachts um drei ohne Rücksicht auf das Schlafbedürfnis der Hausbewohner mit tiefer und verrauchter Stimme »La vie en rose« oder »Wodka für die Königin« geschmettert, immer lauter und schneller als die Originale, die erst in der Mitte des Textes waren, wenn Mirko das Chanson mit Fortissimo beendet hatte.

»Bravo! Du bist schon jetzt eine Legende, die die Schlaflosigkeit unserer Nachbarn beflügelt. Wer will ruhen, wenn ein Mythos singt? Bravo!!!« applaudierte Jan, und Mirko verbeugte sich mit einem lasziven Lächeln und kam langsam auf ihn zu. Sein Eau de Toilette, das er verschwenderisch über sich gesprüht hatte, war wie der Fliederduft, der durch das Fenster strömte. Es roch nach Nacht und Frühling und Anfang. Jan löschte das Licht in allen Zimmern und wehrte sich nicht gegen die Arme, die seinen Körper gefangennahmen.

Das Schaukelpferd

Den Kurfürstendamm kannte sie aus vielen Filmen. Wenn das Schweigen des Mannes neben ihr war und sie ihre Unruhe verbergen mußte. Ihre kleine, atemlose Hoffnung. Ihr heimliches Gebet. »Ich habe keinen Sohn«, hatte der Mann wie ein Urteil verkündet, und sie war zu feige gewesen, ihm zu widersprechen. Sie hatte Uwe verraten. Von Anfang an. Immer wieder. Schon mit der Muttermilch hatte er ihren Verrat getrunken. Ihre Angst vor dem Mann. Ihre Angst vor allem. Vielleicht lebte er inzwischen im Ausland. In Australien oder in Amerika. Nichts wußte sie von ihm. Einmal, vor vielen Jahren, hatte er gesagt, daß in Deutschland Berlin für ihn die einzig mögliche Stadt wäre. Daran hielt sie sich. Sie brauchte einen Ort, bei dem sie an ihn denken konnte. Auch in der »Tagesschau« kam Berlin oft vor. Wegen irgendwelcher Demonstrationen oder der Love Parade. Heimlich schaute sie, ob sie ihn inmitten der vielen entdecken könnte. Dabei wußte sie gar nicht mehr, wie er inzwischen aussah. Fünfzehn Jahre waren eine lange Zeit. Sie verließ sich darauf, daß ihr Herz ihn erkennen würde. Auch im Sekundenausschnitt eines Films. Selbst in den Serien, die in Berlin spielten, mit Pfitzmann und der Mira, hielt sie nach ihm Ausschau, obwohl es mehr als unwahrscheinlich war, daß er dort auftauchte. Kreuzberg kannte sie und Berlin-Mitte. Den Alexanderplatz und ganz besonders den Kurfürstendamm mit seiner traurigen Gedächtniskirche, deren Verletzungen sichtbar waren. Es stimmte nicht, daß die Zeit alle Wunden heilte. Die Wunden waren die Erinnerungen der Zeit. Jeder war auf sein Gedächtnis angewiesen, um zurückzufinden. An diesem Samstagmorgen brauchte sie keinen Film. Sie hatte sich für das Café Möhring am Kurfürstendamm entschieden, weil der Name wie eine Beschwichtigung war. Sogar in der Wirklichkeit sahen die Menschen hier wie Schauspieler aus. Schön und exotisch und geheimnisvoll, aber nicht ganz echt. Viele kamen ihr vor wie Schaufensterpuppen, die für einen Tag ins Leben verzaubert worden waren.

Am Abend würden sie wieder hinter Glas verschwinden. Elegant und unnahbar. Selbst der Bettler, der vor dem Schmuckgeschäft saß, schien sein Elend nur zu spielen. Die verfilzten Haare klebten wie eine Perücke an seinem Kopf, und der Staub auf seinen Schuhen wirkte künstlich. Vielleicht war das der Grund, warum nur selten jemand ein Geldstück in seine Blechdose warf. Er schien es nicht wahrzunehmen, daß die meisten achtlos an ihm vorbeizogen. Es sah aus, als träumte er unter der Sonne dieses Augustmorgens.

Auch sie fühlte sich wie in einem Traum. Unwirklich und verwandelt. Saß sie nicht hinter der Registrierkasse wie jeden Samstagmorgen seit fünfundzwanzig Jahren? Feindlich beäugt von ihrem Mann, der seine ganze Freundlichkeit für die Kunden aufsparte. Immer war er voller Mißtrauen, daß sie die Preise der Waren, die sie doch im Schlaf hätte hersagen können, falsch eintippte. In diesem Augenblick vermutete er sie bei ihrer Schwester, die vor wenigen Wochen Witwe geworden war. »Dein Besuch macht deinen Schwager nicht wieder lebendig«, hatte er gesagt, aber nichts unternommen, um sie an dieser Reise in das zwei Stunden entfernte Dorf zu hindern. Ihre Schwester wußte Bescheid, obwohl es nicht nötig gewesen wäre, sie einzuweihen. Er würde sie weder anrufen noch erwarten, daß sie ihn anrief. Am Montagmorgen würde sie wieder hinter der Registrierkasse sitzen, und sie konnte sicher sein, daß er sie mit keiner Frage in Verlegenheit brachte. Auf seine Gleichgültigkeit war Verlaß.

Sie konnte nicht sagen warum, aber sie war nicht mehr die Frau, die erst vor wenigen Stunden ängstlich aus dem Zug gestiegen war. »Bitte Vorsicht auf Gleis 3!« Die Lautsprecher hatten Mitleid und paßten auf sie auf. Sie hatte ihre kleine Reisetasche an sich gepreßt und nicht gewußt, in welche Richtung sie ihren nächsten Schritt setzen sollte. Es waren nicht die ein- oder ausfahrenden Züge, vor denen sie sich fürchtete, sondern all diese vielen Menschen, die ameisenhaft um sie herumwuselten. Sie ließ sich schubsen und anrempeln und hätte in China oder in Afrika nicht fremder sein können. Auf dem Bahnsteig 3 gab es mehr Menschen als in ihrem Dorf und allen anderen umliegenden Dörfern. Alles war Lärm und Bewegung. Sie brauchte eine Weile, bis sie unterscheiden konnte, ob jemand gerade angekommen war oder abfuhr. Alle schienen zu wissen, wohin sie wollten. Neidisch schaute sie auf eine Frau in ihrem Alter, die von einem jungen Mann abgeholt wurde. Wahrscheinlich war es der Sohn. Fürsorglich nahm er seiner Mutter den Koffer ab und ließ es zu, daß sie sich bei ihm einhakte. Vielleicht war Uwe vor fünfzehn Jahren auf diesem Bahnsteig angekommen. Verwirrt und ängstlich wie sie, ebenfalls ein bißchen hungrig, aber ohne Mut, am Kiosk eine Wurst zu bestellen. Vielleicht hatte auch er wie sie auf die zahlreichen Tauben gestarrt, die beharrlich auf dem Bahnsteig nach Essensresten pickten, ohne sich um das Menschengewirr zu kümmern. Die Tauben waren dick und aufdringlich, und doch empfand sie ihre Anwesenheit als tröstlich. Sie dachte an die Amsel in ihrem Garten. Wenn der Mann fremd und stumm neben ihr lag, war ihr oft, als würde sie nur für sie singen. Manchmal stellte sie sich vor, daß auch die Vögel sie mochten. »Du bist doch nicht ganz richtig im Kopf«, sagte ihr Mann mehr als einmal, selbst vor Kunden, und wahrscheinlich hatte er recht, was immer »richtig« für ihn bedeutete. Was er abfällig meinte, nahm sie als Beweis für ihre Ähnlichkeit mit Uwe, den sein Vater als Spinner verachtet hatte. Nicht in den ersten Jahren. Da hatte er überall mit seinem Stammhalter geprahlt und ihn bei jeder Gelegenheit fotografiert. »Der wird sich mal durchsetzen«, hatte er gesagt und versucht, seinen Sohn zu beruhigen, der immer weinte und schrie, sobald sein Vater ihn berührte. Erst später, als Uwe sich weigerte, mit seinem Vater stundenlange Fußballübertragungen anzuschauen, hatte er angefangen, seinen Sohn zu beschimpfen. »Was für ein Kümmerling. Die müssen ihn im Krankenhaus vertauscht haben.«

Früher war sie zu feige gewesen, ihren Sohn vor den gehässigen Worten des Mannes zu beschützen, aber jetzt empfand sie einen glücklichen Stolz, daß auch sie nicht »richtig« war. Deswegen war sie nach Berlin gefahren. Uwe sollte wissen, daß die Richtigen auch ihre Feinde waren. Es war nicht sehr wahrscheinlich, daß sie ihren Sohn finden würde, es sei denn, Gott wäre bereit, ihr Gebet zu erhören, und daß sie daran glaubte, gab sie nicht einmal vor sich selbst zu, aber sie konnte ihre Gedanken den Straßen mitteilen, durch die auch er gegangen war oder immer noch ging. Möglicherweise einen Tag vor oder nach ihr, vielleicht auch nur durch eine Stunde getrennt. Es war sogar vorstellbar, daß sie zur gleichen Zeit durch eine Straße liefen, ohne voneinander zu wissen.

Ihr war schwindlig, als hätte sie Sekt getrunken. Männer und Frauen flatterten an ihrem Tisch vorbei und waren verschwunden, bevor sie Zeit hatte, sie sich genau anzuschauen. Es hätte sie nicht überrascht, wenn sie sich vom Boden erhoben hätten, beflügelt von der leichten Melodie des Flötenspielers, der vor einem Kino stand. Er hatte mehr Glück als der Bettler, sein Hut füllte sich schnell mit Kleingeld. Die hupenden Autos. Diese verrückte Geschwindigkeit. Sie war erstaunt, daß sie sich nicht fürchtete. Diese ruhelose Bilderflut machte sie etwas betrunken, auch ihr Herz schlug schneller als sonst, doch ihr war, als wollte es tanzen. Seit vielen Jahren hatte sie sich nicht mehr so jung und unbeschwert gefühlt. Vielleicht war es die Melodie des Flötenspielers, vielleicht war es die Sonne.

»Haben Sie noch einen Wunsch?« Die Kellnerin war nicht viel jünger als sie selbst, aber sie bewegte sich flink und heiter zwischen den Tischen, als wären alle diese Menschen Gäste, die sie persönlich eingeladen hatte. Die Leute im Dorf waren mürrisch und verschlossen. Sie schienen weder sich selbst noch die anderen zu mögen. Jeder war jedem gram, und alle waren mit allen aus oft undurchschaubaren Gründen zerstritten und verfeindet.

Wer mit dem Feind des Nachbarn verkehrte, verdarb es

sich nicht nur mit dem Nachbarn, sondern auch mit dem Rest seiner Familie. Alte Fehden, die in Zeiten wurzelten, an die sich kaum jemand noch erinnern konnte, ein närrischer Groll vererbte sich von Generation zu Generation und vergiftete das Leben zwischen Geburt und Tod. Nur die Kinder lachten manchmal, bis auch sie hineingewachsen waren in einen bitteren Ernst. Die Lieblosigkeit des Mannes hatte Uwe vor fünfzehn Jahren aus dem Dorf getrieben, aber inzwischen war er sicher froh, daß er dem Trübsinn rechtzeitig entfliehen konnte. Er hatte sich in die Fremde gerettet, bevor auch er ein Teil der dörflichen Zwietracht und Mißgunst geworden wäre. Es wunderte sie, daß die Vögel blieben und sangen, als atmeten sie eine andere Luft.

Dabei war sie damals dankbar dem Mann in sein Dorf gefolgt, erleichtert, daß sie noch jemanden gefunden hatte, obwohl sie schon fünfundzwanzig Jahre alt war. Die älteste von vier Schwestern, die alle bereits verheiratet waren. Der Mann erlöste sie von ihrer Angst, als alte Jungfer zu enden. Er war zehn Jahre älter, und sie vertraute ihm. Seine wütende Sparsamkeit verwechselte sie mit Vernunft und Lebenserfahrung. Er geizte auch mit Zärtlichkeiten, aber da sie die Männer nicht kannte, hielt sie seine Kälte für männlich und normal. In Filmen küßten und umarmten sich die Liebenden, doch die Wirklichkeit hatte das Recht, anders zu sein. Der Mann hatte sich auf sie geworfen, stumm und entschlossen, als wäre ihr Körper ein Acker, den er pflügen müßte, und sie empfand es als ihre Pflicht, stillzuhalten, bis es vorbei war. Erst mit Uwe kamen Zärtlichkeit und Wärme in ihr Leben. »Ist der Mann weg?« fragte Uwe schon als Kind. Sie konnte sich nicht erinnern, ob er ihn jemals Vater oder Papa genannt hatte. Selbst für sie war nach zweiunddreißigjähriger Ehe der Mann ein Fremder geblieben, vor dem sie sich fürchtete. »Die Frau kommt gleich«, sagte er zu Kunden, die nach ihr fragten, und auch sie sprach von ihm wie von einem, mit dem sie nichts zu tun hatte: »Ich werde dem Mann sagen, daß er Ihnen die Waren nach Hause bringen soll.«

In den ersten Jahren ihrer Ehe hatte sie oft geweint. Heimlich und voller Scham, weil sie von ihrer Schuld überzeugt war. Das Schweigen in den Zimmern. Die Kopfschmerzen des Mannes. Das Minus in der Kasse. Der Rückgang der Einnahmen, weil die Leute in die vierzig Kilometer entfernte Kleinstadt fuhren, um dort im Supermarkt billiger einzukaufen. Alles war ihre Schuld. Sie war nicht wie die anderen Frauen. Nicht so nützlich und nicht so fruchtbar. Deswegen hatte sie auch nur ein Kind bekommen. Der Mann hatte sich mit ihr verdorbene Ware ins Haus geholt. Sie mußte dankbar sein, daß er sie nicht davonjagte. In seiner Gegenwart aß sie so wenig wie möglich, weil er sie anschaute, als mißgönnte er ihr auch den kleinsten Bissen. Im Schlaf nahm er das Bett rücksichtslos in Besitz, und sie rückte zur Kante. Sie beklagte sich nie, daß er ihr weder zum Geburtstag noch zu Weihnachten etwas schenkte, doch es gelang ihr nicht einmal, wenigstens seine Achtung zu verdienen. Die Verachtung der anderen war ihr tägliches Brot. Die Verachtung des Mannes, der sie wie eine tölpelhafte Magd behandelte. Die Verachtung der Kunden, die genau spürten, daß der Mann seine Hand nicht schützend über sie hielt.

Am schmerzhaftesten war die wachsende Verachtung des Sohnes gewesen, der sich von seiner Mutter im Stich gelassen fühlte. Immer nur erlebte er sie als verhuschtes Wesen. Sie sah, daß sie die Liebe ihres Kindes mit jedem Jahr etwas mehr verlor und mit ihr die einzige Freude. Auch der Mann sah es mit Genugtuung. Manchmal hatte sie das Gefühl, daß er sie mit Absicht so oft vor Uwe demütigte, um ihre Schwäche bloßzulegen. Schlimmer noch war es, wenn er in ihrer Gegenwart Uwe beleidigte und sie dabei nicht aus den Augen ließ, als wollte er testen, wie weit er gehen konnte, bis sie es wagen würde, ihren Sohn vor den Attacken des Mannes in Schutz zu nehmen. Eines Tages hatte Uwe mal wieder im Laden helfen müssen und beim Sortieren der Dosen ein Regal umgeworfen. Es war kein Schaden dabei entstanden, aber der Mann verlor vor den Kunden seine Beherrschung.

»Du bist genauso eine Null wie deine Mutter. Hast ihre verkorksten Gene. In deinem Fall hätte sogar der Papst eine Abtreibung genehmigt.« Sie blieb stumm hinter ihrer Kasse sitzen und ließ es zu, daß ihr vierzehnjähriger Sohn bleich und mit hängenden Schultern im Laden stand, den Blicken der Kunden ausgeliefert, für die das alles eine unterhaltsame Abwechslung war. Die Stille danach dauerte schrecklich lange. Uwe suchte ihre Augen, und sie wich ihm aus und wußte, daß er ihr nie würde vergeben können. Dann rannte er aus dem Geschäft, und erst das Geräusch der Registrierkasse verriet ihr, daß alles weiterging, als wäre nichts gewesen. Der Mann beobachtete sie lauernd, doch immerhin gelang es ihr, nicht vor ihm und den Kunden zu weinen. Sein Triumph war auch so groß genug. Es war offensichtlich, daß sie ohne die Liebe ihres Kindes völlig schutzlos war. Besiegt und schwächer denn je. Schon drei Jahre, bevor Uwe das Dorf verließ, hatte sie ihren einzigen Sohn verloren. Der Mann brauchte keine körperliche Gewalt. Er schlug seinen Sohn mit Worten und Blicken.

Uwe war von Anfang an zart und kränklich gewesen. Verträumt und eher still. Nicht wie die anderen Jungen. Es machte ihm keinen Spaß, zuzugucken, wie ein Schwein geschlachtet wurde. Die Tatsache, daß er nicht mit den anderen vergnügt grölte, wenn ein Huhn kopflos und blutend im Hof herumflatterte, bevor es im Topf verschwand, machte ihn zum Außenseiter. »Ich habe eine Tochter, die einen Schwanz hat. Wir sollten sie auf dem Jahrmarkt ausstellen und Eintritt verlangen«, lästerte der Mann und wiederholte seinen Scherz vor anderen. Sie litt und schwieg. Uwe hatte schon lange aufgehört, hilfesuchend zu ihr zu schauen. Ihre Feigheit war für ihn so alltäglich wie die Beleidigungen des Vaters, dessen Attacken ihn wahrscheinlich weniger verletzten als das mausige Schweigen, das ihn verriet und alleine ließ. Und niemand verachtete sie dafür mehr als sie selbst. »Der Mann meint es nicht so«, sagte sie hinterher und wußte, wie jämmerlich ihre Beschwichtigungsversuche waren.

Sie kannte die Vorliebe ihres Sohnes für Schokoladensahnetorte, aber alle Stücke, die sie heimlich auf sein Zimmer brachte, blieben unberührt. So zart und zierlich Uwe war, sein Stolz reichte für zwei. Immer öfter blieb er auf seinem Zimmer und weigerte sich, die Mahlzeiten mit den Eltern einzunehmen. »Der Hunger wird ihn schon kurieren«, sagte der Mann und aß mit gutem Appetit, während sie die Kartoffeln auf dem Teller hin und her schob. Uwe ignorierte auch alle Gerichte, die sie für ihn aufhob. Er konnte sich nicht unauffällig selbst versorgen, da jede Käse- und Wurstscheibe für den allernötigsten Nahrungsbedarf eines Tages berechnet und abgezählt war. Nie fehlte irgend etwas im Kühlschrank. Sie hoffte, daß er eine Freundin hätte, die sich um ihn kümmerte. Irgendeinen Menschen, der für ihn da war. Früher hatte er sie manchmal in seine Geheimnisse und Sorgen eingeweiht, aber mittlerweile behandelte er sie freundlich und kühl, als wäre sie eine Fremde für ihn. Alles wäre erträglicher gewesen als diese kalte Höflichkeit, die sie von seinem Leben ausschloß. Stundenlang spielte er Gitarre, sehr leise, kaum hörbar. Wenn der Mann nicht im Haus war, stand sie vor der verschlossenen Tür ihres Sohnes und wartete, ob sie den Mut fand, bei ihm anzuklopfen und um Vergebung zu bitten, weil sie so schwach war.

»Geht es Ihnen nicht gut?« Die Kellnerin beugte sich über sie und legte einen Augenblick die Hand auf ihre Schulter. Viel zu kurz, doch mit der Berührung strömte neue Kraft in sie.

»Vielen Dank. Mir geht es schon wieder besser. Ich hätte gerne noch ein Kännchen Kaffee und ein Stück Schokoladensahnetorte.« Der Kurfürstendamm flimmerte vor ihren Augen. Sie fühlte sich reich und leichtsinnig. Es war unglaublich, wieviel hier ein Kännchen Kaffee kostete, aber heute wollte sie sich von keinem Preis einschüchtern lassen. Der Mann saß gerade wie jeden Samstag nach Ladenschluß vor den Rechnungen und kämpfte mit Kolonnen von Zahlen, die er mit einem Strich wütend exekutierte, um ein neues Zahlenheer aufzustellen, und diesmal war das Minus in der Kasse wirklich ihre Schuld.

Sie öffnete die Handtasche und betrachtete ihren kleinen Schatz. Fast zärtlich berührte sie die Scheine. Clara Schumann lächelte verständnisvoll wie eine gute Freundin. Auf der Rückseite der Hundertmarkscheine stand der Flügel, den Clara verlassen hatte, um mit ihr diese Tage in Berlin zu teilen. Auch Annette von Droste-Hülshoff war keine Spielverderberin. Uwe hatte bestimmt alle ihre Bücher gelesen. Warum war die Droste-Hülshoff nur zwanzig DM wert? All das hatte keine Bedeutung. Wichtig war, daß Clara und Annette ihr geholfen hatten, diese Reise zu finanzieren. Ihre schönen Freundinnen! Die Herren auf den Scheinen guckten mürrisch wie ihr Mann, an den sie jetzt nicht denken wollte. Schnell schloß sie ihre Handtasche. Der kommende Montag und das Dorf und alle Jahre, die sie dort gelebt hatte, waren weit entfernt. Weit weg und fremder als diese Stadt, in der sie sich nicht auskannte.

Der Flötenspieler war weitergezogen, doch seine übermütige Melodie summte noch unter ihrer Haut. Sie empfand Mitleid für den Bettler, der zusammengekauert unter der Sonne saß, getrennt von all denen, die an ihm vorbeihasteten. Sie sah, daß sein Elend kein Spiel war. Der Staub auf seinen Schuhen war echt wie seine Einsamkeit. Ob sie ihn an ihren Tisch bitten und zum Essen einladen sollte? Wahrscheinlich war es besser, wenn sie nachher einen Zwanzigmarkschein in seine Dose legte. Eine Einladung konnte als herablassende Geste mißverstanden werden, und ihr ging es doch nur darum, etwas von der Freundlichkeit zurückzugeben, die sie in dieser Stadt gefunden hatte. Die Kellnerin. Der Taxifahrer, der ihr gestern geholfen hatte, ein billiges Hotel zu finden. Der Mann an der Rezeption mit den müden Augen. Ein bißchen sah er aus wie der Clown auf dem Bild, das in ihrem Zimmer hing. Er hatte kaum gesprochen, ihr aber an diesem Morgen einen Stadtplan in die Hand gedrückt, sehr sanft und sehr diskret, und es war egal, daß sie die Linien und Punkte auf dem Plan nicht verstand.

Sie hatte sich beachtet und beschützt gefühlt. Fast war sie der Versuchung erlegen, ihm ein Foto von Uwe zu zeigen, das am Tag seiner Konfirmation aufgenommen worden war. Sie wußte, daß es sinnlos und auch etwas lächerlich war, mit Hilfe eines Kinderfotos nach einem erwachsenen Mann zu suchen, doch wenn es stimmte, daß Uwe vor fünfzehn Jahren nach Berlin geflüchtet war, konnte sich vielleicht jemand an sein junges Gesicht von damals erinnern. Es war mehr als wahrscheinlich, daß auch Uwe in seiner ersten Nacht in der Fremde ein billiges Hotel gesucht hatte, und warum sollte ihr das Schicksal nicht ein bißchen helfen? Vielleicht war es kein Zufall gewesen, daß der Taxifahrer sie zu diesem kleinen Hotel in der Potsdamer Straße gefahren hatte. Sie würde versuchen, den wortkargen Mann an der Rezeption in ein Gespräch zu verwickeln, um herauszufinden, wie lange er schon in diesem Hotel arbeitete. Wenn sie seit mehr als dreißig Jahren an der Kasse eines Lebensmittelladens saß, war es auch denkbar, daß dieser Hotelangestellte vor fünfzehn Jahren ihren Sohn aufgefordert hatte, den Meldebogen auszufüllen. Uwe hatte mit siebzehn immer noch wie vierzehn ausgesehen. Sein aufgeregtes Kindergesicht mußte jedem aufgefallen sein. Sie spürte, daß sie sich in ihrem Wunschdenken verhedderte. Selbst wenn der Hotelangestellte Uwe auf dem Foto wiedererkannte, konnte er ihr nichts über den Mann sagen, der jetzt zweiunddreißig Jahre alt war.

»Es tut mir so leid. Wir haben heute keine Schokoladensahnetorte im Angebot. Mein Fehler. Ich hätte es gleich wissen müssen. Darf ich Ihnen unsere Nußsahnetorte empfehlen?« Die Kellnerin sprach langsam und stockend, als müßte sie eine schlechte Nachricht schonungsvoll übermitteln. Wahrscheinlich hatte Uwe seine Leidenschaft für Schokoladensahnetorten längst verloren. Ob er noch manchmal Gitarre spielte? Und wie ein Verrückter durch den Regen lief? Nichts wußte sie von ihrem Sohn.

Sie suchte jemanden, den es nur noch in ihren Erinnerungen gab. Nach seiner Flucht hatte sich Uwe nie wieder gemeldet. Kein Anruf. Kein Brief. Nicht einmal eine Karte zu ihrem Geburtstag. Der Mann hatte Uwes Zimmer leergeräumt und alles weggeworfen, was sich nicht verkaufen ließ wie das Bett, der Kleiderschrank und der fast neue Plattenspieler. Nichts durfte sie aufheben. Nur das hölzerne Schaukelpferd, das schon Jahre zuvor in den Keller verbannt worden war, hatte sie hinter Kisten versteckt und gerettet, aber trotzdem immer in der Angst gelebt, die mißtrauische Aufmerksamkeit des Mannes könnte es entdecken und ihr das Letzte wegnehmen, was von Uwe zurückgeblieben war. »Ich habe keinen Sohn«, sagte der Mann auch vor Kunden, und er wiederholte diesen schrecklichen Satz so oft, bis sich keiner mehr nach Uwe erkundigte und es wirklich so schien, als hätten sie nie ein Kind gehabt. Dabei hatte sie in den Unterlagen des Mannes eine Mappe gefunden, in der alle Fotos von Uwe gesammelt waren. Schnappschüsse des schlafenden Säuglings. Uwe als Baby in der Badewanne. Als Zweijähriger auf einer Wiese. Zwei Jahre später auf seiner Schaukel. Uwe mit der Schultüte vor dem Eingang der Dorfschule. Neben ihm zwei andere Schulanfänger, die fröhlich vor der Kamera posieren, aber Uwe schaut ängstlich, als fürchtete er sich vor den Augen des Vaters. Die Aufnahmen dokumentieren die ersten sechs Jahre. Sie wußte, daß er sich diese alten Fotos manchmal anschaute, doch das hätte er nie vor ihr zugegeben. Genausowenig wie die Tatsache, daß seine häufigen Migräneanfälle etwas mit dem Verschwinden seines Sohnes zu tun hatten, den er so hartnäckig verleugnete.

»Ja, einverstanden. Bringen Sie mir bitte ein Stück Nußsahnetorte.« Sie hatte keinen Appetit mehr auf Süßes, aber sie wollte die Kellnerin nicht enttäuschen.

»Kommt sofort!« trällerte die Kellnerin, als hätte sie ihr mit dieser Bestellung tatsächlich eine Freude bereitet. Der ältere Herr vom Nebentisch raschelte mißbilligend mit der Zeitung. Wahrscheinlich hatte er bemerkt, daß sie alle Männer um die Dreißig mit offensichtlicher Sehnsucht anstarrte, und hielt sie für eine lasterhafte Frau. Sie wunderte sich, daß dieses Mißverständnis sie belustigte. Fast fühlte sie sich geschmeichelt, daß der Herr ihr so verwegene Wünsche zutraute. Im Dorf war zwar jeder mit jedem zerstritten, doch mehr Ehrfurcht als vor Gott hatte jeder vor der Meinung anderer Leute. Man war nicht auf sein Seelenheil bedacht, sondern auf seinen guten Ruf. Nur deswegen hatte der Mann zur Konfirmation seines Sohnes widerwillig einige Nachbarn und Verwandte ins Gasthaus gebeten. Das verquälte Lächeln des Vierzehnjährigen auf dem Foto bewies, wie freudlos dieses Fest war, bei dem niemand feierte. Der Mann sprang über den Schatten seines Geizes, weil es üblich war, daß die Konfirmationsfeier im Gasthaus stattfand. Die Meinung der Leute war ein Gespenst, das durch alle Häuser spukte. Immer wieder schimpfte der Mann auf ihren kleinen Garten, weil er nicht so gepflegt und ordentlich war wie die Gärten der Nachbarn.

Sie liebte es, wenn das Gras wild wuchs und die Blumen über den Rand der Beete hinaus blühten und wucherten, bis keine Grenze mehr sichtbar war. Sogar das Unkraut durfte sich in ihrem Dschungel entfalten. »Ich werde mich darum kümmern«, sagte sie und wußte, daß der Mann ihren Garten für eine Weile vergessen würde, denn eigentlich interessierte er sich nur für das Wachstum der Einnahmen und des Kontostandes. Als Kind hatte auch Uwe den Garten geliebt. Sein Schaukelpferd zwischen den Bäumen. Gesattelt und gestriegelt. »Kannst du mich noch sehen?« Im Galopp über den Zaun. Durch die Dorfstraße. An allen blankgeputzten Fenstern vorbei. Über die Felder. Auf und davon. »Wo ist mein kleiner Uwe? Ich kann ihn nicht mehr sehen. Er ist davongeritten in die weite, weite Welt.« Die triumphalen Schreie des Schaukelpferdreiters. Sein glückliches Kindergesicht. Immer wilder und atemloser wippte er auf seinem Holzpferd. Vielleicht rettete der junge Held gerade die schöne Prinzessin aus der Höhle, in der sie der Drachen gefangenhielt. Er war nicht so stark wie die anderen Jungen im Dorf, aber seine Schmächtigkeit war nur ein Trick, um zu verbergen, daß er der mutigste Junge der Welt war. Sie mußte betteln und schluchzen, sehr lange und überzeugend, bis sich der Reiter ihres Unglücks erbarmte und in den Garten zurückkehrte. »Mußt nicht mehr weinen. Bin wieder da«, verkündete er huldvoll und lächelte erschöpft und gnädig. Seine Anwesenheit war keine Selbstverständlichkeit, sondern eine Gunst. Gerne versteckte er sich in den Zweigen des Birnbaumes und ließ sie rufen, immer wieder, mit allen Wehlauten und Seufzern, um dann, wenn sie verzweifelt genug erschien, die Klagende von ihrem Kummer zu erlösen. Mit Ausrufen der Freude und der Erleichterung mußte die unerwartete Rückkehr gefeiert werden, mit roter Grütze und Zitronenlimonade. »Bist du froh, daß du mich hast?« fragte er, und erst, wenn ihre Antwort ausführlich und zufriedenstellend war, versprach er, sehr ernsthaft und nachdenklich, seine Abreise noch eine Weile zu verschieben.

Manchmal pflückte er Blumen und brachte sie ihr wie einen Schatz, den er unter großen Gefahren erobert hatte, und nichts konnte ihn mehr beleidigen als ein nur beiläufig geäußertes Dankeschön. Ihr sanfter und verträumter Sohn verwandelte sich in einen jähzornigen Despoten, der die Vase vom Tisch schlug und auf den Blumen herumtrampelte, bis nur noch ein großer, häßlicher Fleck auf dem Teppich übrigblieb. Natürlich entdeckte der Mann das Malheur, für das sie die Schuld übernahm. Sie ließ alle Beleidigungen mit Schafsgeduld über sich ergehen und hielt sich fest an der Liebe, die sie in den Augen ihres beschämten Sohnes las, der seine Mutter in solchen Augenblicken vielleicht als Heldin wahrnahm. Am glücklichsten waren für sie die Stunden, wenn sie ihm die Namen der Blumen und Pflanzen nannte und er sich staunend am Klang der seltsamen Bezeichnungen belustigte. Fürchtete sich das Gänseblümchen vor dem Löwenzahn, und ärgerte der Wiesenknöterich die Wiesenflockenblume? War die Pechnelke neidisch auf das Glückskleeblatt? Wuchs das Knabenkraut nur für kleine Jungen? Rief die Glockenblume am Sonntag die anderen Blumen zur Messe? Gab es einen Blumengott, und warum war das Unkraut so unbeliebt?

Mit seinen Augen entdeckte sie die Welt neu. Selbst in diesem schrecklichen Dorf, in dem sie nun schon so lange lebte, gab es zahlreiche Wunder. Es war Uwe und seine aufgeregte Anteilnahme, die sie mit ihrem Schicksal versöhnten. »Hörst du? Die Gänseblümchen schnattern«, sagte er, wenn sie ihn zu Bett brachte, und lachte schelmisch. Das waren die guten Jahre. Später übertrug Uwe die wachsende Fremdheit für seine Mutter auf den Ort, der ihr soviel bedeutete. Als hätte ihn auch der Garten enttäuscht. Der Mann konnte zufrieden sein. Mit dem Rasenmäher stutzte sie das Gras, bis es sich nicht mehr von dem in anderen Gärten unterschied.

Tagsüber saß sie hinter der Kasse und war selbst nur noch ein Automat. Höflichkeitsfloskeln für die Kunden und Halbsätze mit ihrem Mann, solange sie im Geschäft waren. Abends legte sich über alles ein kaltes Schweigen. Der Mann richtete nur dann das Wort an sie, wenn er sie beschimpfen wollte oder sich über etwas geärgert hatte, und sie war dankbar, wenn er wieder in sein Schweigen zurückkehrte. Mit niemandem sprach sie wirklich. Uwe trieb sich herum. Wenn er mal da war, wies er ihre unbeholfenen Annäherungsversuche ab. Auch die Telefongespräche mit ihren Schwestern drehten sich nur um das Wetter, Rezepte und andere Nichtigkeiten. Nie schien es möglich, von den Dingen zu sprechen, die sie bedrückten. Manchmal flüchtete sie in die kleine Dorfkirche und wartete in der Stille auf ein Zeichen. Schon lange hatte sie aufgehört, den Gottesdienst zu besuchen. Unerträglich war ihr das Geschwätz des Pfarrers und der Anblick all der Heuchler, denen es auch in der Kirche nur darum ging, die vermeintliche Christlichkeit des anderen zu übertreffen und Punkte zu sammeln.

Argwöhnisch kontrollierte jeder, wie lange der Pfarrer dem Nachbarn die Hand geschüttelt hatte. Es war ihr inzwischen gleichgültig, daß die Leute im Dorf sie für eine Ungläubige hielten. Auch der Mann, der den Gottesdienst nur wegen der Kunden so oft wie möglich besuchte, hatte es mit all seinen Wutausbrüchen nicht geschafft, sie umzustimmen. Sie war froh, wenn der Mann nicht im Haus war und sie etwas Zeit hatte, unbeobachtet zu träumen und für sich zu sein. Der himmlische Vater kannte das Herz seiner Tochter und verstand sie. Er wußte, warum sie so und nicht anders war, und er sah, daß sie oft anders sein wollte und es nicht konnte. In den Predigten erschien Gott wie ein Schulmeister, der allmächtig und allgegenwärtig schlechte Noten verteilte und für seine Kinder vor allem strenge Strafen bereithielt, doch sie glaubte an seine bedingungslose Liebe für alle Geschöpfe. Schon als kleines Mädchen hatte sie gewußt, daß er sie nicht im Stich ließ, gerade dann nicht, wenn sie schwach war und ihn brauchte. An dieser Gewißheit hatten die vergangenen Jahre nichts ändern können. Er hatte sie auf diesen Platz gestellt, in ein Leben, das ihr trostlos erschien, aber eines Tages würde sich ihr vielleicht der Sinn von allem offenbaren. In der Stille der kleinen Dorfkirche richtete sie ihre Gebete an Jesus, weil sie glaubte, daß der Sohn Gottes die Gefühle von Uwe besonders gut verstehen konnte. Auch er hatte sich allein und von seinem Vater verlassen gefühlt. Betrogen und enttäuscht. Vielleicht konnte er bewirken, daß Uwe seiner Mutter verzieh und sie wieder liebte.

Doch wahrscheinlich hatten weder Gott noch Jesus Zeit für ihre egoistischen Wünsche. Polizisten hatten Uwe nach Hause gebracht. Sie hatten ihn am Bahnhof der Landeshauptstadt aufgegriffen, wo er sich von älteren Männern ansprechen ließ. Mindestens drei Stunden lagen zwischen dem Dorf und der Landeshauptstadt. Jetzt begriff sie, warum Uwe immer erst so spät zurückkam. Sie wußte von Kunden, daß ihr Sohn oft per Anhalter unterwegs war, und sie war wegen eines möglichen Autounfalls unruhig gewesen, doch nun hörte sie von den Polizisten, daß Uwe sich ganz anderen Gefahren ausgesetzt hatte.

Seine wilden Augen. Sein trotzig verschlossener Mund. »Miese, kleine Schwuchtel. Ich wünschte, du wärst tot«, sagte der Mann und spuckte seinem Sohn ins Gesicht. Uwe wehrte sich nicht. Schweigend stand er in ihrem Wohnzimmer und war schon nicht mehr zu Hause. Kein Engel erschien und legte ihr das richtige Wort in den Mund. Sie saß auf dem Sofa und weinte und fühlte sich zum ersten Mal in ihrem Leben auch von Gott verraten. »Ich will dich nie wieder sehen. Für mich bist du gestorben«, sagte der Mann, unheimlich ruhig, als wären nach Uwes Demütigung nicht Minuten, sondern Jahre vergangen. Er pflanzte sich behäbig in seinen Sessel und schaltete den Fernseher an und ließ seinen Sohn im Zimmer herumstehen wie irgendeinen Gegenstand. Oft war sie feige gewesen und hatte ihr Kind im Stich gelassen, doch keine Schuld wog so schwer wie dieser Augenblick, in dem sie es versäumte, Uwe in den Arm zu nehmen. Der auf die Mattscheibe glotzende Mann, der geräuschvoll Salzstangen knabberte. Der plärrende Fernsehapparat. Die auf dem Sofa heulende Frau. Uwe starrte auf seine Eltern. Dann verließ er das Wohnzimmer und etwas später das Haus, das er wahrscheinlich nur selten als sein Elternhaus empfunden hatte. Sie hörte, wie die Tür ins Schloß fiel, und schrie auf und wollte ihrem Sohn hinterherlaufen, aber der Mann lähmte sie mit einem Blick, bevor er sich erneut dem Bildschirm und den Salzstangen zuwandte.

Das Geschäft blühte auf, und die Einnahmen verdoppelten sich. Kunden, die schon lange in den Supermärkten ihre Einkäufe tätigten, strömten in den Laden, um Einzelheiten zu erfahren. »Ich habe keinen Sohn«, wiederholte der Mann immer wieder, mit stoischer Ruhe, und schien kein Unbehagen zu spüren, daß er so offensichtlich von dem profitierte, den er hartnäckig verleugnete. Sie saß hinter der Kasse an ihrem Platz, als wäre nichts geschehen, und die Blicke der anderen überzogen wie Schmeißfliegen ihr Gesicht, bis sie es nicht mehr wagte, den Kopf zu heben, und nur noch wie in Trance die Preise der Artikel eintippte. Nach einigen Wochen verlor auch diese Sensation ihren Reiz, und der trübe Alltag kehrte in das Dorf zurück. Die Leute erinnerten sich an ihre gegenseitigen Abneigungen und gingen wieder grußlos aneinander vorbei. Vor den anderen gab sich der Mann weiterhin kalt und gleichgültig, aber sie sah, daß er litt. Nachts fand er kaum noch Schlaf und irrte durch das Haus. Immer öfter quälten ihn Kopfschmerzen, die er mit Geldsorgen begründete, doch sie wußte, daß er an seinen Sohn dachte, dessen Name nicht genannt werden durfte.

»Schmeckt Ihnen die Nußsahnetorte nicht?« Die Stimme der Kellnerin klang vorwurfsvoll, und sie schaute schuldbewußt auf ihren Teller und nahm schnell und artig einen großen Bissen. »Ganz vorzüglich«, nuschelte sie, noch mit vollem Mund, doch die Kellnerin war schon bei einem anderen Tisch, wo zwei ältere Damen Platz genommen hatten. »Haben Sie auch koffeinfreien Kaffee?« fragte die eine, und ihre Stimme war giftgrün wie das Kostüm, das sie trug. Beide Damen hatten Vogelgesichter mit spitzen Nasen, auch ihre Köpfe bewegten sich ruckartig und unruhig nach allen Seiten.

Das Café Möhring war Uwe sicher zu altmodisch, aber es war nicht ausgeschlossen, daß er irgendwann einmal hier gesessen hatte. Vielleicht sogar an ihrem Tisch. Natürlich hatte sie im Telefonbuch nach seinem Namen gesucht. Sogar die Auskunft hatte sie angerufen. Sein Name war nicht registriert. Weder in Berlin noch in den anderen Bundesländern. Mit Hilfe der Computer konnte so etwas ganz genau festgestellt werden. Vielleicht lebte er mit einem Freund zusammen, und der Telefonanschluß war auf dessen Namen angemeldet. Möglicherweise sogar mit Absicht, damit Uwe für all diejenigen, die er vergessen wollte, unauffindbar blieb. Es war denkbar, daß diese Vorsichtsmaßnahme in den ersten Jahren nach seinem Verschwinden getroffen worden war. Später hatte er sich daran gewöhnt und es nicht mehr nötig gefunden, etwas daran zu ändern. Sie konnte sich aber auch vorstellen, daß ihr Sohn ohne Telefon und diesen ganzen Firlefanz lebte.

Selbst wenn er nur drei U-Bahn-Stationen von diesem Café entfernt wohnte, war es mehr als unwahrscheinlich, sich zufällig zu begegnen. Sie ertappte sich wieder bei einer törichten Sehnsucht nach Wundern, obwohl sie sich vorgenommen hatte, ihr kleines Abenteuer mit Gelassenheit zu bestehen. Sie war nicht so naiv, daß sie mit dem Unwahrscheinlichen rechnete. Außerdem mußte sie davon ausgehen, daß Uwe auch nach fünfzehn Jahren kein Bedürfnis hatte, seine Mutter wiederzusehen. Sonst hätte er sich längst gemeldet.

Der Grund für ihre Reise war der Wunsch, den Ort kennenzulernen, an dem ihr Sohn lebte oder gelebt hatte. Vielleicht wohnte er in einer anderen Großstadt, aber in Berlin war sie ihm näher als in ihrem Dorf. Wo immer Uwe jetzt war, auch ihn umtoste die fiebrige Geschwindigkeit dieses Tages. Zwischen Hektik und Benommenheit. Er war noch nicht volljährig gewesen, als er verschwand, doch sie hatte keine Vermißtenanzeige aufgegeben, um ihn nicht in Schwierigkeiten zu bringen. Sie nahm das Ausbleiben einer Karte oder eines Anrufes als Strafe an, die sie für gerecht und angemessen hielt. Es lag allein an Uwe, den Zeitpunkt der Vergebung zu bestimmen. Sie war entschlossen, geduldig und demütig zu warten. Eines Tages würde er sich mit ihr versöhnen.

Manchmal zweifelte sie an ihrer Zuversicht, aber dann war die Unerträglichkeit nicht auszuhalten, und so kehrte sie zu ihrer Hoffnung zurück. Die Zeit verging, und sie wartete, mit einer Trauer, die sie niemandem zeigte. Eine Weile hatte sie den Mann gehaßt, weil es einfach schien, ihm die Schuld für alles zuzuweisen. Er war grob und tyrannisch und hatte nie versucht, seinen Sohn zu verstehen. Immer wieder hatte er Uwes Desinteresse für kaufmännische Angelegenheiten ignoriert und ihn gezwungen, sich mit Buchhaltung und Steuerfragen zu beschäftigen. Inzwischen glaubte sie, daß das seine unbeholfene Art gewesen war, etwas mit seinem Sohn zu teilen, den er von Anfang an als Erben gesehen hatte. Der Laden war sein Lebenswerk, für das er hart geschuftet hatte, und nun stellte sich heraus, daß Uwe nicht nur seinen Vater ablehnte, sondern auch dessen Arbeit.

Sie hatte es zugelassen, daß Uwe sich schon als Kleinkind der väterlichen Zuneigung verweigerte. Der Mann hatte sie enttäuscht, aber sie war nicht mutig genug gewesen, sich rechtzeitig von ihm zu trennen. Sie wollte wie ihre Schwestern eine Familie haben und tat alles, um den Schein zu wahren. Sie war eine Heuchlerin und heimlich damit einverstanden, daß Uwe seinen Vater zurückwies. Der Mann hatte nicht die geschäftstüchtige Partnerin, die er brauchte, und der Sohn wandte sich früh ab, so daß sich der Mann ratlos mit Ablehnung und Verachtung revanchierte. Ihm blieb nur der kleine Laden und der Kampf gegen die Übermacht des Großhandels.

Hätte der Mann einmal ein Gefühl von Schwäche und Angst gezeigt, hätten sie noch zueinanderfinden können, doch er verschanzte sich hinter seinem Schweigen oder einem kalten Zynismus. So lebten sie nebeneinander, jeder für sich, drei Fremde in einem Haus. Sie hatte sich immer als ein Opfer des Trübsinns gesehen, aber seit langem wußte sie, daß sie ihren Teil dazu beigetragen hatte. Uwe war auch vor ihren Lügen geflohen. Vor ihrer Feigheit, die sogar an jenem verhängnisvollen Abend mächtiger gewesen war als ihre Mutterliebe. Der Mann hätte sie nicht hindern können, ihrem Sohn zu folgen. Sie war auf dem Sofa sitzengeblieben, doch diese Tatsache verdrängte sie, um ihren Mann hassen zu können. An jenem Abend, als Uwe das Haus verließ, und sie sich vor dem Blick des Mannes duckte, verlor sie auch den Rest von Liebe, den sie allen Kränkungen zum Trotz bis dahin verteidigt hatte. Jetzt war die Gleichgültigkeit auf beiden Seiten, und mit ihr kam auch ein gewisser Gleichmut, der das Leben erleichterte. Sie blieb wahrscheinlich in den Augen des Mannes und der Kunden eine graue Maus, aber ihr Herz zitterte nicht mehr so furchtsam. Wenn der Mann sie beschimpfte, meistens aus nichtigen Gründen, an denen sich sein cholerisches Wesen entzündete, prallten seine Beleidigungen an ihr ab. Er konnte sie nicht mehr verletzen. Auch das Schweigen in den Zimmern, unter dem sie so lange gelitten hatte, berührte sie nicht mehr.

Sie war dankbar, wenn der Mann sie ignorierte und sie für sich sein konnte. Alleine mit ihren Gedanken und Träumen, in denen sie Uwe all das sagte, was sie in der Wirklichkeit nicht gesagt hatte.

»Du hast doch von der Krankheit gelesen, über die alle Zeitungen schreiben. Wenn Uwe auch so veranlagt ist, dann kann es doch sein, daß ...«, raunte ihre jüngste Schwester eines Tages am Telefon, flüsternd, als wäre schon der Schatten dieser Möglichkeit gefährlich und ansteckend. Sie hatte den Telefonhörer hingeschmissen, aber die Worte ihrer Schwester hatten eine Angst in ihr gesät, die aufging und mit jedem Jahr, in dem sie nichts von Uwe hörte, weiter wuchs, in alle schlaflosen Nächte hinein. »Siehst aus wie ein Gespenst«, sagte der Mann, mehr sachlich als gehässig, und alle Spiegel bestätigten ihn. Es kümmerte sie nicht, daß sie vor der Zeit gealtert war, solange sich ihre Angstbilder nicht in eine Tatsache verwandelten. Jetzt war sie dem Mann zu häßlich, und er beharrte nicht länger auf Einhaltung der ehelichen Pflichten. Oft verließ er am Abend das Haus, und wahrscheinlich hatte er irgendwo im Dorf ein Verhältnis. Wenn sie allein und unbeobachtet war, flüchtete sie in den Keller und kauerte sich neben das Schaukelpferd, das sie umarmte und streichelte. Die kleine Glühbirne spendete gerade soviel Licht, damit sie das Pferd in seinem Versteck sehen konnte, doch es blieb genug Dunkelheit übrig, um ungestört zu träumen.

»Kannst du mich noch sehen?« Uwe war auf und davon. Über den Zaun. Durch die Dorfstraße. Vorbei an den lauernden Fenstern. Auf und davon. Über die begrenzten Felder und Straßen. Die berechenbaren Jahre. Den kurzatmigen Lauf der Jahreszeiten. Auf und davon. Unterwegs zu einem Horizont, der ihn emporhob ins Fremde und Weite. Sie konnte ihn nicht mehr sehen, aber sie wußte ihn in der Welt. Uwe lebte. Sein Tod hätte sich vor ihr nicht verbergen können. Sie hätte den letzten Atemzug ihres Sohnes auch am anderen Ende der Welt gehört. Alles hätte sie gewußt, ohne Telegramm oder Anruf. Sein atemloser Ritt, der vor vielen Jahren im Garten begonnen hatte, nahm alle Hürden und Hindernisse.

Aus den Filmen, die sie gesehen hatte, lieh sie sich Requisiten und baute seinem Leben aufregende Kulissen. Manchmal sah sie ihn an der Reling eines großen Schiffes stehen. Nachdenklich und schweigsam. Den Blick auf die Freiheitsstatue von New York gerichtet. In einem der vielen Wolkenkratzer bewohnte er ein helles Appartement. Im 47. Stock. Umgeben von bunten, fröhlichen Möbeln. Dann wieder vermutete sie ihn auf einer Insel vor Brasilien. Die Luft war erfüllt von Lachen und Gesang. Papageien saßen in den Bäumen. Wie schön und heiter die Menschen waren. Sie trugen farbenprächtige Kämme in den Haaren und leuchtende Perlenketten. Tagsüber schlief Uwe in einer Hängematte, und nachts fuhr er in seinem kleinen Boot mit den anderen Fischern aufs Meer raus. Vielleicht war Uwe aber auch Rechtsanwalt oder Arzt. In den Fernsehserien gab es beängstigend viele Intrigen und Mißgunst, doch am Ende ging alles gut aus. In diesen Traumstunden im Keller hielt sie alles von ihrem Sohn fern, was ihm hätte schaden können. Uwe nahm die Gestalt der Serienhelden an. Oft war er überfordert von all den vielen Problemen, die auf seinen Schultern lasteten, aber immer fand er rechtzeitig eine Lösung, nicht selten erst im allerletzten Augenblick, so daß sich alles eindeutig zum Guten wendete. Manchmal war er auch ein erfolgreicher Kommissar, doch dieser Beruf erschien ihr zu gefährlich, und sie strich ihn wieder von der Liste der Möglichkeiten. Dafür durfte Uwe als erster Offizier auf einem Traumschiff arbeiten. Sie spürte den Wind, der durch das offene Fenster der Anwaltskanzlei hereinströmte. Die dankbaren Blicke der Eltern, deren Kinder Uwe gerettet hatte, wärmten ihr Herz. Sie hörte das ausgelassene Lachen der Schüler in den Klassenzimmern. Wenn das Schiff zu heftig auf den Wellen schaukelte, wurde sie seekrank und mußte sich in ihrer Kabine hinlegen. Uwe brachte ihr Erfrischungstücher und bedauerte, daß er wegen seiner zahlreichen Pflichten nicht bei ihr bleiben konnte.

Das, was sich in ihr weggewünscht hatte, immer schon, von allem Anfang an, nahm in diesen Stunden im Keller seine Spur auf und folgte ihm in ein glückliches Woanderssein.

Gestern hatte sie eine Busfahrkarte bis zum Bahnhof der nächsten Kleinstadt gelöst. Nur das Nötigste hatte sie eingepackt. In ihrer Handtasche blähten sich die Scheine, die sie aus der Kasse genommen hatte, wie Segel. Auf und davon. Sie hatte nicht geträumt, sondern wirklich im Zug gesessen, der sie mit jedem Kilometer weiter von ihrem alten Leben entfernte. Es war eine Tatsache, daß sie jetzt unter der flirrenden Augustsonne im Café Möhring saß. Sie hatte sich verändert. Die Mutter, vor der Uwe geflohen war, existierte nicht mehr. Wenn sie nach diesem Wochenende in ihr Dorf zurückkehrte, würde alles anders sein. Ihr Sohn hatte sich fünfzehn Jahre versteckt, aber nun müßte sie nicht mehr lange betteln und schluchzen und seinen Namen rufen, bis er sich ihres Unglücks erbarmte. »Mußt nicht mehr weinen. Bin wieder da«, verkündete er huldvoll und lächelte erschöpft und gnädig.

Schulfreunde

»Da kann ich auch gleich in einem Aschenbecher frühstücken.«

Fabian schaute vorwurfsvoll zu seinem Vater, der sich an diesem Montagmorgen schon die fünfte Zigarette anzündete und noch kein einziges Wort gesagt hatte. Normalerweise rauchte er nur abends, und auch dann höchstens eine oder zwei Zigaretten, bei einer Flasche Wein und einem Krimi.

»Iß dein Brötchen und beeil dich. Du bist spät dran.«

Karin war ebenso erstaunt wie ihr sechzehnjähriger Sohn, doch sie stellte keine Fragen. Sie kannte diese Anfälle von Unruhe. Dennoch erschien ihr Robert an diesem Morgen besonders verwirrt. In seinen Augen war ein fiebriger Glanz, und er hatte sich nicht rasiert, was ebenfalls ungewöhnlich war. Selbst größtes Unwohlsein hinderte ihn sonst nicht daran, auf sein Äußeres zu achten. Jetzt saß er wie irgendein Besucher am Küchentisch und rauchte und lächelte seltsam, und wahrscheinlich würde sie auch diesmal nicht erfahren, was mit ihm los war. Meistens verschwanden diese Stimmungen so schnell, wie sie kamen.

»Schon mal was davon gehört, daß Passivrauchen Krebs verursacht?« Fabian hustete theatralisch, aber seine Eltern reagierten nicht. Sein Vater starrte Löcher in die Luft und sah aus wie ein Kandidat für die Klapsmühle. Seine Mutter rührte sinnlos mit dem Löffel in ihrer Kaffeetasse und wirkte auch nicht sehr intelligent.

»Ich muß los.« Fabian sprang von seinem Stuhl auf. Er hatte wenig Lust auf die Schule, doch an diesem Morgen freute er sich auf sechs Stunden Langeweile.

»Soll ich dich mitnehmen?« fragte Karin, die am Gymnasium ihres Sohnes Deutsch und Geschichte unterrichtete, aber Fabian winkte entsetzt ab. Schlimm genug, daß seine Mutter an seiner Schule Lehrerin war, und nur ein schwacher Trost, daß sie ausschließlich für die Unterstufe zuständig war.

Das Schillergymnasium war dreißig Minuten Fußweg von ihrem Haus entfernt, doch nur in Notfällen nahm Fabian das Angebot an, mit seiner Mutter im Auto zur Schule zu fahren.

Wenn sie sich in den Pausen auf einem der vielen Flure trafen, schaute er schnell in eine andere Richtung oder versenkte seine Blicke musterschülermäßig in einem Buch, was Karin immer wieder belustigte.

»Für mich wird es auch Zeit. Brauchst du noch etwas? Du siehst elend aus. Ruf im Laden an und sag, daß du krank bist. Die werden auch mal einen Tag ohne dich auskommen.« Dieser Rat war nicht ernst gemeint. Karin wünschte sich nur eine Reaktion von Robert, der immer noch somnambul vor sich hinstierte. Sie wußte, daß die Buchhandlung für Robert ein heiliger Ort war. Er hatte sich hochverschuldet, um den kleinen Laden zu retten, der seit Jahren nicht aus den roten Zahlen herauskam. Nicht einmal hohes Fieber konnte ihn davon abhalten, wenigstens einige Stunden bei seinen Büchern zu verbringen.

»Ja, ich werde anrufen und sagen, daß ich krank bin. Das ist eine gute Idee«, murmelte Robert wie im Schlaf und zündete sich eine neue Zigarette an. Karin war jetzt wirklich besorgt. Das hier hatte nichts mehr mit seinen üblichen Stimmungen zu tun. Es war ihr nicht wohl bei dem Gedanken, ihn allein zu lassen, aber gerade heute sollte die 6A einen Aufsatz schreiben. Das Jahr war bald vorbei, und sie brauchte noch drei Klassenarbeiten für die Noten der Zwischenzeugnisse.

»Wenn es dir heute nachmittag nicht bessergeht, schleppe ich dich eigenhändig zum Arzt«, scherzte Karin mit einem verquälten Lächeln und drückte Robert einen Kuß auf die Stirn. Er hörte ihre schnellen Schritte in den Zimmern und das klickende Geräusch ihres funkelnagelneuen Aktenkoffers, in den sie, wie immer im allerletzten Augenblick, Papiere und Unterlagen stopfte, die sie sich hastig zusammensuchen mußte. Das junge und temperamentvolle Zuschlagen der Tür. Flinke Grußworte für irgendeinen Nachbarn. Einen Augenblick Stille. Dann das widerspenstige Poltern des Motors, der jeden Morgen erst beim vierten oder fünften Versuch ansprang. Ein kurzes Hupen, das ihm galt, und wieder Stille.

Robert fürchtete sich. Wahrscheinlich würde Stefan zuerst in der Buchhandlung nach ihm suchen. Mit herablassender Freundlichkeit und einschüchternder Lautstärke. Seine Kammersängerstimme füllte Säle ohne Mikrophon. Wohlartikuliert und despotisch. Er würde die verschlafene Buchhandlung mit einem Satz aus ihrer Ruhe reißen. Ein selbstgefälliges Lächeln auf dem Gesicht und das Bewußtsein, daß alle Augen auf ihn gerichtet waren. Schließlich war er ein Künstler, über den die Zeitungen früher geschrieben hatten. Ein Theaterregisseur, dessen Erfolge zwar schon lange zurücklagen, aber für die Kleinstadt war er immer noch glanzvoll genug. Vielleicht besuchte er den Ort seiner Kindheit und Jugend, um in den bewundernden Blicken der Kleinstädter noch einmal jene Gestalt anzunehmen, aus der ihn die Zeit längst vertrieben hatte. Robert wußte, daß es in den letzten Jahren vor allem Alkoholexzesse gewesen waren, die den Künstler ins Gespräch gebracht hatten. Schmuddelige Skandale mit Strichern und Typen, die ihn ausgeraubt und verprügelt hatten. Die verwegene Schamlosigkeit, mit der Stefan in jungen Jahren seinen Trieben gefolgt war, hatte mit dem Alter jeden Charme verloren. Inzwischen war er nur noch eine tragische Gestalt. Wenn er im Vollrausch Hotelzimmer demolierte, war das keine Schlagzeile mehr wert. Nicht einmal mehr eine Zeitungsnotiz auf der Lokalseite. Aber in einer Kleinstadt konnte er die Leute mit seinem Getöse bluffen. Wenn Maren hörte, daß er ein alter Schulfreund ihres Chefs war, würde sie ihm die private Telefonnummer von Robert geben. Begeistert, daß ihr unscheinbarer Arbeitgeber mit einer so interessanten Persönlichkeit befreundet war.

Die Stille in der Küche war feindlich. Auf allen Gegenständen, die Robert vertraut waren, lag sie und nahm den Dingen ihre friedliche Selbstverständlichkeit. Selbst der Kühlschrank wirkte plötzlich zerbrechlich. Die Stille schien auf das Klingeln des Telefons zu warten. Natürlich konnte sich Robert ins Bett legen und krank spielen, aber auch das würde ein Wiedersehen nicht verhindern. Warum hatte er Angst, seinen Jugendfreund nach mehr als zwanzig Jahren wiederzusehen? Stefan hatte keine Macht mehr über ihn. »Wer das Unglück nicht wagt, kennt auch kein Glück.« Sein pathetisches Geschwätz konnte ihn nicht mehr verführen. »Man muß sich schonungslos zu seiner Wahrheit bekennen, wie immer auch diese Wahrheit aussieht.«

Früher war er süchtig nach diesen Sätzen gewesen. Sie klangen aufregend und versprachen ein Leben, in dem alles leidenschaftlich und heftig war. Feuer und Eis. Himmel und Hölle. Der laue Alltag war das Schicksal der Mutlosen. Sie aber waren jung und kühn genug, das Absolute zu riskieren. »Nur in den Extremen begegnen wir Gott.« Stefan verkaufte selbst Binsenweisheiten so, daß sie sich wie Offenbarungen anhörten. Auch die anderen hatten ihn bewundert, doch niemand war ihm so ergeben gewesen wie Robert. All das war lange her. Vergangenheit. Nicht wirklicher als ein vergilbtes Foto. Was immer auch die Gründe für Stefans Besuch in dieser Stadt waren, sie gingen Robert nichts an. Man konnte sich treffen und ein Bier trinken und Anekdoten aus der Jugendzeit aufwärmen. Schlimmstenfalls kam es zu einem sentimentalen Besäufnis und dem Austausch der üblichen Albernheiten. All das war harmlos und ohne Bedeutung. Es war töricht, sich vor dem Blick seines Schulfreundes zu fürchten. Roberts Leben war vielleicht mittelmäßig und belanglos, aber er hatte eine Familie, auf die er sich verlassen konnte. Er mußte sich nicht vor jemandem rechtfertigen, dessen Wahrheit ein einsames Desaster war.

Der Zigarettenrauch verbündete sich mit der Stille gegen Robert und nebelte ihn ein. Alles schien blauer Dunst und ohne Gültigkeit. Robert fühlte sich verlogen und kläglich. Ihm war, als ob sich alle Dinge um ihn herum in ihrer Gegenständlichkeit auflösten. Auch die Konturen seines Körpers verschwammen ins Vage und Undeutliche.

Es waren die Stimmen der Straße, die ihn festhielten. Zwei Frauen unterhielten sich vor dem Küchenfenster und lachten über irgend etwas. In der Ferne bellte ein Hund. Alles kehrte zurück in seine Form. Der Kühlschrank. Die Spüle. Der Tisch. Die Stühle. Der Herd. Robert nahm das angeknabberte Marmeladenbrötchen von Fabians Teller und aß es auf. Langsam und zärtlich, fast andächtig, als zelebriere er ein Ritual. Dann trank er den Kaffee, den Karin in ihrer Tasse zurückgelassen hatte. All das war kindisch, doch er hatte das Gefühl, daß er sich auf diese Weise mystisch mit seiner Familie verband. Fabian und Karin waren sein Leben, auch wenn es eine Wahrheit in ihm gab, die ihn immer wieder von beiden trennte. Entscheidend war, daß er in diesen Jahren alle Krisen überwunden hatte. Nur selten war er schwach geworden. Manchmal im Urlaub. Irgendwo im Ausland, wo ihn keiner kannte und wo er für niemanden verantwortlich war, hatte er sich von seiner Ruhelosigkeit und seinen heimlichen Wünschen besiegen lassen, beschämt von sich selbst.

Stefan hatte kein Recht, ihn zu verachten. Jeder Mensch war widersprüchlich. Das Leben war nicht so absolut und eindeutig wie die hochmütigen Parolen seines Jugendfreundes. Vielleicht kannte Robert nur laue Zufriedenheit, aber er war einverstanden mit der kleinen Welt, die er sich gebaut hatte. Jenseits von Himmel und Hölle.

Der Horizont über der Kleinstadt war beschränkt, und die Jahre vergingen träge im Ablauf von Wiederholungen und Routine, doch Robert brauchte diese Überschaubarkeit. Was er lebte, war weder Lüge noch Selbstbetrug, sondern die Annahme seiner Möglichkeiten. Schon in seiner Jugend, als er sich an der Seite seines Freundes wild und radikal gebärdete, hatte er insgeheim gewußt, daß er kein Abenteurer war.

Er war ein Bücherleser und Voyeur, der sich an einem Regennachmittag die Biographie eines Außenseiters lieh, aber selbst viel zu harmoniebedürftig war, um aus der Reihe zu tanzen. Vielleicht war er ein Spießer, weil er die Zustimmung der anderen brauchte, doch er war kein Heuchler.

Er hätte Karin die andere Seite von sich zeigen können, und sie wäre nicht schockiert gewesen. Sie spürte, daß er sich manchmal von ihr und Fabian entfernte, und sie war weise genug, ihn nicht zu bedrängen. Jeder Mensch führte ein Doppelleben. Jeder hatte, zusätzlich zu dem Leben, das er mit anderen teilte, noch ein heimliches Sein. Wenn Robert Karin umarmte, umarmte er seine Frau und dachte nicht an die Männer, die in seinen Träumen herumlungerten. Stefan mußte immer alles vereinfachen.

»Du bist ein Sirupmensch und willst die Wahrheit zukitschen«, hatte Stefan früher oft zu ihm gesagt, und Robert fühlte sich durchschaut und zitierte schnell Rimbaud und Baudelaire, um von sich abzulenken. »Mein listiges Bücherwürmchen«, lästerte Stefan und warf sich auf Robert, der auf diesen Augenblick gewartet hatte.

Das kleine Zimmer unter dem Dach mit einem winzigen Fenster. Der Ausblick auf die Fachwerkhäuser und die Kleinstadtruhe, die sie an jenen Nachmittagen weit hinter sich ließen. Unterwegs zu den Metropolen, in denen sie die Literatur in pures Leben verwandelten. »Ich werde alles sein. Dichter und Revolutionär. Bohemien und Anarchist. Vagabund und Brandstifter. Jugendverführer und Sittenstrolch«, flüsterte Stefan mit seinem Mephistolächeln und riß mit einer ungestümen Handbewegung Roberts Hemd auf, so daß alle Knöpfe absprangen.

Die Eltern seines Freundes lebten im ersten Stock und kümmerten sich nicht um ihren Sohn, der selbständig im Dachgeschoß residierte und zu jeder Tages- und Nachtzeit Besucher empfing, mit denen er stundenlang über die großen Fragen des Daseins diskutierte. Obwohl er noch zwei Jahre bis zum Abitur hatte, verkehrte er schon mit Studenten, in deren Kreis er sich genauso selbstbewußt und keck in den Mittelpunkt rückte wie in seiner Klasse. Robert, der immer pünktlich zu Hause sein mußte, fühlte sich kindlich und unreif im Vergleich zu seinem Freund, und Stefan ließ keine Gelegenheit aus, seine Überlegenheit zu betonen.

Gleichzeitig aber überschüttete er den schüchternen Robert mit Komplimenten, auch in Gegenwart anderer, und bekannte sich freimütig zu seiner Zuneigung, die viele für übertrieben und ungesund hielten.

»Seine Schönheit ist revolutionär. Sie leistet Widerstand gegen die Häßlichkeit der Welt. Alles an ihm ist schön und sinnlich. Seine Sinnlichkeit triumphiert über die Sinnlosigkeit. Wer Robert anschaut, wird das Leben und die Liebe verteidigen«, schwärmte Stefan in dem Café, in dem die Schüler des Schillergymnasiums in den Pausen würfelten oder Skat spielten, und niemand lachte angesichts dieser druckreifen Liebeserklärung. Einige applaudierten sogar. Nur Robert bekam einen roten Kopf und schämte sich. Er fürchtete sich vor den derben Witzen seiner Klassenkameraden, die ihn nur verschonten, solange Stefan an seiner Seite war. Da sein Freund aber die Parallelklasse besuchte, war Robert oft genug dem Spott seiner Mitschüler ausgeliefert, die sich ohnehin über sein »feines Porzellangesicht« lustig machten. Er traute sich nicht, Stefan um mehr Zurückhaltung in der Öffentlichkeit zu bitten, da er Angst hatte, die Achtung seines Freundes zu verlieren. Stefan scherte sich nicht um die »Meinung der Leute«, und er erwartete, daß die Menschen, die er mit seiner Freundschaft auszeichnete, genauso empfanden.

Robert verbarg sein Unbehagen und versuchte, sich gelassen zu geben, was meistens nicht gelang. »Geniert sich die Anmut schon wieder? Vorsicht, wem zuviel peinlich ist, bekommt Pickel«, dröhnte Stefan mit seiner dunklen Stimme und lachte diabolisch. Waren andere dabei, kam sich Robert linkisch vor, doch alle Unsicherheit verflog, wenn er die Treppe zum Dachgeschoß hochstürmte und mit Stefan alleine war. In dem kleinen Zimmer wuchsen ihm magische

Kräfte zu, und er spürte glücklich seine Macht über den sonst so dominanten Freund. Scheinbar war es Stefan, der auch hier mit seinen blitzgescheiten Monologen die Situation beherrschte, aber in Wirklichkeit hielt Robert alle Fäden in der Hand.

Ein Seitenblick von ihm, und sein wortgewandter Freund verhaspelte sich und fing an zu stottern. In der Zweisamkeit fiel alles Großspurige von ihm ab, und er war scheu und verlegen. Robert liebte diese Augenblicke, in denen sich das Machtspiel zu seinen Gunsten wendete. Sie sprachen über Literatur und Philosophie, doch hinter allen Sätzen versteckten sich atemlos die Worte, die sie nicht sagten. Robert wußte, daß Stefan in ihn verliebt war, und längst erwiderte er diese Gefühle, aber er zeigte es nicht, um alles unausgesprochen in der Schwebe zu halten. Er genoß seine Fähigkeit, Stefan zu verwirren. Es genügte ein halbes Lächeln, und Stefan wich seinen Augen aus und lief aufgeregt im Zimmer hin und her. Robert nahm ein Buch vom Regal und kommentierte den Inhalt, und eine Weile war alles ruhig und sachlich zwischen ihnen, bis sich der Raum erneut mit lauter zurückgehaltenen Bekenntnissen und Empfindungen aufgeladen hatte. Diese Nachmittage unter dem Dach vibrierten unter einer elektrischen Spannung, die oft so unerträglich war, daß Robert glaubte, er müßte schreien. Dann ging er schnell auf die Toilette im ersten Stock und wartete, bis er sich beruhigt hatte.

Auch Stefan nutzte die Zeit, um seine Fassung zurückzugewinnen. Ihr Katz- und Mausspiel dauerte etliche Wochen. Sie umkreisten sich, abwägend und vorsichtig, manchmal mit ungestümer Deutlichkeit, um erschrocken den Rückzug anzutreten. Jeder wähnte sich als Jäger und den anderen als Beute. Robert ließ sich umwerben und mimte die Unschuld. In der Öffentlichkeit blieb jeder in seiner Rolle. Stefan war der brillante Rhetoriker, dem sich Robert still unterordnete, doch beide warteten auf den Nachmittag, wenn das Dachgeschoßzimmer den Rest der Welt ausschloß.

Abends traf sich Stefan mit Lilo, die als seine Freundin galt. Sie war schon in der 13. Klasse und bereitete sich auf das Abitur vor, aber vor allem war es ihr alter, klappriger Renault, der ihr die Aura studentischer Unabhängigkeit verlieh.

Natürlich war Stefan stolz, daß sich eine gutaussehende Abiturientin mit Auto für ihn entschieden hatte. Robert unterstellte ihm nicht, daß er nur in Lilos Renault verliebt war, doch er empfand auch keine Eifersucht und ließ sich nicht bluffen. Gerade die Übertriebenheit, mit der sein Freund in pikanten Andeutungen schwelgte, war ihm ein Beweis für die Harmlosigkeit dieser Beziehung. Außerdem hatte er Lilo und Stefan schon oft als Paar erlebt, und es war offensichtlich, daß nichts zwischen ihnen war, was ihn hätte beunruhigen müssen. Lilo war wie alle anderen von den Reden seines Freundes begeistert, und es schien Robert, als fühlte sie mehr Bewunderung als Liebe, aber er nahm es hin, fast belustigt, daß Stefan sich vor den anderen als Held einer leidenschaftlichen Liebesgeschichte darstellte. Ein bißchen war er auch erleichtert, weil die Romanze mit Lilo von ihm ablenkte und den überschwenglichen Komplimenten, mit denen Stefan ihn immer noch in Gegenwart anderer in Verlegenheit brachte, den anrüchigen Ernst nahmen.

»Mir macht er nie so tolle Liebeserklärungen«, seufzte Lilo und ahnte nicht, daß Robert ein gefährlicher Rivale war.

»Wirkliches Verstehen gibt es nur zwischen Männern«, verkündete Stefan, der gerade Platon gelesen hatte, und alle grölten zustimmend und lachten, selbst Lilo, und niemand mit Ausnahme von Robert wußte, wovon Stefan sprach.

»Ich bin auf einen Chauvi reingefallen«, kicherte Lilo, und Stefan zog sie gönnerhaft zu sich heran, und man trank Cola und rauchte und redete noch eine Weile hochmütigen Unsinn, bis die Gruppe auseinanderlief.

Robert war entschlossen, seinen Freund zu verführen. Er hatte keine Erfahrung in diesen Dingen, aber er verließ sich auf die Magie des Dachgeschoßzimmers, in dem seine

Träume und Wünsche die Gestalt von Tatsachen annahmen. Seit Wochen hatte Stefan ihn mit all seinen Bemerkungen und Andeutungen indirekt herausgefordert, den ersten Schritt zu wagen, als hätte er sich selbst die Pflicht auferlegt, abzuwarten, bis Robert bereit war.

Vielleicht war es eine gewisse Noblesse, die Stefan davon abhielt, Robert zu überrumpeln, vielleicht wollte er verhindern, daß sich sein verklemmter Freund hinterher aus Scham oder Reue von ihm abwandte. Robert hatte oft darüber nachgedacht, warum sich Stefan in diesem Fall weigerte, wie auch sonst die Initiative zu ergreifen, aber wahrscheinlich war es so, daß Stefan hinter seiner großmäuligen Fassade tatsächlich unglaublich schüchtern war. Natürlich hätte sein Freund, der in der ganzen Stadt als Draufgänger bekannt war, über diese Mutmaßungen spöttisch gelacht und sie ins Reich der Projektionen verwiesen.

In dem kleinen Zimmer war es einfach, Berührungen und Körperkontakte zu provozieren, scheinbar arglos, so daß immer auch eine harmlose Deutung möglich gewesen wäre.

Robert lächelte zerstreut, signalisierte aber, daß er Stefans Gefühle erwiderte. All das geschah leise und verhalten und war ein feingesponnenes Netzwerk aus Blicken und plötzlicher Stille, erregten Halbsätzen und Pausen, in dem sich die beiden an jenem Nachmittag verhedderten.

Stefan glaubte, daß es sein verwegener Impuls war, der ihn dazu brachte, seinen Freund auszuziehen, doch er tat nur das, was sich Robert die ganze Zeit gewünscht hatte. Die kleinlaute Ratlosigkeit danach. Jetzt war es nicht mehr möglich, mit einem Lachen alles zurückzunehmen. Roberts Nacktheit war eine verwirrende Tatsache, genauso wie das atemlose Schweigen der beiden, die sich fast aggressiv umklammert hielten. Kein Scherz hatte mehr Platz zwischen ihnen, alles war auf einmal furchtbar ernst. Waren fünf Minuten vergangen oder zwei Stunden oder eine halbe Ewigkeit, bis Stefan das Schweigen brach? »Rimbaud und Verlaine haben vielleicht auch so auf dem Bett gelegen.« Seine

Stimme klang heiser und trotzig, als wollte sie sich rechtfertigen, aber Robert war erleichtert, daß seine Worte die Stille zwischen ihnen vertrieben.

»Ich glaube, die beiden haben sich vor allem geprügelt«, frotzelte er, und Stefan reagierte wie erwartet und simulierte einen kleinen Ringkampf. So lösten sie sich aus der Erstarrung und maßen ihre Kräfte, doch nicht lange, und der beklommene Ernst nahm sie wieder in Besitz. In seinen Träumen hatte Robert schon oft den stämmigen Körper von Stefan erforscht, mit zärtlicher Ruhe oder Leidenschaft, aber immer waren alle Bewegungen fließend und anmutig wie in einer virtuosen Choreographie der Lust, traumtänzerisch und schön, keine Berührung wirkte tölpelhaft oder komisch.

In Wirklichkeit war alles anders. Sie wälzten sich auf dem schmalen Bett hin und her, ungeschickt und mit erhitzten Gesichtern, und Robert war, als verrichteten sie beide keuchend Schwerarbeit. Stefan zerrte grob an ihm herum und biß schmerzhaft in seine Schulter und mußte natürlich mal wieder den Aktiven mimen und so tun, als kannte er sich aus, doch Robert wußte, daß auch sein Freund unerfahren war. Seine Zärtlichkeiten erinnerten eher an sanfte Mißhandlungen, und Roberts Hände betasteten wie in Panik den Körper von Stefan, ohne Mut, die Stellen zu berühren, nach denen es sie verlangte. Hektisch und keusch waren die Umarmungen dieses Nachmittags, aber all das, was sie seit Wochen sehnsüchtig umkreist hatten, war nun eine glückliche Gewißheit. Sie liebten sich und scheuten kein Pathos, ihre Liebe, die so lange unausgesprochen zwischen ihnen geschwelt hatte, in feurigen Geständnissen zu feiern.

»Ich wäre bereit, für dich zu sterben«, sagte Robert und legte seinen Kopf auf die Brust des Freundes und hörte dessen Herz.

Stefan revanchierte sich großzügig für dieses edle Angebot und erwiderte mit grimmigem Ernst: »Ich wäre sogar bereit, für dich einen Mord zu begehen.« Beide glaubten, die erhabene Kälte des Todes zu spüren, der ihrer Liebe Unsterblichkeit verleihen würde. Sie zitterten und hielten sich fest, und vielleicht war es auch nur ihre Nacktheit, die ein bißchen fror.

Das Telefon klingelte. Lange und aufdringlich. Robert brauchte eine Weile, bis er begriff, daß es nicht in der Vergangenheit läutete. Es war dieser Montag, der mit schrillem Gebimmel die Aufmerksamkeit auf sich zog. Jetzt hätte Robert mit Stefan sprechen können, sechzehnjährig und vertraut, ohne Angst vor seinem alten Schulfreund, aber am anderen Ende war Karin, seine Frau, mit der er seit achtzehn Jahren verheiratet war.

Im Hintergrund hörte Robert den Lärm des Schulhofs.

»Geht es dir wieder besser? Hast du Fieber gemessen? Hast du im Laden Bescheid gesagt?« Karin brüllte ihre Fragen ins Handy, das sie immer bei sich trug, und bevor Robert irgend etwas sagen konnte, stürzte die Verbindung ab, weil Karin mal wieder vergessen hatte, ihr Lieblingsspielzeug aufzuladen. Robert kannte dieses Theater. Meistens wartete er geduldig neben seinem Schreibtisch, bis das Telefon erneut klingelte. Ein altes, schwarzes Ungetüm mit weißen Ziffern, das er noch von seinen Eltern übernommen hatte. Im Buchladen stand ein modernes Tastentelefon mit Anrufbeantworter, das Robert nur widerwillig bediente, und allen Versuchen seiner Frau, auch ihn zum Besitz eines Handys zu überreden, hatte er sich störrisch widersetzt. Er haßte diese hysterischen, kleinen Dinger, mit denen inzwischen jeder Erstkläßler sich und seine Umwelt terrorisierte. Außerdem war ihm dieser dreiste Anspruch auf Verfügbarkeit rund um die Uhr unerträglich. Robert würde auch in Zukunft die Stunden verteidigen, die er für sich alleine brauchte. Karin fand es ganz normal, daß bei einem Sonntagsspaziergang das Handy nervte, weil irgendeine Kollegin irgendeine Frage hatte, die sich auch einen Tag später hätte beantworten lassen.

Es war schon öfter vorgekommen, daß die Verbindung jäh abriß, aber an diesem Montag sah Robert darin ein schlechtes Omen. Als wirkte sich die bloße Anwesenheit von Stefan in der Stadt bereits unheilvoll auf alles aus.

Robert war hinabgetaucht in seine Erinnerungen, und alles war so nah und deutlich, das Dachgeschoßzimmer und das schmale Bett, ihre Umarmungen und Geständnisse, daß er sich schuldig fühlte, als hätte er gerade seine Frau mit seinem Schulfreund betrogen. Die anhaltende Stille des schwarzen Telefons war wie ein Vorwurf. Dabei wußte Robert ganz genau, daß sich Karin auch nach der Pausenaufsicht erst mal keine Möglichkeit bot, ihn zurückzurufen, weil sie in ihre Klasse mußte. Robert starrte auf das Foto im Silberrahmen, das er sich vor vielen Jahren auf den Schreibtisch gestellt hatte.

»Was für eine rührende Familienidylle!« würde Stefan sagen und ihn verachten, mit jenem kalten Spott in den Augen, vor dem sich Robert immer gefürchtet hatte.

Auf dem Foto stand er mit Karin unter einem Mandarinenbaum, an ihrer Seite Fabian, der damals sieben Jahre alt gewesen war und sich offensichtlich langweilte. Er zog einen Schmollmund, wie er es auch heute noch manchmal tat, und verweigerte sich dem fotogenen Kinderlächeln, um das ihn seine Mutter bat. Irgendein Tourist hatte sich bereit erklärt, sie zu fotografieren. Ihr erster Urlaub im Hochland von Mallorca. Weit genug entfernt von den Deutschen, die sich unten in Palma vergnügten. »Vor denen sind wir sicher. Die wollen nur am Strand liegen und ihre fetten Ärsche in der Sonne braten. Wir aber haben nichts zu tun mit diesen Banausen. Wir sind die intellektuelle Elite und brauchen auch im Urlaub nichts als Kultur«, hatte Karin gelästert, und dann waren sie losgezogen, um das legendäre Haus in Valdemosa zu besichtigen, in dem Chopin und George Sand gelebt und geliebt hatten. »Wie schade, daß ich nicht dichten und du nicht komponieren kannst. Wir sind nur ein ganz normales Ehepaar. Wahrscheinlich sind die Ärsche in Palma ehrlicher als wir«, seufzte Karin, und Robert umarmte sie und sagte: »Ich bin glücklich, weil wir ein normales Ehepaar sind.«

Fabian war im Hotel geblieben und spielte mit einem gleichaltrigen Jungen aus Frankreich, mit dem er sich angefreundet hatte. Obwohl keiner die Sprache des anderen konnte, verständigten sie sich mit dem internationalen Geheimcode der Kindheit, und zwei Wochen lang hörte man schon von weitem ihr durchtriebenes Lachen. Robert erinnerte sich an diese Tage und seine Entschlossenheit, glücklich zu sein. Das Hotel in Déjà, das eigentlich viel zu teuer war und ihre finanziellen Möglichkeiten überstieg. Der luxuriös eingerichtete Frühstücksraum, in dem sich morgens die Gäste trafen, vor allem junge Ehepaare aus aller Welt mit ihren Kindern. Das komplizenhafte Lächeln der gestreßten Familienväter, die sich gegenseitig zunickten und stolz ihren Nachwuchs mit den anderen Kindern verglichen, natürlich immer zu Gunsten der eigenen Brut.

Robert versuchte, sich Stefan in dieser Runde vorzustellen, aber es war nicht möglich. Sein Jugendfreund war vielleicht einsam und ramponiert, doch er war kein Heuchler.

Robert hatte sich unbehaglich gefühlt inmitten der anderen Familien, und gleichzeitig waren sie ihm wie ein Schutzschild erschienen, vor jener anderen Wahrheit in ihm, die aufsässig unter der Oberfläche rumorte. Tagsüber war es möglich, sie zu bändigen, aber am Abend kam sie wie ein Fieber über ihn, und Robert erlag der Ruhelosigkeit.

»Ich muß noch ein bißchen rumfahren«, sagte er zu Karin, mit der er an der Hotelbar saß, und sie lächelte und bedrängte ihn nicht mit Fragen, die jede andere Ehefrau gestellt hätte.

»Fahr vorsichtig. Ich habe keine Lust, als Witwe zurückzukehren.«

Robert wußte nicht, was sie wirklich dachte, doch er war ihr dankbar und küßte sie zärtlich auf den Mund und ließ sie alleine an der Bar zurück, mit ihrem bunten Cocktail, und spürte ihre besorgten Blicke in seinem Rücken, während er sich entfernte, um seinem wahren Selbst zu folgen.

In einem halsbrecherischem Tempo fuhr er mit dem Leihwagen die klippenreichen Kurven nach unten in die Stadt, nach Palma, ins sogenannte Rotlichtviertel, wo er in einer schmuddeligen Sauna andere Männer traf, die das gleiche suchten wie er. Spät in der Nacht kam er zurück ins Hotel. Er duschte sich, um alle verdächtigen Gerüche abzuwaschen und legte sich zu Karin, die sich im Schlaf vertrauensvoll an ihn schmiegte und nicht merkte, daß ein Fremder sie umarmte.

Sex bedeutete Karin nicht soviel, und meistens war es der frühe Morgen, wenn sich ihre Körper noch im Halbschlaf fanden und zu einer Einheit wurden, leise und traumträge, als wollten sie die beiden Schläfer nicht wecken. Karin schnurrte dabei wie eine kleine Katze, und Robert fühlte sich behaust in ihrer passiven Lust, die ihn friedlich aufnahm und sich zu ihm bekannte. In diesen Augenblicken waren sie ein Paar, sie gehörten zusammen, und nichts konnte sie bedrohen.

Im Licht des Morgens verschwand die Nacht, als wäre sie nie gewesen. Natürlich war es Karin nicht verborgen geblieben, daß er erst spät zurückgekommen war. Vielleicht wartete sie darauf, daß Robert von sich aus etwas erzählte, aber er schwieg und rettete sich in die Normalität des Tages. Jetzt war er wieder Ehemann und Vater und hatte alles unter Kontrolle.

Eine Sonnenbrille schützte ihn vor den prüfenden Blicken, die Karin ab und zu auf ihn richtete. Sie frühstückten auf der Hotelterrasse mit den anderen Gästen, und an diesem Morgen genoß es Robert, daß er dazugehörte und so zu sein schien wie alle anderen. Er schlug vor, den Tag am Meer zu verbringen, und Fabian wollte unbedingt, daß sein französischer Freund mitkäme. Karin war nicht begeistert von der Aussicht, die Verantwortung für zwei anstrengende Siebenjährige zu übernehmen, aber Robert konnte sie überreden und wurde dafür mit einem dankbaren Lächeln seines Sohnes belohnt. Sie sammelten ungewöhnliche Muscheln und bauten eine Sandburg und ließen sich von den Wellen tragen und tollten am Strand herum, und am Ende des Tages fiel jeder ins Bett und versank in einem glücklichen Schlaf.

Eine Weile konnte Robert aufatmen und nur das sein, was er sein wollte, doch dann nahmen ihn wieder die friedlosen Wünsche in Besitz, und alles fing von vorne an. Seine Ausreden und Heimlichkeiten, die schrecklichen Schuldgefühle und die ratlose Traurigkeit Karins, deren Schweigen ihn mehr belastete, als es Vorwürfe getan hätten. Er war froh, als der Urlaub vorbei war und sie in die kleine Stadt zurückkehrten. Auch hier quälte ihn eine fiebrige Unruhe, und oft lag er schlaflos neben Karin, aber zu Hause gelang es ihm besser, diese Anfälle zu bekämpfen, bis sie im stillen Gleichmaß der Tage ihre Heftigkeit verloren. Hilfreich war auch der Mangel an Gelegenheit, das Nichtvorhandensein gewisser Orte, zu denen Robert hätte flüchten können. Zwar gab es neunzig Kilometer entfernt eine größere Stadt, doch selbst da fühlte er sich nicht wirklich anonym und sicher, weil er immer damit rechnete, von Leuten gesehen zu werden, die ihn kannten. So stürzte er sich in die Arbeit und kämpfte um den Erhalt seiner hoch verschuldeten Buchhandlung. Ein Tag glich dem anderen, und es waren die Wiederholungen, an denen sich Robert festhielt. Sie halfen ihm, seine Wünsche zu unterdrücken und in der Ordnung zu funktionieren, der er sein Leben vor vielen Jahren unterworfen hatte.

Er war nicht glücklich, aber es reichte ihm, manchmal zufrieden sein. Die Vermessenheit, mit der alle das Glück einforderten, war ihm unheimlich wie das Glück selbst. Hochstaplerisch und gefährlich erschien es ihm, das sogenannte Glück, janusgesichtig und tückisch, ein Phantom, dessen Sirenengesang allen das Bewußtsein raubte, jedes Maß für das, was möglich war, bis die Falle zuschnappte. Ein kurzer Rausch und dann das Ende. Unerbittliche Nüchternheit. Schmerz ohne Narkose und eine unheilvolle Sehnsucht nach jener Euphorie, die man nie wieder empfand. Wer einmal dem Trugbild gefolgt war, war verloren für das ganz normale, gewöhnliche Leben, das sich in bescheideneren Dimensionen vollzog, jenseits der rauschhaften Extreme und Großartigkeiten.

Der Mensch war nicht geschaffen, das Glück auszuhalten, ebensowenig wie die Freiheit, aber vielleicht irrte sich Robert auch.

Vielleicht brauchte er diesen Irrtum, um seine Feigheit vor sich selbst zu rechtfertigen. Er hatte sich immer bedroht gefühlt von dem Chaos, das er in sich spürte, doch wahrscheinlich war die Flucht in eine strenge Ordnung auch nur eine Illusion. Die Ehe mit Karin hatte ihn nicht von seiner Ruhelosigkeit heilen können. Nicht einmal seine stolze Vaterschaft und die Liebe seines Sohnes.

Alles, was er unterdrückte, verschwand unter der Oberfläche, um in seinen Träumen und Gedanken machtvoll wieder aufzutauchen. Der, den er vor sich und allen anderen verleugnete, ließ sich verdrängen, aber nicht beseitigen. Er warf seine Schatten gezielt auf die Stunden, die er sich ausgesucht hatte, und sorgte dafür, daß Robert ihn nicht vergaß.

»Grüßen Sie Ihre reizende Frau von mir. Sie sind wirklich zu beneiden. Ein richtiger Glückspilz«, sagte ein Kunde, und Robert errötete und kam sich wie ein Betrüger vor. Alles war Fassade, und nichts war echt. Er hatte nicht nur sich selbst verraten, sondern auch Karin und Fabian. Selbst, wenn Robert seine Frau aufrichtig begehrte, fühlte er sich wie ein Lügner. Dabei wäre es möglich gewesen, ehrlich zu sein. Karin war keine engstirnige Provinzlerin. Sie hätte zu ihm gehalten. Er hatte den Zeitpunkt versäumt. Jetzt war es zu spät für die Wahrheit. Nach all den Jahren, in denen er geschwiegen hatte, konnte er Karin nicht plötzlich Geständnisse zumuten, vor denen ihr gemeinsames Leben wie ein großer Schwindel erschienen wäre. Lug und Trug all die Jahre, eine Täuschung alle Zärtlichkeiten und Intimitäten. Seine späten Offenbarungen hätten sie nicht nur rücksichtslos überfordert, sondern auch nachträglich alles vergiftet, was wahrhaftig und schön zwischen ihnen gewesen war. Jede Minute an seiner Seite hätte sich in Falschgeld verwandelt. Keine Seele und kein Herz waren stark genug, so etwas zu verkraften. Wie sollte Karin verzeihen können, daß er ihr Vertrauen fast achtzehn Jahre lang mißbraucht hatte? Selbst dann, wenn sie sich von ihm trennen würde, um noch einmal neu anzufangen, bliebe eine unheilvolle Wunde und das Gefühl, daß ihr achtzehn Jahre ihres Lebens gestohlen worden waren. Und Fabian? Er würde seinen Vater verachten und hassen und sich für ihn schämen.

Robert erinnerte sich nur allzu gut an die heftige Reaktion seines Sohnes auf ein Fernsehfeature über schwule Väter in New York. Karin war mit der Fernbedienung durch die Kanäle gezappt, auf der Suche nach einem tauglichen Spielfilm, und plötzlich erschien all das, was Robert verdrängte, laut und offensiv auf dem Bildschirm. Sein Innenleben flimmerte in deutlichen Bildern vor den Augen seiner Familie, und Robert konnte nichts dagegen unternehmen. Ihm war, als würde eine versteckte Kamera in seinem Gehirn seine heimlichen Gedanken und Träume auf die Mattscheibe in ihrem Wohnzimmer projizieren, um ihn ein für alle Mal als Lügner zu entlarven. Karin und Fabian merkten nicht, wie aufgewühlt und entsetzt er war. Sie starrten gebannt auf zwei ältere, schwule Männer, von denen einer eine zehnjährige Tochter hatte, um deren Erziehung sich beide gemeinsam kümmerten.

»Die anderen haben nur einen Daddy. Ich habe zwei«, krähte das Mädchen ins Mikrophon der gerührten Journalistin, und der Satz klang unerträglich aufgesagt und falsch. Robert gelang es nur mit äußerster Anstrengung, halbwegs ruhig zu bleiben. Er wagte es nicht, aus dem Zimmer zu flüchten, und traute sich erst recht nicht, auf einen anderen Kanal umzuschalten, weil alles verdächtig gewesen wäre.

»Lieber Halbwaise als eine Tunte zum Vater«, hatte Fabian am Ende der Dokumentation verkündet, und Karin war wütend geworden und hatte eine lange Rede über Intoleranz und Vorurteile gehalten, der Fabian belustigt zugehört hatte, ohne seine Meinung zu ändern.

»Wir haben gründlich versagt. Unser Sohn ist ein Spießer«, seufzte Karin schließlich resigniert, und Robert sah, daß sie aufrichtig betroffen war.

Oft ging sie ihm auf die Nerven mit ihrer sturen Progressivität und ihrem Gutmenschgetue, aber an diesem Abend vor zwei Jahren war er ihrer Wut dankbar, die sich mit einem Teil von ihm solidarisierte, ohne davon zu wissen.

Dieser Abend wäre noch einmal eine Gelegenheit gewesen, alle Karten auf den Tisch zu legen, selbst auf die Gefahr hin, daß sich Fabian von ihm abwandte. Was nützte ihm eine Liebe, die nicht ihm galt? Wenn es unmöglich für Fabian war, seinen Vater anzunehmen, wie er war, dann hatte Robert sowieso keine Chance. Karin und Fabian richteten ihre Zuneigung an einen Mann, den es nicht gab. Was hatte Robert zu verlieren? Er konnte nur gewinnen, vielleicht nicht sofort, aber später, wenn alle genug Zeit gehabt hätten, sich an seine Wahrheit zu gewöhnen. Doch auch an diesem Abend verzichtete er auf die Möglichkeit, daß etwas Wirkliches und Wahrhaftiges zwischen ihnen entstehen konnte.

»Fabian drückt sich etwas drastisch aus, aber so ganz normal ist das alles auch nicht. Nichts gegen andere Lebensformen, doch irgendwo muß eine Grenze sein«, sagte er matt, und Karin schaute ihn fassungslos an und traute ihren Ohren nicht. Auch Fabian äugte eher mißtrauisch als dankbar zu seinem Vater, der sonst immer auf der Seite von Karin war, wenn es darum ging, Engstirnigkeit und Ignoranz zu bekämpfen. Robert spürte, wie seine Unglaubwürdigkeit als verräterische Röte auf seinem Gesicht flammte.

»Gibt es denn nirgendwo einen gescheiten Film?« stotterte er und griff hastig nach der Fernsehzeitung, um sich dahinter zu verstecken.

In jener Nacht vor zwei Jahren bedrängte Robert seine Frau mit begehrlichen Umarmungen, die sie nur zögerlich erwiderte, als spürte sie die verzweifelte Bemühtheit seiner Lust. Robert kam sich vor wie eine mißlungene Parodie auf einen leidenschaftlichen Liebhaber. Er durchschaute die groteske Kläglichkeit der Situation, aber er konnte nicht aufhören, übertrieben zu keuchen und ein kaum beherrschbares Erregtsein vorzutäuschen.

»Ich bin eigentlich schon ziemlich müde«, sagte Karin mit schläfriger Stimme, und es gab keinen Grund, ihre Ehrlichkeit in Frage zu stellen. Sie gehörte nicht zu den Frauen, die Kopfschmerzen oder andere Unpäßlichkeiten vorgaben, um eine lästige Männergeilheit abzuwehren. Karin war immer offen und direkt. Weder zimperlich noch sonstwie heikel. Robert wußte, wie töricht er war, doch nach diesem Abend war er besessen von dem Wunsch, den Körper seiner Frau in Besitz zu nehmen, als wäre der sexuelle Akt ein magisches Ritual, das er vollziehen mußte, um sein Leben zu retten.

Er lag auf Karin, ein zappelndes und schwitzendes Krampfbündel, und sie schwieg und ließ ihn gewähren, obwohl er sich rücksichtslos über ihre Bedürfnisse hinwegsetzte. Vielleicht war es Mitleid mit seiner Verzweiflung, die sich ihrer Haut mitteilte, vielleicht erahnte sie auch in dieser Nacht zum ersten Mal die andere, verborgene Seite ihres Mannes. Die Dunkelheit verriet ihre Gedanken nicht. Es war ganz natürlich, daß sich Roberts Körper seinem angestrengten Willen verweigerte, aber er ignorierte seine Impotenz und simulierte mit lauten Gestöhne und ruckartigen Bewegungen den geplanten Koitus. Sein Stöhnen klang eher wie ein Wimmern, und die Schweißtropfen, die von seiner Stirn auf Karins Gesicht fielen, erinnerten sie an Tränen, doch Robert war zu weit von ihr entfernt, als daß sie ihn hätte trösten können. Früher hatten sie über so ein Mißgeschick gemeinsam gelacht und eine Flasche Sekt geöffnet. Sie hatten herumgealbert, und manchmal fanden sich ihre Körper doch noch, verspielt und mit absichtsloser Leichtigkeit, oder aber sie kuschelten sich ineinander zu einem geschwisterlichem Schlaf.

»Kannst du oder kannst du nicht? Deine Zeit ist gleich um.«

Robert erinnerte sich an die gelangweilte Stimme der Nutte, bei der er achtzehnjährig und nervös seine Männlichkeit testen wollte. Seine Tauglichkeit für ein ganz normales Leben.

Er wollte Stefan entmachten und alles, was er für ihn

empfand, aber sein Körper war ehrlicher als seine Absichten. Robert bezahlte 200 DM für seine Niederlage und war danach noch tiefer verstrickt in all die Gefühle, vor denen er sich fürchtete.

Karin stellte sich schlafend und ersparte Robert die Peinlichkeit, sein absurdes Verhalten zu erklären. Auch er tat so, als fiele er augenblicklich in einen erschöpften Schlaf, doch beide lagen wach, Rücken an Rücken und wußten, daß diese Nacht nicht rückgängig zu machen war. Sie sprachen nicht darüber. Weder am nächsten Morgen noch in den folgenden Tagen. Robert flüchtete sich in den Streß mit seiner maroden Buchhandlung. Karin engagierte sich noch vehementer für die Schule. Sie überließen sich beide dem Sog der alltäglichen Rituale, und die Streßmühle mahlte alle Fragen und Zweifel zu halbwegs verdaulichen Erträglichkeiten. Am Ende eines Tages teilten sie sich eine rechtschaffene Müdigkeit, in der auch die heimliche Bitternis gemildert schien. Ihr Umgangston war friedlich und fürsorglich, und für alle anderen blieben sie das ideale Ehepaar, aber Robert und Karin wußten es besser.

Auch Fabian spürte, daß die Herzlichkeit zwischen seinen Eltern künstlich war. Sie behandelten sich gegenseitig freundlich und zuvorkommend, rücksichtsvoll wie zwei wohlerzogene Fremde. Beide buhlten mit wachsender Hilflosigkeit um die Liebe ihres Sohnes, vorsichtig und diskret, ihre Bedürftigkeit geschickt hinter der harmlosen Normalität elterlicher Zuwendungen tarnend. Die gemeinsamen Abende waren jetzt verkrampft und angestrengt, und Fabian fühlte sich befangen und überfordert von der Wichtigkeit, die ihm plötzlich zukam. Die liebevolle Aufmerksamkeit seiner Eltern schien sich geradezu auf ihn zu stürzen, aber alles war auf eine seltsame Weise traurig und freudlos. Fabian fand Vorwände und Ausflüchte, die ritualisierten Familienabende auf ein Minimum zu beschränken.

Wenn er nicht mit Freunden unterwegs war, blieb er auf

seinem Zimmer und gab vor, sich auf irgendwelche Klausuren vorzubereiten, eine offensichtliche Lüge, da sich seine schulischen Leistungen in dieser Zeit extrem verschlechterten.

Seit jener Nacht konnte Robert nicht mehr mit Karin schlafen, ohne an den Körper eines Mannes zu denken. In seinen Träumen archivierte er den athletischen Zahnarzt, der manchmal in den Laden kam, um sich die neusten Pferdebücher zu kaufen. Die kräftige, gedrungene Gestalt des Nachbarn, dem er oft heimlich bei der Gartenarbeit zusah, um sich dessen Umrisse einzuprägen. Die jungen, muskulösen Burschen, die er in der Schwimmhalle mit verstohlenen Blicken verfolgte. Selbst die schlanken, frühreifen Schulkameraden, die Fabian ab und zu mit nach Hause brachte, waren nicht sicher vor seinen Phantasien.

In all den Jahren war es Robert gelungen, die Kontrolle über seine Träume zu behalten. Er konnte seine Lust auf Männer von der Intimität mit Karin trennen. Wenn sie sich liebten, meinte er seine Frau, ihren schmalen, etwas eckigen Knabenkörper, der ihn immer wieder rührte, ihre zierlichen, festen Brüste, die Feingliedrigkeit ihrer Hände, den Duft ihrer Haare, die stets nach einem Apfelshampoo rochen. Robert hatte sich nie einen anderen Körper vorstellen müssen, um Karin zu begehren. Vielleicht war es ihre Unberechenbarkeit, die ihn erregte, ihre Fähigkeit, passiv und aktiv zu sein, sich schläfrig und fast abwesend hinzugeben, um im nächsten Augenblick dreist zuzupacken, fordernd und dominant. Dann wieder vergingen Wochen und Monate, in denen Karin nur keusche Zärtlichkeiten suchte, zu träge und zu faul für Sex und physische Anstrengungen. In ihrer sexuellen Beziehung gab es keine ermüdende Verläßlichkeit. Kein Pflichtprogramm, wie es viele Ehepaare nach etlichen Jahren absolvierten, regelmäßig einmal die Woche. Vielleicht war es auch der Spieltrieb seiner Frau, der ihrem gemeinsamen Sexleben den lähmenden Ernst nahm, diese etwas betuliche

Verbissenheit, die den Liebesakt oft in einen Leistungssport verwandelte.

Robert war immer dankbar gewesen, daß das Doppelleben seines Körpers ihn nicht daran hinderte, eine normale Ehe zu führen. Alle Männer in seinem Kopf waren ausgeblendet, wenn er mit Karin schlief. Jetzt aber verselbständigten sich seine Träume. Er liebte Karin sogar noch tiefer und entschlossener als vor jener Nacht, verletzbarer und schutzbedürftiger, aber er begehrte sie nicht mehr. Seine Erregungen mußte er sich nun angestrengt zusammenphantasieren, und selbst dann klappte es nur selten. Karin blieb gelassen und war behutsam und taktvoll. Sie umarmte Robert mit schwesterlicher Zuneigung, und etwas in ihr entfernte sich von ihm und kehrte auch nicht mehr zurück.

Jene geschwisterliche Ruhe, die sie beide früher nach stürmischen Liebesspielen miteinander geteilt hatten, hing jetzt als Dauerzustand über allen Tagen und Nächten. Karin bekannte sich weiterhin mit vielen Zeichen der Zärtlichkeit zu Robert, nicht nur vor Freunden und Kollegen, auch in ihrer Zweisamkeit, doch alle erotischen und sexuellen Signale, die Robert beharrlich immer wieder aussandte, blieben ohne Antwort. Karin wies ihn nicht ab, aber sie sorgte dafür, daß gewisse Situationen erst gar nicht mehr entstanden. Abends korrigierte sie plötzlich bis spät in die Nacht Klassenarbeiten oder bereitete sich mit einer ihrem Wesen untypischen Gründlichkeit auf den Unterricht vor, so daß Robert immer schon schlief, wenn Karin endlich zu Bett kam. In der Frühe stand sie regelmäßig vor Robert auf und joggte durch die Kleinstadtstraßen oder absolvierte mit unglaubwürdiger Disziplin ihre tägliche Morgengymnastik.

Robert wagte es nicht, vor ihr seine Fragen offen auszusprechen, weil er sich vor ihrer Antwort fürchtete. Sie hätte vielleicht klar benannt, was er seit Jahren verquält in sich zurückdrängte, und dann wäre die Form ihres Lebens, an der er so verzweifelt festhielt, nicht länger möglich gewesen.

Wahrscheinlich wartete Karin nur darauf, daß er von sich

aus ansprach, was sich so offensichtlich zwischen ihnen geändert hatte, aber Robert blieb in seinem Schweigen und verteidigte die Fassade jener Normalität, die er sich verordnet hatte.

Oft haßte er sein verzagtes Leben und wünschte sich, es wäre anders, doch etwas in ihm zwang ihn immer wieder zu jener Lüge, in der er sich vor vielen Jahren eingerichtet hatte. Er war keineswegs dankbar, daß Karin so locker und lässig auf sein Unvermögen reagierte und den Sex zwischen ihnen strich, als wäre er ein Flüchtigkeitsfehler.

Die scheinbare Leichtigkeit, mit der sie auf körperliche Intimität verzichtete, beunruhigte Robert. Ihm war, als dürfte er nicht länger die Hauptrolle in ihrem Leben spielen. Vielleicht hatte sie ein Verhältnis mit einem Kollegen oder sogar jenem Nachbar, dem Robert oft begehrlich hinterherträumte, und es war nur eine Frage der Zeit, bis sie Robert ganz aus ihrer Welt verbannte. Neben der Angst, daß alles aus den Fugen geriet, was er sich geschaffen hatte, empfand Robert auch eine heftige Eifersucht, von der er selbst überrascht war. Sie trieb ihn während der Arbeitszeit nach Hause, um nachzusehen, ob Karin schon da war. Wenn sie mit ihrer besten Freundin verabredet war, kontrollierte er sie durch mehrmalige Anrufe und war verwirrt, daß sie sein absurdes Verhalten gutmütig und eher belustigt hinnahm. Karin ließ ihn nie spüren, daß sie von ihm enttäuscht oder frustriert war. Sie kümmerte sich unverändert liebevoll und fürsorglich um ihren Mann, aber Robert mißtraute der Geborgenheit. Es war nicht normal, daß sich eine partnerschaftliche Beziehung von einem Tag zum anderen in eine platonische Kameradschaft verwandelte. Manchmal hatte Robert das Gefühl, daß Karin ihn mit der schonungsvollen Herzlichkeit einer Krankenschwester betrachtete. Und seine Pflicht war es nun, alle Zuwendungen und Freundlichkeiten dankbar anzunehmen und nichts darüber hinaus zu verlangen.

Schließlich war es ein Akt der Barmherzigkeit, daß man

ihn trotz seiner Untauglichkeit weiterhin in einem für ihn als heilsam erkannten Familienverbund duldete.

Auch die schroffe Unnahbarkeit von Fabian hatte wahrscheinlich gar nichts mit der Pubertät zu tun. Sein spöttisches Lächeln, seine geringschätzigen Blicke, das hochmütige Schweigen auf alle Fragen. Alles schien ein Beweis, daß Fabian seinen Vater nicht länger achten und ernst nehmen konnte. Robert wagte es nicht mehr, seinen Sohn zu kritisieren. Als Fabian tagelang die Schule schwänzte, war es Karin, die ein Machtwort sprach. Niemand schien sich darüber zu wundern, daß Robert bei dieser lauten Auseinandersetzung verlegen auf dem Sofa herumsaß und dümmlich auf seine Socken starrte. Früher schon war Robert zu nachgiebig gewesen, etwas zu sanft und unentschlossen, doch Fabian hatte ihn respektiert und geliebt. Jetzt spürte Robert, wie er sich mit jedem Tag etwas mehr in ein unsicheres und verhuschtes Männlein verwandelte.

Alles entglitt ihm. Selbst in seiner Buchhandlung fühlte er sich nicht mehr auf vertrautem Terrain. Er überließ es seiner Angestellten, die neuen Verlagsprogramme der Vertreter zu prüfen, weil er sich vor jeder Entscheidung, die zu treffen war, fürchtete. Maren, die sich seit Jahren über die verschrobene Vorliebe ihres Chefs für unverkäufliche Lyrikbände geärgert hatte, bestellte bestsellerverdächtige Romane mit buntem Cover, und Robert erhob keinen Einspruch. Auch nicht gegen die Arroganz, mit der Maren die Vertreter kleinerer Verlage abwies, die Robert früher unterstützt hatte.

Tuschelten die Leute nicht schon hinter seinem Rücken? Verhielten sich die Kunden nicht anders? Robert, der es geliebt hatte, mit seinen Stammkunden über Literatur zu sprechen, floh jetzt meistens in die kalte Kammer, die als Büro genutzt wurde. Dort saß er vor Rechnungen und Briefen, die nicht beantwortet wurden, und wartete, bis es Zeit war, den Laden abzuschließen. Alles schien wie immer, und nichts war mehr, wie es einmal war.

Robert wußte, daß es absurd war, störrisch an einem Leben festzuhalten, das längst aus seinem Rahmen gefallen war, aber er tat immer noch, als hätte er alles unter Kontrolle.

Das schwarze Telefon sah aus wie ein boshafter Kobold, der stumm auf dem Schreibtisch hockte und Robert nicht aus den Augen ließ. Stefan war seit Freitag in der Stadt. Warum rief er nicht an? Robert vergaß, daß er sich die ganze Zeit vor diesem Anruf gefürchtet hatte. Jetzt ärgerte er sich über das offensichtliche Desinteresse seines alten Schulfreundes. Höflich wäre es gewesen, wenn sich Stefan vorher gemeldet hätte, um seinen Besuch anzukündigen. Daß er aber seit drei Tagen in der Stadt war, ohne ein Zeichen zu geben, war pure Arroganz. Genau jene Wichtigtuerei, die Robert schon früher unerträglich gefunden hatte. Stefan konnte nicht ernsthaft annehmen, daß sich seine Anwesenheit vor Robert verheimlichen ließ. Er hatte lange genug in dieser Kleinstadt gelebt, um zu wissen, daß jeder alles über jeden wußte. Eine Kleinstadt funktionierte verläßlicher als ein Geheimdienst. Fünf Minuten nach seiner Ankunft auf dem Bahnhof war die Neuigkeit in der Buchhandlung gelandet, und keine Stunde war vergangen, bis Robert erfuhr, welchen Mantel Stefan getragen hatte, als er sich an der Rezeption des einzigen Hotels in das Melderegister eintrug. Vielleicht erwartete Stefan in seinem Größenwahn, daß Robert den prominenten Jugendfreund um eine Audienz bat. Vielleicht saß auch er in diesem Augenblick in seinem Hotelzimmer vor dem Telefon und wartete. Das soundsovielte Glas Whisky neben sich und einen Aschenbecher, den er kaum benutzte, weil er eine Zigarette immer so weit rauchte, bis die Asche auf die Hose, auf den Teppich oder sonstwohin fiel. Robert war sicher, daß sich Stefan seit Tagen nicht rasiert hatte. Seine Hand strich über den Anflug von Bartstoppeln auf seinem Kinn, und er fühlte eine verrückte, zärtliche Nähe zu Stefan. Er sah dessen dunkle unruhige Augen, die Schatten darunter, die tiefe Furche neben der Nase, den weichen Mund, der zugleich hochmütig und verletzlich wirkte. Ein tyrannisches, altes Kind.

Er hatte alles auf eine Karte gesetzt und verloren. Himmel und Hölle. Feuer und Eis. Das Leben war ein lausiges Spiel, und Gott ließ auch seine mutigen Kinder im Stich. Vielleicht war Stefan in die Kleinstadt gekommen, um sich von dem Mann retten zu lassen, den er einmal geliebt hatte.

Obwohl es in den letzten Jahren still um Stefan geworden war und Robert schon lange kein Foto mehr von ihm in den Zeitungen entdeckt hatte, war er halbwegs im Bilde und wußte, daß die Zeit nicht gerade zimperlich mit seinem Jugendfreund umgegangen war. Er würde bei ihrer Begegnung nicht aus den Wolken fallen müssen wie Stefan, der ihn seit über zwanzig Jahren nicht gesehen hatte. Natürlich war Stefan klug genug, sich darauf einzustellen, daß auch Robert älter geworden war, aber wahrscheinlich waren seine Erinnerungen mächtiger als abstrakte, von der Vernunft inspirierte Vorstellungen. Wie würde Stefan auf die Tatsache reagieren, daß die Jahre jenes Gesicht zerstört hatten, für das er damals sogar bereit gewesen wäre, einen Mord zu begehen? Nichts hatte die Zeit übriggelassen von jenem Robert, den Stefan einst geliebt hatte. Der zarte Mädchenjunge von ungewöhnlicher Schönheit hatte sich in einen plumpen Bürger verwandelt.

Nicht die Jahre hatten ihn entstellt, sondern seine Selbstverleugnung. Sein von Minderwertigkeitskomplexen beladener Wahn, zur Mehrheit dazugehören zu wollen. Besondere Merkmale waren die Duckmäuseraugen, in denen immer etwas Unaufrichtiges flackerte. Eine beunruhigende Unterwürfigkeit, die jeden um Verzeihung zu bitten schien. Robert konnte nur selten anderen klar in die Augen sehen und hatte es sich angewöhnt, mit gesenktem Blick durch die Gegend zu laufen, was viele mit Nachdenklichkeit verwechselten. Vielleicht war der Besuch von Stefan zu diesem Zeitpunkt ein mystisches Zeichen. Die allerletzte Chance für Robert, über seinen verlogenen Schatten zu springen.

Vielleicht konnten sie sich gegenseitig ein bißchen retten. Karin, die sein Geheimnis intuitiv wahrscheinlich längst erraten hatte, würde einer Trennung zustimmen, eher erleichtert als betrübt, und auch Fabian wäre in einigen Jahren alt genug, seinen Vater in jene tolerante Nachsicht einzubeziehen, mit der er schon jetzt die schwulen Neigungen seiner verehrten Popstars gelassen hinnahm. Nichts würde einer herzlichen Freundschaft zwischen Vater und Sohn im Wege stehen.

»Das Leben ist kein Lore-Roman. Du kitschst wie früher alles zu!« Die Stimme von Stefan und sein lästerliches Lachen schienen ganz nah und real. Robert war, als wollte sein Jugendfreund noch etwas sagen, aber das Klingeln des Telefons unterbrach ihren spirituellen Kontakt. Leider war es nur Maren und nicht Stefan. Sie war von Karin telefonisch informiert worden, daß ihr Chef sich nicht wohlfühlte, und nun wollte sie sich erkundigen, ob es ihm schon etwas besser ging und sie irgend etwas für ihn tun könnte.

Ihre scheinheilige Besorgtheit belustigte Robert.

»Nein, Sie können nichts für mich tun. Hat jemand nach mir gefragt?« Maren schien seine heitere Gelassenheit zu spüren und war verwirrt.

»Ich glaube nicht, das heißt, nein, ich bin mir ganz sicher, wir haben heute keinen Termin.« Normalerweise korrigierte Robert seine Angestellte sofort, wenn sie wie eine Krankenschwester in der Wir-Form sprach, doch an diesem Montag gab es wichtigere Themen.

»Ein Termin ist ein Termin, und eine Überraschung erkennt man daran, daß sie sich nicht ankündigt. Wenn jemand in den Laden kommt, den Sie nicht schon unerträglich oft in unserem unerträglichen Kaff gesehen haben, geben Sie diesem Jemand unverzüglich meine private Telefonnummer.« Robert legte auf und empfand übermütige Freude wie nach einem gelungenen Streich. Er wußte, warum er Maren nie angeboten hatte, sich zu duzen. Sie war eine intrigante Maus und wartete in ihrem Schlupfloch darauf, daß er etwas falsch machte.

Lange genug war er selbst ein Mausmann gewesen. Damit

war nun Schluß. Alles würde sich zum Guten wenden. Robert zündete sich eine neue Zigarette an und stellte amüsiert fest, daß auch er die Asche gedankenlos und schlampig im Zimmer verstreut hatte.

Stefans Ankunft und sein theatralisches Schweigen bewiesen, daß sein Freund noch immer das Spiel liebte. Die alten Balzrituale. Wer wagte den ersten Schritt? Eine deutliche Lockgeste, verhaltene Abweisung, erneute Verführung. Sein Besuch, von dem klar war, daß Robert davon erfahren würde, war der Köder, den Stefan in die Vergangenheit ausgeworfen hatte, um Robert zu fangen. Es war ganz typisch, daß Stefan alles weitere ihm überließ. Vielleicht war es auch ein bißchen die alte Schüchternheit. Jetzt wartete er auf ihn, wie damals in jenem Dachgeschoßzimmer, als Robert nicht mutig genug gewesen war, die Liebe anzunehmen.

»Was für ein elender Feigling du doch bist.« Stefan sagte das unheimlich leise, aber Robert war, als könnte die ganze Stadt mithören. Er schämte sich, daß er immer wieder an die Leute dachte, doch er war nicht so stark und selbstsicher wie Stefan, der überall seinen Gefühlen folgte, ohne Rücksicht auf andere zu nehmen.

»Du tust so, als wäre unsere Liebe etwas Schmutziges.« Stefan lag traurig auf dem Bett, und Robert traute sich nicht, seinen Freund zu umarmen. Fremd saß er auf der Bettkante und spürte, wie er Stefan verlor. Nur mit dem Hinweis auf seine strengen Eltern war es Robert in den letzten zwei Jahren gelungen, Stefan davon abzuhalten, sich öffentlich zu ihrer Beziehung zu bekennen. Es war auch Robert, der Stefan daran hinderte, die harmlose Freundschaft mit Lilo zu beenden. Natürlich war es nicht nur stürmische Aufrichtigkeit, die Stefan immer wieder dazu trieb, die Welt an seinen Wahrheiten zu beteiligen. Im Gegensatz zu Robert, der sich vor jeder Auffälligkeit fürchtete, war es Stefan eine exhibitionistische Lust, andere zu verwirren und zu schockieren.

Seine Liebe zu Robert war echt, aber ebenso echt waren sein Geltungsbedürfnis und sein Ehrgeiz, etwas Besonderes darzustellen. Als Oscar Wilde der Kleinstadt hätte er eine verwegene Rolle eingenommen, die Skandal und Ruhm garantiert hätten. Es war ein großer Liebesbeweis, daß Stefan auf diese effektvolle Heldennummer verzichtete, um Robert zu schonen.

»Ich verstehe deine Angst nicht. In zwei Monaten haben wir unser Abi, und dann sind wir frei. Wir können in einer Großstadt so leben und lieben, wie es uns entspricht. Glaubst du, wir haben die Homosexualität erfunden? Jetzt zuckst du zusammen, als wäre schon das Wort allein ein tödlicher Schlangenbiß.« Stefan, der sich zum Fenster gedreht hatte, konnte Robert gar nicht sehen, aber er kannte seinen Freund. Robert versuchte zu lachen, weil er tatsächlich zusammengezuckt war, doch aus seinem Mund kam nur ein schrilles Geräusch. Er dachte an den ältlichen Friseur vom Obermarkt, über dessen effeminierte Sprechweise sich alle in der Stadt lustig machten. Wie oft hatte sich Robert von ihm die Haare schneiden lassen, starr in den Spiegel blickend und jede Konversation vermeidend, um gleichzeitig nach Hinweisen Ausschau zu halten, die seine Ähnlichkeit mit dem Friseur bestätigten. Flatterten seine Hände nicht auch wie aufgeregte Schmetterlinge? Warf nicht auch er beim Sprechen den Kopf affektiert in den Nacken? Mußte nicht auch er wie der Friseur alles schrecklich übertreiben? »Wahnsinnig interessant.« »Irrsinnig aufregend.« »Ungeheuer spannend.« Robert beteiligte sich an den gemeinsten Witzen über die »Kleinstadttunte«, den »Obermarktschwuli«, um zu beweisen, daß er genauso normal und spießig wie alle anderen war. Auch über jeden anderen Schwulenwitz lachte er am längsten und am lautesten. Er haßte sich dafür, aber schon bei der nächsten Gelegenheit war er wieder bereit, sich vor den anderen zu verleugnen. Robert verriet sich und den, den er liebte, um für einen billigen Augenblick die schulterschlagende Zustimmung von Leuten zu erfahren, die ihm nichts bedeuteten.

Meistens war es nur ein kurzer Augenblick der Verbrüderung. Die anderen spürten, daß irgend etwas an ihm falsch war, und blieben mißtrauisch. Nicht einmal im Vollrausch gehörte er wirklich dazu. Er soff genauso wie die anderen und konnte auch genauso viel vertragen, aber sie witterten den Außenseiter und hielten ihn auf Distanz. Robert dachte oft darüber nach, warum er angestrengt die Nähe von Leuten suchte, die er eigentlich nicht mochte, doch keine Einsicht veränderte sein Verhalten. Er trug Cowboystiefel, in denen er lächerlich aussah, und er ließ sich die Haare kurz schneiden.

»Diese herrlichen Locken! Wollen Sie es sich nicht noch einmal überlegen? Solche Haare sind ein Geschenk Gottes!« Der Friseur sah aus, als wollte er gleich weinen. Seine häßliche Schwester stand im Hintergrund des Ladens und schaute grimmig. Sie haßte alle jungen Männer, vor allem die Gutaussehenden, die schuld daran waren, daß ihr armes, von ihr verhätscheltes Brüderlein so leiden mußte.

»Die reinsten Engelslocken!« Der Friseur strich andächtig darüber, als handelte es sich um die Saiten einer Harfe. Die Berührung erregte Robert, und ihm war, als verriete sein Spiegelbild seine Empfindungen.

»Nun fangen Sie schon an!«

Er bellte seinen Befehl wie ein Feldwebel, und der Friseur gehorchte erschrocken und verrichtete seine Arbeit, bis alle Engelslocken auf dem Boden lagen. Ein elendes Haarhäufchen, das von der Schwester des Friseurs mit hämischen Blicken auf die Schaufel gekehrt wurde. Robert war nicht zufrieden. Es war ihm nicht gelungen, seine oft verlachte Mädchenhaftigkeit mit den Locken verschwinden zu lassen. Mit seinem Bürstenhaarschnitt sah er jetzt wie ein Mädchen aus, das wie ein Junge aussehen will.

Stefan brach tatsächlich in Tränen aus, als er Robert mit seiner neuen Frisur sah, doch schnell gewann er seine Fassung zurück. Er fühlte sich schwach und ohnmächtig vor den Ängsten, die in Robert wüteten und alles zerstörten, was zwischen ihnen war.

Noch immer gab es Augenblicke von unbeschwerter Zärtlichkeit und übermütige Visionen, in denen die beiden Achtzehnjährigen eine gemeinsame Zukunft entwarfen, aber außerhalb des Dachgeschoßzimmers verhielt sich Robert, als wäre Stefan sein Feind. Er bezichtigte ihn vor anderen der Gefühlsduselei und diffamierte alles als Schwachsinn und Dekadenz, was seinem Freund heilig war.

Stefan, der rhetorisch sonst brillant und überlegen war, sagte nichts zu den plumpen Angriffen seines Freundes, der sich plötzlich um die Gunst der größten Langweiler bemühte und alles tat, um in ihre Clique aufgenommen zu werden. Es schien so, als interessierte sich Robert nicht mehr für James Joyce, sondern nur noch für James Bond, und alle Begeisterungen, die er früher mit Stefan geteilt hatte, überzog er jetzt mit einem verächtlichen Spott, den er für viril und männlich hielt. Er wähnte sich in Übereinstimmung mit den hartgesottensten Burschen des Schillergymnasiums und merkte nicht, daß sie heimlich über seine demonstrativ zur Schau gestellte Abgebrühtheit lachten. Den Teufelskerl kaufte ihm niemand ab, aber wenn Stefan zaghaft darauf hinwies, unterstellte ihm Robert Eifersucht und manipulative Versuche der Besitzergreifung. In den Pausen knutschte sich Robert mit frühreifen Mädchen aus der Unterstufe, die es toll fanden, daß ein Abiturient so stürmisch um sie buhlte, doch alle anderen nahmen Robert nicht mehr ernst. »Da kommt unser Cowboy ohne Pferd«, hieß es oder: »Das gestiefelte Katerchen macht wieder auf wild.« Stefan litt, weil Robert nur noch als Witzfigur betrachtet wurde, aber er hatte keinen Einfluß mehr auf seinen Freund.

»Ich habe verstanden, daß du vor deinen Eltern den Normalo mimst. Meinetwegen auch in der Schule, obwohl es da einige Leute gibt, vor denen du nicht den Hetenclown spielen müßtest. Aber warum belügst du dich selbst? Warum vor mir dieses Naturburschen-Schmierentheater?«

Stefan suchte Blickkontakt mit Robert, doch das war nicht möglich, weil der mit hochrotem Kopf auf den Teppich starrte, als wären die Antworten auf Stefans Fragen in das Muster eingewoben. Ein feindliches Schweigen wuchs zwischen ihnen. Nach einer Weile stand Robert auf und verließ wortlos das Dachgeschoßzimmer, in dem alles angefangen hatte. Er stürmte die Treppe runter, vorbei an der Mutter seines Freundes, deren Gruß er nicht erwiderte, und rannte nach Hause, um sich in seinem Zimmer einzuschließen.

Robert versuchte, seinem Freund einen Brief zu schreiben, aber alle Sätze erschienen ihm untauglich. Seine verworrenen Gefühle paßten nicht in Worte. Lieber Stefan, ich will nicht sein, was ich bin. Ich liebe Dich, doch ich würde ein Außenseiterleben nicht aushalten. Und Außenseiter wären wir auch in der Großstadt. Mein Geliebter, bitte hilf mir. In mir ist ein wahnsinniges Durcheinander. Ich weiß nicht, was ich tun soll. Mein Stefan, mein Herz! Verzeih mir. Ich habe den Feigling in mir unterdrückt, aber jetzt ist er stärker als ich.

Robert starrte auf seine Briefanfänge und zerriß sie. All das war Geschwätz. Buchstabengewinsel. Es gab nichts mehr zu sagen.

Er streute die Papierschnipsel auf sein Bett und wußte, daß diese theatralische Geste seinen Freund bezaubert hätte. Dann öffnete er die Schatulle, in der er alle Briefe von Stefan aufbewahrt hatte, nahm sie einzeln heraus und verwandelte auch sie in Papierschnee. Die erste Liebe seines Lebens schneite auf das Bett, ein trauriger Konfettischnee, in dem er in dieser Nacht schlafen würde, um das Ende seiner Liebe mit seinem Körper zu besiegeln.

Robert war auf einmal sicher, daß sich in diesem Augenblick, nur wenige Straßen entfernt, im Dachgeschoßzimmer ein ähnliches Ritual vollzog. So wie er selbst, nahm auch Stefan Abschied von ihrer Geschichte und vernichtete alles, was ihn an Robert erinnern konnte. Vielleicht verbrannte er die Briefe und all die vielen Fotos, die er von Robert im Laufe der letzten zwei Jahre gesammelt hatte. Es hatte seine pathetische Richtigkeit, daß in diesem Augenblick die Glocken der katholischen Kirche läuteten.

Robert verließ sein Zimmer und ging in den »Dorfkrug«, wo sich die Typen trafen, die er nicht ausstehen konnte. Er schmiß eine Runde und spielte den unterhaltsamen Kaspar, und es war ihm egal, daß die anderen nicht mit ihm, sondern über ihn lachten.

In den folgenden zwei Monaten konzentrierte sich das Leben von Stefan und Robert auf die schriftlichen Abiturprüfungen. Wenn sie sich in den Fluren des Schillergymnasiums trafen, grüßten sie sich freundlich wie Menschen, die sich flüchtig kennen.

Nach dem Abitur ging Stefan nach London, um dort die Theaterszene zu studieren, neben allen anderen subkulturellen Angeboten dieser Metropole, während Robert sich an der Universität einer nur vierzig Kilometer entfernten Stadt immatrikulierte und jeden Tag nach Vorlesungsende wieder nach Hause fuhr, wo seine Mutter auch weiterhin seine Wäsche wusch und sich um alles kümmerte. Wenn ihn Kommilitonen fragten, warum er sich kein Zimmer im Studentenwohnheim oder in irgendeiner der vielen Wohngemeinschaften suchte, tat Robert so, als hinderten ihn Geldprobleme an der erwünschten Selbständigkeit.

»Ich bekomme kein Bafög, weil das Einkommen meiner Eltern zu hoch ist, aber sie verdienen zuwenig, um mich finanziell unterstützen zu können. Ein Zimmer kann ich mir leider nicht leisten.« Die Glaubwürdigkeit dieser Aussage hielt sich in Grenzen, da die meisten Studenten nebenbei jobbten, als Taxifahrer oder als Kellner, als Hilfskraft im Büro oder auf dem Bau, doch Robert wirkte so gehemmt und unsicher, daß ihn niemand mit weiteren Fragen bedrängte. Man gewöhnte sich daran, daß der scheue Sonderling nach den Vorlesungen oder Seminaren gleich verschwand.

Selbst an der kleinen Universität dieser mittelgroßen Stadt gab es einen »Rosa Salon«, den schwule Studenten gegründet hatten, um Kontakte zu knüpfen und sich gegenseitig ein Forum zu bieten, aber Robert besuchte weder die Diskussionsabende noch die Lesungen und Filmvorführungen, die einmal im Monat veranstaltet wurden. Als er sich in der Mensa in einen Medizinstudenten verliebte, der eine gewisse Ähnlichkeit mit Stefan hatte, stürzte sich Robert offensiv in eine Beziehung mit Karin. Sie hatte schon länger ihr Interesse für den gutaussehenden Studenten der Bibliothekswissenschaften signalisiert, doch bislang war ihr Robert ausgewichen.

Jetzt war sie erstaunt, mit welchem draufgängerischen Tempo der für seine Schüchternheit bekannte Robert ihre Zuneigung zu erwidern schien. Er mied die Mensa und aß nun täglich bei Karin, die ein winziges Appartement in der Nähe der Universität bewohnte.

Bald waren die beiden ein unzertrennliches Paar. Sie teilten die Leidenschaft für Literatur und lasen sich gegenseitig Erzählungen und Gedichte vor. Karin akzeptierte, daß Robert im alltäglichen Leben zögerlich und unentschlossen war und übernahm resolut die Verantwortung für alle praktischen Fragen. Nach einigen Monaten bezogen sie gemeinsam eine Zwei-Zimmer-Wohnung, und drei Jahre später heirateten sie. Alles schien in Ordnung. Karin verkörperte die Ruhe und Verläßlichkeit, die Robert sich gewünscht hatte, und er war glücklich, daß seine andere Wahrheit ihn nicht daran hinderte, eine ganz normale Beziehung zu verwirklichen. Er fühlte sich durch Karin gerettet. An ihrer Seite war alles klar und überschaubar. Der Zufall oder das Schicksal wollten es, daß Karin ihr erstes Referendariat am Schillergymnasium seiner Heimatstadt leistete und nach dem zweiten Staatsexamen regulär als Lehrerin übernommen wurde.

Robert kehrte als Ehemann in die kleine Stadt zurück, in der er so oft als Mädchenjunge verspottet worden war. Jetzt, da er sich in Sicherheit wähnte, ließ er sich seine Haare wieder lang wachsen. Manchmal stand er vor dem Elternhaus seines Jugendfreundes und starrte sehnsüchtig hoch zum Dachgeschoß, doch diese Anwandlungen gingen schnell vorbei, und nichts schien die Familienidylle zu bedrohen, die sich mit der Geburt von Fabian noch vervollkommnete.

Wann hatten ihn die friedlosen Träume wieder in Besitz genommen? Die dunkle Unruhe, die wie ein Fieber in ihm stieg? Alle diese würdelosen Heimlichkeiten und Lügen. Das klägliche Versteckspiel. Die schäbige Genugtuung, mit der er die Katastrophen im Leben von Stefan verfolgte, als ließe sich seine eigene Armseligkeit durch die Niederlagen des Freundes vergolden.

Stefan rief nicht an und würde auch nicht anrufen. Nicht an diesem Montag und auch an keinem anderen Tag. Vielleicht war er längst abgereist. Und selbst, wenn er noch da war, bedeutete ihm Robert inzwischen nicht mehr als ein vergilbtes Foto. Robert starrte auf das schwarze Telefon und wünschte sich den Mut, seinen Jugendfreund anzurufen, um wenigstens noch einmal seine Stimme zu hören. Irgendeinen versöhnlichen Satz, der alles ein bißchen erträglicher machte, zumindest für einen Augenblick.

Solo für ein Hotelzimmer

Ich hänge das Bitte-Nicht-Stören-Schild vor die Tür, als müßte ich mit lästigen Besuchen rechnen. Dabei weiß ich, daß niemand mehr kommen wird. Auch nicht das Zimmermädchen. Sie hat bereits alle deutlichen Spuren meiner Anwesenheit beseitigt. Der Koffer ist auf dem Schrank kaum sichtbar, unbewohnt und unberührt scheint der Raum, zurückgekehrt in eine kalte Sachlichkeit. Alle Flaschen aus der Mini-Bar, die ich auf das Fensterbrett gestellt hatte, sind verschwunden. Mein Flaschenheer ist abgezogen. Eine kleine Pause zwischen den Kämpfen, bis das Schlachtfeld des Trinkers wieder bereit ist für neue Niederlagen. Der Aschenbecher ist geleert, und das Bett ist frisch bezogen. Kein Detail verrät, daß ich mich seit vier Tagen und Nächten, mit Ausnahme kurzer Spaziergänge, auf Zimmer 45 einschließe. Nur das Badezimmer gibt Auskunft über den Gast. Vielleicht wundert sich das Zimmermädchen über die vielen bunten Flakons und Make-up-Dosen. Dior. Bulgari. Chanel. Guerlain. Armani. Balmain. Soviel ausgestellte Eitelkeit kennt sie sonst nur von den weiblichen Gästen, besonders dann, wenn die Damen ein gewisses Alter überschritten haben. Aufschlußreich wären auch die diversen Beruhigungspräparate und Antidepressiva im Spiegelschrank, aber das Zimmermädchen, das immer geradezu deprimierend gutgelaunt erscheint, hält »Valium« und »Tavor« wahrscheinlich für Vitamintabletten. Ich ziehe die Vorhänge wieder zu, weil ich das offensive Tageslicht nicht ertrage. Helligkeit wirkt auf mich wie eine Mißhandlung.

Seit Samstag hinterlasse ich das Zimmer mit geschlossenen Vorhängen, wenn ich in den frühen Stunden des Tages durch die kleine Stadt laufe, in der ich die ersten neunzehn

Jahre meines Lebens verbracht habe, und jedesmal sind die Vorhänge bei meiner Rückkehr demonstrativ aufgezogen, als wollte mich das Zimmermädchen provozieren. Vielleicht handelt sie ohne besondere Absicht, doch mit etwas Einfühlungsvermögen würde sie das Zimmer nach ihren Aufräumarbeiten wieder in den von mir gewünschten Zustand versetzen. Die Nachttischlampe erzeugt auch an diesem Dienstagmittag einen künstlichen Abend auf Zimmer 45.

Uwe weiß nichts von meinem Ausflug in die Vergangenheit. Ihm ist diese Form von Sentimentalität ein Greuel. Er hat radikal alle Kontakte zu seiner Familie abgebrochen und sogar den unaussprechlichen Namen seiner vietnamesischen Frau angenommen, deren Ausweisung aus Deutschland er durch eine formale Eheschließung verhindert hat. Sie lebt in einer anderen Stadt, und sie sehen sich nie. Seinen Haß auf seine Eltern und das Dorf, in dem er aufgewachsen ist, hütet er wie ein dunkles Geheimnis, das er nicht einmal mit mir teilen will. Ich habe widerwillig akzeptiert, daß die ersten siebzehn Jahre seines Lebens für mich und alle anderen tabu sind.

Warum hocke ich jetzt in diesem Hotelzimmer? Es sind nicht die Gräber meiner Eltern, die mich in diese kleine Stadt zurückgeführt haben. Vielleicht ist es einfach nur eine von der Midlife-crisis inspirierte Narrheit. Uwe glaubt, daß ich durch die deutsche Provinz reise, um mir an irgendeiner Klitsche einen Regieauftrag zu erbetteln. Dabei haben mich die alten Freunde und Kollegen, die inzwischen ihre drittklassigen Intendantenposten an drittklassigen Bühnen verteidigen, längst abgeschrieben und abgehakt unter der Rubrik: »Hoffnungslos gescheitert!« Uwe wirft mir immer wieder meinen Stolz vor. Er weiß nicht, daß ich in diesen Jahren Hunderte von Bettelbriefen abgeschickt habe. Die wenigen, die mich zumindest einer Antwort gewürdigt haben, garnierten ihre Absagen mit Floskeln des Bedauerns und matten Versprechungen, die nicht einmal einen Säufer wie mich täuschen können. »Eventuell in einer der folgenden Spielzeiten.« –

»Wo haben Sie zuletzt inszeniert?« – »Sobald ich eine Möglichkeit sehe, etwas für Dich zu tun, melde ich mich. Bis dahin wünsche ich Dir alles Gute.« All die kleinen Wichser, die früher neidisch auf meinen Erfolg waren, geilen sich jetzt auf an meinem Niedergang. Wahrscheinlich hängen sie meine Bittbriefe an die trüben Wände ihres Intendantenbüros am Arsch der Welt, damit sie sich großartig fühlen können. Ich erzähle Uwe nichts davon, weil ich das Mißverständnis brauche, das ihn an mich bindet.

Er kennt meine Alkoholprobleme, aber vor allem bin ich für ihn ein bedeutender Künstler, den er bewundert. Er überschätzt mich seit Jahren, und ich bin auf seinen Irrtum angewiesen. Ich habe Angst, daß er eines Tages das ganze Ausmaß meiner Kläglichkeit begreift. Lieber soll er mich für arrogant und weltfremd halten. Keine Liebe erträgt zuviel Elend.

»Wahrscheinlich kann ich nächstes Jahr in Stendhal ein Stück machen. Die sind sehr interessiert«, behaupte ich forsch und erfinde Telefonate mit Spielleitern und Dramaturgen. Wenn Uwe einige Monate später nachfragt, hat sich das Angebot um ein weiteres Jahr verschoben, weil die Mittel gekürzt wurden, oder die ganze Sache ist geplatzt, weil ein mißgünstiger Mensch gegen mich intrigiert hat. Aus Angst vor meinem Genie, das ihn verdrängen und seine Mittelmäßigkeit beweisen könnte.

Uwe ist voller Anteilnahme. Die böse Macht von Intrigen kennt er aus der Klinik, in der er als Krankenpfleger arbeitet. Er streichelt mich, und ich liege in seinen Armen und lasse mich trösten, ohne mich zu schämen. Der Kummer, den ich ihm vorlüge, verbirgt den anderen Kummer, den ich ihm verschweige. Uwe weiß nichts von den tristen Vormittagen, die ich auf dem Sozialamt verbringe, um eine zusätzliche Zuwendung zu erbitten. Offiziell für Winter- oder Sommergarderobe. Für neue Bettwäsche oder andere unentbehrliche Anschaffungen. Er weiß nichts von der wütenden Ungeduld, mit der mich die vom täglichen Jammer abgestumpften Sachbearbeiter abfertigen. Sie durchschauen das Schmierentheater des Säufers, der würdelos winselt und sabbert, um sich seinen Stoff zu finanzieren.

Uwe ist besorgt, weil ich zuviel trinke, aber er ahnt nicht, wie abgewrackt und erledigt ich inzwischen bin. Auch das ist ein Grund, warum ich mich seit Jahren weigere, mit ihm eine gemeinsame Wohnung zu beziehen. Uwe mutmaßt, daß sein Künstlerfreund die Einsamkeit braucht, er wähnt mich in schöpferischen Prozessen und zwingt sich liebevoll, die Tatsache zu verstehen, daß das Genie nicht geschaffen ist für bürgerliche Zweisamkeit.

Dabei ist genau sie es, die mich bis jetzt davor bewahrt hat, wie ein alter herrenloser Köter in der Gosse zu krepieren. Ich lasse Uwe in dem Glauben, daß ich in anderen Sphären weile, und bin dankbar, solange ich ihm das morgendliche Zittern meiner Hände verheimlichen kann. Die kalten Schweißausbrüche und das Panikgetrommel meines Herzens, das hinter meiner Brust randaliert.

Uwe beugt sich über mich und küßt mich auf die Stirn, bevor er zum Frühdienst verschwindet, und ich tue so, als wollte ich noch ein wenig weiterschlafen. Kaum ist die Tür ins Schloß gefallen, treibt mich die Angst aus dem Bett, in dem ich für einige Stunden an seiner Seite in Sicherheit gewesen bin. Auch in seiner Wohnung habe ich jene Rettungsmaßnahmen versteckt, die mich eines Tages umbringen werden. Hinter der Gesamtausgabe von Gorki, die ich in einem Antiquariat entdeckt und Uwe zum dreißigsten Geburtstag geschenkt habe. Unter den ordentlich gestapelten Handtüchern im Badezimmer. In den Seitentaschen eines alten Mantels, den Uwe nicht mehr trägt. Im schwarzen Gitarrenkoffer, der seit Jahren an der Flurwand lehnt, als habe ihn jemand dort vergessen.

Auch die Gitarre ist ein Tabu. Am Anfang unserer Beziehung habe ich Uwe einmal gebeten, mir etwas vorzuspielen. Er brach in Tränen aus, und ich brauchte lange, bis er sich in meinen Armen beruhigte. Sein junges, immer ernstes Gesicht hatte sich in ein verzweifeltes Kindergesicht verwandelt, vor dem der beträchtliche Altersunterschied zwischen uns beiden noch hoffnungsloser erschien. Ich weiß inzwischen, daß die Gitarre ein Requisit aus seiner Vergangenheit ist, über die er nie sprechen will. Ich fürchte mich vor seinen Erinnerungen, die er für sich behält, weil sein Schweigen meiner kleinen Macht über ihn eine schmerzliche Grenze zieht. Sexuell kann ich Uwe wenig bieten. Gesellschaftlich bin ich eine Null, was alle außer ihm auch richtig einschätzen. Ich habe nur einen gewissen Einfluß auf seine seelische Befindlichkeit, und das auch nur, solange mich Uwe nicht sieht, wie ich wirklich bin. Ich fürchte mich vor der Stunde, in der Uwe erkennt, daß er einen Versager liebt. Ich bin ein Hochstapler, der den väterlichen Freund mimt und profunde Lebenserfahrungen vorgaukelt und die Kraft, seinen jungen Gefährten zu beschützen.

»Du brauchst nur einen Satz zu sagen, und ich weiß, warum ich dich liebe«, sagt Uwe und läßt sich vom Hokuspokus eines alten, verbrauchten Scharlatans blenden. Er hält sich in unseren Nächten an einem Mann fest, den er für stark hält, und weiß nicht, daß sich diese von ihm bewunderte Stärke den Flaschen verdankt, die ich auch in seiner Wohnung horte. Wenn ich meine Sprache in Wodka oder Whisky oder irgendeine andere Hochprozentigkeit tauche, glitzert sie noch zuweilen. Dann funkelt der Wortschatz und leiht mir einen Glanz, den Uwe für bare Münze nimmt.

Er, der täglich das kümmerliche Geschwätz seiner Kollegen auf der Station hört, läßt sich willig mitreißen von meinen Reden und Monologen, in denen ich den inspirierten Künstler spiele, den er liebt. Die Bewunderung, die in seinen Augen aufleuchtet, ersetzt mir für eine trunkene Stunde den Applaus des Theaterpublikums, den ich schon lange nicht mehr gehört habe. Ich falle auf mich selbst rein und glaube an die Absichtserklärungen und Pläne, die ich mit Pathos vortrage.

»Das Theater in Deutschland ist tot. Nekrophile Möchtegernregisseure buddeln die Leiche jeden Abend aus und ficken sie vor schwachsinnigen Zuschauern, die dankbar klatschen, weil sie selber keinen mehr hochkriegen. Vielleicht gehe ich nächstes Jahr nach London. Ich habe dort noch viele Freunde von früher.« Uwe ist begeistert und belegt schon in Gedanken einen Intensivkurs für Englisch.

An einem anderen Abend wandern wir gemeinsam nach Amerika aus. »Ein Künstler, der nicht im Mittelmaß versinken will, muß heutzutage in New York leben. Alle anderen Städte in der Welt sind Provinz. Auch die sogenannten Metropolen.« Uwe, der gerade im »Spiegel« einen Artikel über die Künstlerszene in New York gelesen hat, nickt zustimmend und vergißt, daß das unverstandene Genie an seiner Seite seit Jahren ähnliche Reden schwingt und es bis jetzt nicht einmal geschafft hat, an irgendeiner deutschen Kaffbühne zu inszenieren.

Ich füttere seine Bewunderung mit alten Theaterkritiken und zeige ihm die vergilbten Fotos meiner Erfolge. Der begabte Jungregisseur inmitten seiner Schauspieler. Das junge Regietalent bei einem Interview. Mein verblaßter Ruhm ist ein ausgestopfter Pfau. Grotesk und lächerlich. Uwe aber, der nur den tristen Klinikalltag kennt, ist unersättlich und berauscht sich an meinen Anekdoten und Geschichten, die ihn in eine andere Welt entführen. In seiner euphorischen Gegenwart verklärt sich die Vergangenheit zu einem glücklichen Augenblick, und mir ist, als wäre ich erst gerade eben von einer anstrengenden Probe nach Hause gekommen, um die verdiente Pause mit Uwe zu teilen. Rührend ist seine kaum verhohlene Prominentengeilheit und seine kindliche Lust, pikante Details über Schauspieler zu erfahren, die es im Laufe der Jahre zu einer gewissen Berühmtheit gebracht haben. Er ist fasziniert, daß der Serienstar Rolf mit einem Mörder liiert war, der immer noch Insasse einer psychiatrischen Klinik ist.

»Wahnsinn! Ich hatte keine Ahnung, daß der schwul ist. Du mußt nämlich wissen, daß ich eine Weile in ihn verliebt war. Diese roten Haare und der sinnliche Mund«, schwärmt Uwe, und ich spüre, daß ich in seiner Achtung gestiegen bin, weil ein Serienstar zu meinem Freundeskreis zählt.

»Den Rolf würde ich gerne einmal kennenlernen«, seufzt Uwe mit schimmernden Fanaugen, und ich plustere mich auf in meiner fiktiven Wichtigkeit und verschweige, daß ich zu Rolf schon lange keinen Kontakt mehr habe.

»Warum nicht? Rolf hetzt zwar von einem Drehort zum anderen, aber das läßt sich bestimmt arrangieren«, sage ich mit nonchalanter Großmäuligkeit, und Uwe fällt mir um den Hals und küßt mich stürmisch auf den Mund. Der impulsive Kuß animiert uns zu weiteren Berührungen und Zärtlichkeiten, und ich bin voller Freude, daß wir nach langer Zeit mal wieder miteinander schlafen, und frage mich nicht, ob Uwe in meinen Armen an die roten Haare und den sinnlichen Mund von Rolf denkt.

Es wäre töricht, zu erwarten, daß mich mein junger Freund leidenschaftlich begehrt. Die Tränensäcke unter meinen Augen sind nicht besonders verführerisch. Auch der erotische Reiz meiner Krampfadern hält sich in Grenzen. Ganz zu schweigen von meiner Wampe, die Ausdruck meiner Verwahrlosung ist. Uwe macht mir anmutige und gutgemeinte Komplimente über meine charismatische Persönlichkeit, die faszinierende Aura, die mich angeblich umgibt, diesen markanten Künstlerkopf, der überall auffällt, aber er ist zu taktvoll und zu nobel, um mich auf die offensichtlichen Mängel meines welken Körpers hinzuweisen. Manchmal schlägt er vor, gemeinsam ins Schwimmbad zu gehen, und ich beute dann schamlos meinen Künstlerbonus bei ihm aus und spreche von meinem Widerwillen gegen die unerwünschte Nähe zu fremden Menschen, die sich laut und dreist in einem Becken tummeln. Ich gebärde mich heikel und kompliziert, um nicht zugeben zu müssen, daß es meine berechtigten Minderwertigkeitskomplexe sind, die mich daran hindern, einen unbeschwerten Nachmittag an seiner Seite im Schwimmbad zu verbringen. Ich will vermeiden, daß mein junger Freund mich mit anderen Männern meines Alters vergleicht, die ihren Körper nicht so konsequent vernachlässigt haben.

Vertraut mit der Anatomie der unterschiedlichen Jahrgänge, müßte er als Krankenpfleger eigentlich wissen, daß er eine Ruine umarmt, aber wahrscheinlich profitiere ich auch in dieser Hinsicht von der Macht der Projektionen und Erfindungen. Da Uwe mich in seinem Leben nicht als Objekt des Begehrens besetzt, sondern als väterlichen Partner, nehme ich in seinen Augen die Gestalt dieses Wunsches an, der ihn blind macht für entlarvende Einzelheiten.

Ich weiß, daß Uwe regelmäßig in die schwule Sauna geht oder sich an anderen Orten der Szene herumtreibt, wo er die Körper findet, die sein Verlangen sucht. Dazu habe ich mir eine Haltung gebastelt, mit der ich leben kann. Mehr oder minder aufrichtig. Mein Alter verdammt mich zur Toleranz und Nachsicht.

Außerdem hat sich meine sexuelle Vitalität in all den vielen Drinks verflüssigt, die ich täglich in mich schütte. Ich bin froh, wenn mich mein ramponierter Körper bei den seltenen Liebesspielen mit Uwe nicht im Stich läßt. All das hat in diesen Jahren an Wichtigkeit verloren wie so vieles andere auch. Wichtig ist nur noch Uwe, der mich immer wieder beim Absturz auffängt und gar nicht weiß, wie oft er mich schon gerettet hat. Ich gönne ihm seine sexuellen Abenteuer und kaschiere meine Anfälle von Eifersucht hinter jener Gelassenheit, die er von mir erwartet. Mehr als die Eifersucht quält mich die Furcht, daß Uwe eines Tages auch meine Untauglichkeit für die Vaterrolle erkennt. Unerträglich ist die Vorstellung, daß er irgendwann einem Mann begegnet, der tatsächlich all das verkörpert, was er mir in seiner Unerfahrenheit andichtet. Nicht der Altersunterschied wird uns trennen, sondern das Mißverständnis, das ich mit meinen Lügen und Bluffs nähre. Irgendwann wird Uwe den Schwindel durchschauen, den faulen Zauber, mit dem ich ihn hineingezogen habe in den Prozeß meines unerbittlich voranschreitenden Verfalls.

Uwe gibt gerne mit seinem Künstlerfreund an. Vielleicht nennt er in irgendeiner Situation meinen Namen, und jemand, der über mich Bescheid weiß, öffnet ihm ein für alle Mal die Augen.

»Ach, das ist dein Partner? Das ist doch dieser verkrachte Typ, der kaum daß der Supermarkt geöffnet hat, mit einem Sechserpack Bier, zwei Coladosen und zwei Flachmännern an der Kasse steht. Ein stadtbekannter Schnorrer. Ehemalige Freunde wechseln die Straßenseite, wenn sie den sehen, damit er sie nicht wieder anpumpt.

Was heißt hier Regisseur? Der hat seine Zukunft schon lange hinter sich. Nicht mal ein Schülertheater würde den noch ernst nehmen.« Uwe widerspricht, zutiefst verunsichert und längst gezwungen zu glauben, was er matt abstreitet. Er stottert und stammelt und nennt Beispiele meiner Fürsorglichkeit, bis ihn der andere, der über mich Bescheid weiß, mit einem hämischen Lachen unterbricht.

»Väterlicher Freund? Lebenserfahrung? Souveränität? Der Typ ist ein vergreistes Baby, das schamlos und gierig nach jeder Hand grabscht, die sich anbietet. Ein listiger Schmarotzer, der sich ein intaktes Leben sucht, um sich darin einzunisten. Ein Parasit. Ein Kümmerling, der seine Bedürftigkeit hinter hochtrabenden Worten verbirgt. Ein armer Hosenscheißer, der sein Elend schönredet, bis sich irgendeine Seele seiner annimmt.«

Uwe schweigt und schaut zum ersten Mal illusionslos auf seinen Künstlerfreund, dem er sich so lange anvertraut hat. All die vielen schöpferischen Krisen, die er als Ausdruck von Kreativität und besonderer Sensibilität geachtet hat, entpuppen sich jäh als unerträgliches Lamento. Nichts ist gewesen außer Gejammer und Phrasen. Wortgewandte Kläglichkeit. Auch das verbale Spektakel vermeintlicher Großartigkeit, nichts als Schaumschlägerei. All die kühnen Absichtserklärungen und Zukunftspläne, lauter Seifenblasen. Uwe wundert sich, daß er mich nicht schon viel früher durchschaut hat. Seine Liebe und seine Bewunderung verschwinden hinter Ekel und einem widerwilligen Mitleid, das sich nach einer Weile auch auflöst, bis nur noch Ekel und Verachtung übrigbleiben. Vielleicht wird es heute geschehen, daß ihm irgend jemand Auskunft gibt über mich, vielleicht ist mir eine weitere Gnadenfrist vergönnt. Ich beherrsche mich auch und nehme nur einen kleinen Schluck, damit das verdammte Zittern aufhört. Ein bißchen Medizin gegen meine Panik. Die Götter sollen sehen, daß ich ihre Gnade verdiene. Ich reiße mich zusammen, um sie milde zu stimmen für meine konfusen Gebete. Sie wissen, daß ich Uwe brauche.

Ich spüre noch seinen Kuß auf meiner Stirn. Sein zärtliches Bekenntnis. Es gibt keinen Grund, durchzudrehen.

Ich bin in seiner Wohnung, für die er mir einen Zweitschlüssel besorgt hat. Uwe beweist mit allen Gesten, daß wir zusammengehören. Er hält zu mir und läßt mich nicht im Stich. Die Angstgespenster besetzen seine Abwesenheit mit ihrem Gewisper und ihren Einflüsterungen, doch ich werde ihnen nicht länger zuhören. Der Krach des Staubsaugers soll sie vertreiben. Hilfreicher, rettender Krach. Ich halte mich am Staubsauger fest, der sich mit mir gegen die Angstlitanei verbündet. Ein beruhigender Lärm, der die verläßliche Ordnung von allem bestätigt. Ich bin aufgenommen in die friedliche Geräuschkulisse eines ganz normalen Tagesanfangs. Alles hat seinen Platz und seine Richtigkeit. Die Dinge sprechen mit ihrer vertrauten Stimme zu uns und nehmen uns die Furcht. In vielen anderen Wohnungen der Stadt ertönt jetzt der beschwichtigende Gesang der Staubsauger und weckt alles zu einem Alltag, den wir wiedererkennen, weil er sich gnädig wiederholt. Das Gemurmel der Kaffeemaschine. Das Summen des Kühlschranks. Das Klingeln der Eieruhr. Geschirrgeklapper und rumpelnde Töpfe auf dem Herd. Ich beteilige mich am heilsamen Sound der Wiederholungen. Ich mache mich nützlich und verteidige die kleine, glückliche Welt, in der ich mit Uwe zu Hause bin. Geborgen und beschützt. Neues Wasser für die roten Tulpen, die schon ihre Köpfe hängen lassen. Die Fenster weit öffnen, damit alles atmen kann. Ich beziehe unser Bett mit frischer Bettwäsche und staube die Lampen ab.

Uwe kann sich auf seinen Partner verlassen. Ich ignoriere den kalten Schweiß auf meiner Stirn und mein verrücktes Herz, das feindlich auf mich einschlägt. Heute triumphiert die Schwäche nicht, die mich in die Nähe meiner Flaschen treibt. Keinen Tropfen mehr vor 12 Uhr. Ein kleiner Mittagstrost ist annehmbar. Bis dahin halte ich die Unruhe aus.

Dieses unheimliche Ticken in meinem Körper, als hätte jemand eine Bombe in mir versteckt. Mein Unheil lauert in mir. Mein Unheil, das auch den Rest von mir erledigen will.

Der Staubsauger und der Feudel sind keine Waffen, von denen es sich bedroht fühlt. Mein ruinöses ES hat einen anderen Alltag. Sinkt der Alkoholspiegel, steigt es empor und würgt mich, bis ich jeden Widerstand aufgebe. Bis ich bereit bin, den Durst meines Todes zu stillen. Jetzt. Und dann wieder. Und wieder. Und immer weiter. Solange, bis es mich ganz und gar erledigt hat.

Was brabbele ich für einen paranoiden Unsinn? Nein, ich brauche keinen Drink. Ich habe keine Luftnot. Mir ist nicht speiübel. Ich werde nicht ohnmächtig. Ich breche nicht zusammen. Die Fenster sind offen. Ein freundlicher Wind weht ins Zimmer und beruhigt mich. Das Nachbarhaus ist sichtbar und bietet Hilfe an für den Notfall. Alles in Ordnung. Uwe hat mir erlaubt, ihn jeder Zeit auf Station anzurufen, wenn ich ihn brauche, aber ich gebe der Versuchung nicht nach, mich seiner Liebe zu vergewissern. Ich habe keinen Anlaß, ihm zu mißtrauen. Dem hysterischen Dämon verpasse ich eine kalte Abreibung. Ein eiskalter Wasserstrahl gegen sein destruktives Geraune.

Der Trauerkloß unter der Dusche sieht wirklich nicht besonders appetitlich aus, doch ich muß auch nicht jeden Tag so tun, als sähe ich mich zum ersten Mal. Vielleicht schleppe ich den alten Sack nachher in seine eigenen vier Wände. Ich könnte einige Tage in meiner Wohnung untertauchen und Uwe sagen, daß ich nach Hamburg oder Köln fahren mußte. Wegen einer Dialogregie beim NDR oder beim WDR. Irgendeine professionelle Aktivität, damit Uwe sieht, daß sich immer wieder etwas ergibt, was seinen Glauben an mich rechtfertigt. Eine halbe Tavor. Nicht mehr. Ein Glas Cola mit einem Tropfen Rum. Das ist kein Drink. Nur eine sachte Beeinflussung des Geschmacks.

Frisch rasiert und gekämmt, sehe ich passabel aus. Ältlich, aber manierlich. Pulsschlag normal. Herz rast nicht mehr. Kein Schweiß auf der Stirn. Bombe tickt träger. Ich werde Anne besuchen und mir etwas Geld leihen.

»Ach, du bist es!« Maik markiert den Türsteher und schaut mich an, als wollte er mich nicht reinlassen. Dabei ist er selbst so ein Nichtsnutz. Eine schwule Ratte, die auf Kosten anderer lebt.

»Anne hat jetzt keine Zeit. Sie arbeitet.« Ich höre das asthmatische Getöse ihrer Schreibmaschine und muß grinsen. Jeder Schreiberling hat inzwischen einen Computer, aber Anne verweigert sich dem Fortschritt und tippt immer noch auf ihrer alten Erika, mit der sie auch ihr erstes Buch geschrieben hat. Sie ist eine Anachronistin. Ein Dinosaurier wie ich.

»Natürlich habe ich Zeit.« Ihre warme, mütterliche Stimme. Und dann erscheint sie selbst. Eine dicke Bäuerin, die gerade vom Feld kommt. Niemand würde glauben, daß sie Buchstaben sät, die in einer zarten, geradezu mädchenhaften Prosa aufgehen. Mit runden geröteten Wangen steht sie da, etwas atemlos, und viel zu schwarz ist das schwarz gefärbte Haar, was mit Sicherheit Maik zu verantworten hat. Seitdem sie mit dem alternden Beau zusammenwohnt, läßt sie sich von seinen Geschmacklosigkeiten anstecken, als sollte zumindest die gemeinsame Haarfarbe Gemeinsamkeit suggerieren. Maik ist eine in die Jahre gekommene Tunte, die nicht verkraftet, daß ihr einst hübsches Gesichtchen welkt. Alles an ihm sieht künstlich aus, da ist es egal, ob er sich die Haare blondiert oder schwarz färben läßt. Anne, die diesen eitlen Affen liebt, läßt sich vom Friseur verunstalten, um ihm zu gefallen. Wie grotesk das alles ist. Ihre Beziehung ist genauso neurotisch und verrückt wie die Verbindung zwischen Uwe und mir. Und auch Anne ist wesentlich älter als ihr verzickter Herzbube.

»Ich freue mich, dich zu sehen.« Maik macht einen Fischmund und rückt widerwillig zur Seite. Anne umarmt mich, und ich unterdrücke das jähe Bedürfnis, mich an ihrer Brust auszuweinen. Ich habe vor über zwanzig Jahren ihr erstes Theaterstück inszeniert. Ein Flop, aber er hat uns nicht daran gehindert, Freunde zu werden.

Ich kenne alle ihre Herzdramen, und sie kennt meine Katastrophen. Wir brauchen nicht viele Worte, um uns zu verstehen.

»Ich mache uns erst mal einen Kaffee.« Anne schubst mich liebevoll in ihr Zimmer, das vollgestopft ist mit Büchern und Manuskripten. Selbst auf den Stühlen stapeln sich Zeitungen und Papiere. An der Wand hängen verkritzelte Zettel mit Zitaten und Notizen für den Text, an dem Anne gerade arbeitet. Ein gemütliches Chaos.

»Mir hast du gesagt, daß du arbeiten mußt.« Die schwule Ratte ist eifersüchtig, weil sie in unserer Geschichte keine Rolle spielt.

»Für einen guten Freund habe ich immer Zeit.« Maik schluckt, wirft mir einen giftigen Blick zu und verläßt wortlos das Zimmer. Die kummervolle Zärtlichkeit, mit der Anne ihm hinterherschaut, verwandelt sie in eine verliebte Sechzehnjährige. Ein unglückliches Mädchen, das leidet, weil seine Liebe nicht erwidert wird. Anne weiß, daß Maik ihr niemals auf der Ebene antworten wird, auf der sie Antwort ersehnt. Vielleicht ist das das Schicksal aller Liebenden, aber Maik ist so stockschwul und rigoros auf Männer fixiert, daß er sich selbst einer Umarmung von Anne verweigert. Das alles hat sie mir bei einem Besäufnis erzählt, und ich bin von der Wahrheit ihrer Worte überzeugt, die sie im nüchternen Zustand zurücknimmt. Dann stilisiert sie Maik zu einem brüderlichen Gefährten und erfindet eine Liebe, die nur literarisch taugt. Ich wünsche mir für Anne, daß ich mich irre. Vielleicht macht mich meine Antipathie blind für Maiks Qualitäten. Denkbar ist auch, daß die Eifersucht, die ich Maik unterstelle, in mir selber ist, weil er mir meine Exklusivität als einziger schwuler Freund Annes geraubt hat.

»Ich will nicht stören«, sage ich, und Anne lacht hell auf und zerreißt den Schleier melancholischer Mädchenhaftigkeit, der sich für einen Augenblick über sie gelegt hat.

»Du klingst wie eine verlogene ältere Dame.«

»Ein Drink, und die Seniorin ergötzt dich mit purer Aufrichtigkeit.« Mich trifft einer jener Röntgenblicke, vor denen man im Bruchteil einer Sekunde auf seine erbärmliche Tatsächlichkeit zusammenschrumpft. Anne und ich haben uns schon oft das Leben etwas schöner getrunken, aber seit einigen Jahren trinkt meine alte Freundin nur noch in Maßen und widmet alle Maßlosigkeiten Maik, der ihre tiefe und stürmische Liebe mit oberflächlichen Herzlichkeiten erwidert.

Sie tut so, als habe sie sich mit der platonischen Zuneigung ihres schwulen Ritters arrangiert, doch ich weiß, daß sie leidet. Auch Maik weiß es und ignoriert diese Wahrheit, weil sie seine Tralalagefühle stört. Seine charmante Kälte, mit der er alles verharmlost, was nicht in sein Konzept paßt. Anne soll seine dicke Mama spielen, die ihm die Nase putzt, und alle anderen Gefühle für sich behalten. Er hat sie inzwischen so gut dressiert, daß sie Empfindungen verschweigt, die ihn belästigen könnten. Wie oft habe ich ihr geraten, sich von Maik zu trennen. Sie stimmt mir zu, und einen Monat später zieht sie mit ihm in eine gemeinsame Wohnung. Vielleicht ist es vor allem die Inkonsequenz, die uns beide verbindet, das Faible für unmögliche und unglückliche Liebesgeschichten.

»Was hältst du von einem ehrlichen Frühstück vor dem Drink?«

Anne schaut auf ihre Uhr und lacht. »Ich meine natürlich ein Spätstück.« Das ist ein Befehl, und ich nicke gehorsam, obwohl ich keinen Appetit habe.

»Ein schwules Baby an deiner Seite sollte dir eigentlich reichen, aber ich sehe, daß deine chronische Mütterlichkeit noch nicht ausgelastet ist.« Anne zwingt sich zu einem grimmigen Lächeln und geht in die Küche. Aus Maiks Zimmer schreit »Madame Butterfly« mit der Stimme von Maria

Callas. Selbstverständlich handelt es sich nicht um Musikleidenschaft, sondern um einen infantilen Versuch, die ruhige Zweisamkeit von Anne und mir zu sabotieren.

Was für eine hysterische Tucke. Was für eine pathetische Beziehung. Wahrscheinlich mag ich Maik nicht, weil er mir ähnlich ist. Ist es nur die Panik vor der Einsamkeit des Alters, die uns in neurotische Bündnisse verstrickt? Wie verzagt und schwach wir doch alle sind. Anne schreibt und hetzt ihre Papiertiger auf die Angst. Ich trinke, bis auch mein Schutzengel tot vom Hocker fällt. Uwe flüchtet sich in eine Beziehung mit einem Säufer und stilisiert ihn zum Vatermann und genialen Künstler. Maik, der nicht wesentlich jünger ist als ich, läßt sich ausgerechnet von der Frau als Sohn adoptieren, die seine Geliebte sein will.

Vielleicht brauchen wir den Selbstbetrug, um zu überleben. Nicht jeder ist so konsequent wie der traurige Kellner aus dem Seitenflügel, der sich am 24. Dezember vor zwei Jahren umgebracht hat. Wir sind uns einige Male begegnet, am Briefkasten oder bei den Mülltonnen, aber wir haben uns nicht erkannt. Kontinente liegen zwischen Vorderhaus und Seitenflügel und Hinterhaus. Der gemeinsame Hinterhof ist der Abgrund, in den jeder für sich allein stürzt. Amerika und Afrika sind näher als die Wohnung des Nachbarn. Zwei Wochen soll er noch in seiner Wohnung gelegen haben, bis der Gestank seines Todes irgendeiner empfindlichen Nase aus dem Seitenflügel unerträglich wurde.

»Was murmelst du denn da vor dich hin?« Anne stellt das Tablett mit Käse und Wurst und Marmelade auf den Teppich, da auch der kleine Holztisch mit Büchern beladen ist.

»Stell dir vor, wir campen irgendwo an einem Fluß, und die Vögel pfeifen ›Madame Butterfly‹.« Anne hockt sich auf den Teppich und schaut abenteuerlustig wie bei einem Schulausflug. Mit ihrem schwarzgefärbten Haar sieht sie jetzt aus wie ein ältliches Punkmädchen, das schon mehrmals die Klasse wiederholen mußte.

»Und ich werfe die Angel aus und fange eine Flasche, deren köstlicher Inhalt in der Sonne golden funkelt.«

»Und in der Flasche steckt ein Zettel, und darauf steht: Du sollst nicht soviel trinken.«

Ich zögere nicht und kontere: »Doch weil der Augenblick so glücklich ist, gilt das weise Gesetz des Flusses erst für den kommenden Tag.«

Anne lacht und krabbelt zu ihrem Schreibtisch, aus dessen unterstem Fach sie eine halbvolle Sherryflasche hervorzaubert.

Daran sehe ich, nicht ohne ein Gefühl schäbiger Genugtuung, daß auch die Tauglichkeit von Maik als Droge ihre Grenzen hat.

»Ich werde heute sowieso nicht mehr arbeiten.« Anne füllt ihre und meine für den Kaffee bestimmte Tasse mit Sherry, und wir überlassen uns träge dem Tag, der aus Solidarität mit uns schnell zum Nachmittag altert und dann an unserer Seite zum Abend dämmert.

Maik mißbraucht noch irgendeine Oper von Wagner, um uns zur Aufmerksamkeit zu nötigen, aber nach einer Weile begreift er resigniert, daß er an diesem Tag keine Chance hat. Er läßt sich sogar von Anne in den Supermarkt schicken, um eine neue Flasche zu besorgen.

»Schädlich ist es nur, wenn man alles wild durcheinander trinkt. Sherry und Gin und Wodka und Whisky und Wein und alle diese vielen nuttigen Liköre. Mit Kirsche und Birne und Himbeere und wasweißich. Promiske Säufer leben ungesund. Aber wenn man sich für eine Marke entschieden hat und dabei bleibt, diszipliniert und entschlossen, dann ist das ein Schritt vor der Askese. Ich eröffne hiermit feierlich den Orden der heiligen Sherrytrinker«, lallt meine alte Freundin, die nicht soviel verträgt wie ich, und ich gebe ihr einen Kuß auf die dicken Hamsterbacken und zeige damit meine Zustimmung. Wir schweigen wieder und sinken zurück in die Dämmerung, in der wir die Sätze hören, die wir immer nur gedacht haben. All die Geständnisse und Beichten. Liebesschwüre und Beteuerungen.

»So wurzelt jedes Herz in der Dunkelheit, aber die Engel können es sehen«, sagt Anne zwischen zwei Drinks, sehr leise, kaum hörbar, und dann bleibt es still im Zimmer, bis Maik irgendwann das Licht aufdreht.

»Ihr erinnert mich an zwei Zombies aus einem Horrorfilm.«

Wir sind so weit entfernt von allem, daß uns weder das rüde Licht noch die rüden Worte von Maik wirklich ernüchtern. Geht der Mond nicht gerade auf über dem Schreibtisch? Murmelt der Fluß nicht abendsanft hinter dem Bücherregal? Zirpen die Grillen nicht unter den Manuskripten und Zeitungen?

»Wenn ihr noch weiter Grufties beim Saufen spielen wollt, kann ich das Licht auch wieder ausmachen.« Maik wirkt mit seinem geölten Schwarzhaar selbst wie ein Statist in einem Gruselfilm.

»Ich denke, ich sollte jetzt gehen. Es ist mir peinlich, daß ich dich schon wieder anpumpen muß, aber es gibt sonst keinen mehr, der noch bereit wäre, mir etwas zu leihen. Ich wäre dir dankbar, wenn du ...« Anne legt ihre Hand auf meinen Mund und lächelt warm.

»Dir muß vor mir überhaupt nichts peinlich sein. Du hast damals an mich geglaubt und dich für meine Stücke eingesetzt, als ich ein Nobody war und kein Theater meine Sachen aufführen wollte. Das werde ich dir nie vergessen. Wir sind Freunde. Steh also nicht vor mir, als wärest du der Schuldner und ich die Gläubigerin.«

Nur die Anwesenheit von Maik verhindert, daß ich losheule. Anne geht zum Schreibtisch und packt mehrere Geldscheine in ein Couvert.

»Ich habe für das Buch, das noch geschrieben werden muß, einen großzügigen Vorschuß bekommen. Außerdem war die letzte Tantiemenabrechnung überraschend hoch. Ich bin dir wohlgesonnen, und wohlhabend bin ich zur Zeit auch«, nuschelt meine wunderbare Freundin und läßt das Couvert diskret in meiner Manteltasche verschwinden.

Maik guckt wütend, aber er traut sich nicht, etwas zu sagen. Wahrscheinlich ist ihm bewußt, daß er sich ebenfalls seit Jahren schamlos auf die Güte von Anne verläßt. Wir mustern uns feindlich, zwei lebensuntüchtige Rivalen.

»So, jetzt seid friedlich und gebt euch beide die Hand zum Abschied«, befiehlt Mutter Anne, und wir gehorchen widerwillig und tun, was sie sagt.

»Besuch mich bald wieder, du lieber Trunkenbold«, sagt Anne mit schwerer Zunge und umarmt mich noch einmal, leicht schwankend und wacklig auf den Beinen. Dann schließt sich die Tür hinter mir, und ich stolpere die Treppe runter. Ein Marsmensch kommt mir entgegen, schiefgesichtig und mit roten Augen, eine bedrohliche Fratze, an seiner Seite ein kläffendes Ungeheuer. Ich klammere mich an das Treppengeländer und kann nicht aufhalten, was aus mir in die Tiefe bricht.

»Widerlich!« zischt der Marsmensch in meiner Sprache und verschwindet mit seinem vierbeinigen Lärm hinter einer Tür.

Ich lausche und kann nicht unterscheiden, ob das Haus bellt oder zischt. Kampfhunde folgen der Schleimspur des Widerlings. Schlangennester sind unter den Stufen. Das Unheil summt in der häßlichen Glühbirne. Bröckelt von den Wänden. Alles scheint in Aufruhr und Bewegung. Alles dreht sich. Alles wendet sich gegen mich. Wenn ich ein Handy besäße, könnte ich Uwe anrufen. Danziger Straße 42. Ecke Schönhauser. U-Bahn Eberswalder Straße. Kein Problem. Uwe würde sofort kommen, aber jetzt kann ich mich nicht von ihm retten lassen. Auch nicht von Anne. Sie hört meine Hilferufe nicht, weil Maik und sein Tuntengeschwätz ihre Ohren besetzt halten. Noch einmal speie ich Undefinierbares in die Tiefe, die nun betroffen schweigt, doch das Würgegeräusch läßt sich identifizieren. Der Mann, der in einem Treppenhaus kotzt, ist mir bekannt. Sein kalter, übelriechender Schweiß. Sein randalierendes Angstherz.

Wo sind sie denn, die Wunderpillchen? Linke Manteltasche? Rechte Manteltasche? Linke Hosentasche? Rechte Hosentasche? Feuerzeug klirrt auf den Stufen. Verrotztes Taschentuch schwebt Geldscheinen hinterher, eine Schachtel Zigaretten. Tavor bleibt unsichtbar. Kleines Versteckspiel für meine aufgeregten Hände. Na also. In der Gesäßtasche. Packung ramponiert, aber alle Pillchen unversehrt. Das ist die Hauptsache. Eine halbe? Nein, eine ganze. Schon bin ich mutig genug und setze mich auf eine Treppenstufe. Die Schlangen schlafen. Die Kampfhunde suchen sich ein anderes Opfer. Ein junger Mann schleppt zwei volle Aldi-Tüten die Treppe hoch. Schnauft wie eine überforderte Lokomotive. Wahrscheinlich zu wenig Sport und zu viele Zigaretten.

»Guten Abend«, sagt er kurzatmig, aber freundlich und lächelt auf mich herab. Er sieht mich und mein Dilemma und stellt seine Tüten ab. Bückt sich und hebt auf, was herumliegt. Reicht mir ohne Ekel das Taschentuch. Das Feuerzeug. Die Zigaretten. Rennt zum Schalter und macht Licht, obwohl ich nichts dagegen habe, daß sich das Haus in einem verläßlichen Rhythmus für eine Weile verdunkelt. Der junge Mann hat einen lustigen Igelhaarschnitt und ebenso lustige Igelaugen. Er kommt zurück und sammelt die Geldscheine auf, die aus dem Couvert geflattert sind. Wahrscheinlich ist er eine ehrliche Haut und behält nichts für sich. Ich schaue ihm zu und bin gerührt. An seiner Seite lande ich wieder auf meinem Stern. Mutter Erde kümmert sich auch um ihre mißratenen Söhne. Der Engel mit den Igelaugen drückt mir die Scheine in die Hand.

»Ich danke Ihnen von Herzen«, sage ich und meine es auch so.

»Ist schon okay«, erwidert mein Engel und entschwindet mit den Aldi-Tüten in eine höhere Region.

Ich schniefe ein bißchen in meine alte Rotzfahne und zünde mir eine Zigarette an. Meine Hände zittern nicht mehr. Dann zähle ich die Scheine, einmal, zweimal und noch einmal und kann nicht glauben, was ich zusammenrechne. Zweimal muß ich selbst zum Schalter, um die verdammte Glühbirne zu animieren. Anne hat mir zweitausendeinhundert DM geschenkt. Einundzwanzig blaue Wolken. Einen ganzen Himmel, den ich über meine nächsten Tage spannen kann. Ist es das Tavor? Ist es mein plötzlicher Reichtum? Ich erhebe mich und schwebe zum Ausgang. Meine Füße berühren den Boden nicht. Auch auf der Danziger Straße bin ich luftig über alles gehoben.

Immer noch in Schulterhöhe mit den Fußgängern, aber doch über sie hinaus.

Ich werde Uwe in ein Luxusrestaurant ausführen. »Soll an der Volksbühne ein Stück inszenieren und habe einen Vorschuß bekommen«, werde ich sagen, mit cooler Beiläufigkeit, als wäre ein Vorschuß ganz selbstverständlich für einen bedeutenden Regisseur wie mich. Vielleicht sollte ich nicht so dick auftragen. Die Studio-Bühne vom Renaissance-Theater klingt realistischer.

Die glänzenden Augen von Uwe, zwei Sterne, die mir immer wieder heimleuchten. Solange er an mich glaubt, bin ich nicht tot. Eines Tages werde ich mir seine Bewunderung ehrlich verdienen. Vielleicht folge ich dem Rat von Anne und schreibe meine Memoiren, schaffe mir eine literarische Bühne und lasse sie alle noch einmal auftreten. Den müden Kellner, den ich nie nach seinem Namen gefragt habe, wenn wir uns bei den Mülltonnen oder beim Briefkasten begegnet sind.

»Hat die ganze Wohnung verwüstet, der Irre, und ich habe jetzt die Drecksarbeit. Aber daran denkt keiner«, greinte die Hauswartsfrau im Hinterhof und wartete vergeblich, daß ich ihr beipflichtete.

Auch den kleinen Arn aus dem »Eldorado« werde ich zu Wort kommen lassen. Verträumt und fern stand er hinter seinem Tresen, und man fragte sich, von welchem Stern er herabgestürzt war in diese miese Spelunke. Jeder Stricher und jeder Freier konnte ihn vollquatschen und ihm seine Lebensgeschichte aufdrängen. Arn hörte allen zu, mit einem scheuen Lächeln, und danach fühlte man sich besser.

Manchmal, wenn er zuviel getrunken hatte, verlor er seine Schüchternheit und erzählte von abenteuerlichen Reisen, die nur in seinem Kopf stattgefunden hatten. Er fabulierte drauflos und schien zu wissen, daß niemand seine Stories ernst nahm, aber während er vor den Gästen laut träumte, veränderte sich sein Gesicht, und es war, als erreichte er in diesen Augenblicken all die fremden Länder, in denen er nie gewesen war. Eines Tages war der Kleine verschwunden, und hinter dem Tresen stand ein verschlagener Bursche, der die Besoffenheit der Gäste nutzte, um sie abzuzocken.

»Arn ist tot«, sagte er, als ich mich nach seinem Vorgänger erkundigte, und lachte. »Hat sich zu oft ficken lassen, der Zwerg.« Ich war zu feige und zu betrunken, um ihm die Fresse zu polieren. In meinem Buch, das ich Uwe widmen werde, sollen sie alle zurückkehren aus der Vergessenheit. Ich werde verhindern, daß sie aus dem Gedächtnis der Zeit fallen.

Ein großer Monolog für Mirko. Den ruhmsüchtigen Schauspieler, der genau wie ich an irgendwelchen Hinterhofbühnen gestrandet war. Triumphe vor zehn Zuschauern, von denen nur vier das Eintrittsgeld gezahlt hatten. Der Rest waren Freunde von Mirko, die sich für einen Abend in die Fans verwandelten, von denen er träumte.

Immer dabei, sein dicklicher Freund, der mit stoischer Ruhe alle Verzicktheiten und Launen aushielt. Mirko war kein begnadeter Schauspieler, aber ich mochte sein exzessives Temperament und seinen stürmischen Narzißmus und bot ihm immer wieder kleinere Rollen an, wenn ich in der Off-Theater-Szene ein Stück inszenierte. Natürlich spreizte sich Mirko in jeder Nebenrolle, als spiele er die Hauptrolle, weswegen ihn die anderen Hinterhofmimen haßten. Doch das schien ihn nicht zu kümmern. »Ich weiß, ich bin eine Rampensau«, sagte er, eher selbstgefällig als selbstkritisch und tat nichts, um sein Verhalten zu ändern. Auch dann nicht, als ihn die Krankheit längst auf die Knie gezwungen hatte. Er stahl dem Tod die Show, indem er ihn bis zum Schluß ignorierte. Als Mirko nicht mehr sprechen konnte, schnitt er seinem letzten Regisseur Grimassen und verweigerte sich mit pantomimischem Klamauk dem tödlichen Ernst, den der große Inszenator angeordnet hatte. Mirko tat, als wäre das Sterben ein kabarettistischer Gag. Eine Lachnummer. Aber niemand lachte, und so war auch sein letzter Auftritt ein Flop.

Die Lebenden und die Toten werde ich mit meinem Buch der Bedeutungslosigkeit entreißen. Der Beliebigkeit, die uns alle in Komparsen verwandelt. Jedem werde ich ein Solo schreiben. Anne wird mein Manuskript lektorieren und mir helfen, einen Verlag zu finden.

Mein spätes Debüt als Autor soll alle erstaunen, die mich schon begraben haben. Ich werde ihnen beweisen, daß es mich noch gibt. Und Uwe wird zum ersten Mal einen Grund haben, stolz auf mich zu sein.

Nein, heute steige ich nicht mehr in die Niederungen der U-Bahnschächte. Lässig winke ich mir ein Taxi heran. Setze mich nach hinten und sage: »Fahren Sie mich bitte zum Ostbahnhof!«

Warum habe ich das gesagt? Ich wollte mich doch mit Uwe verabreden. Was will ich am Ostbahnhof? Diese euphorische Unruhe plötzlich. Ganz anders als die Panik, die mich sonst treibt. Ein helles Zittern in meinem Körper, der sich zielgerichtet spannt, als wolle er sich in einen Pfeil verwandeln. Flugrichtung bekannt. Er weiß, wo er landen soll. Ich stelle mich arglos und bin längst bereit, den Wunsch zu erfüllen, an den mich mein Herz erinnert. Jetzt randaliert es nicht. Kein Angstgetrommel. Aufgeregt klopft es.

»Können Sie nicht etwas schneller fahren?«

Der ätzende Geruch der Desinfektionsmittel in den Fluren des Schillergymnasiums. Kolonnen von Putzfrauen bekämpften den aufrührerischen Gestank der Jugend. Ihren anarchischen Schmutz. Selbst hinter den Stirnen der Streber hauste ein kleiner Dreckspatz, der auf die Ordnung pfiff.

Regelverstöße und Verbotenes keimten unter dem gewachsten Linoleumboden, gingen auf in den Köpfen der Pennäler, die sich schon früh in der Scheinheiligkeit übten, die die Lehrer von ihnen erwarteten. *Dr. Schmidt bumst Dr. Fritsche!* Wer hatte diese pikante Wahrheit, von der jeder wußte, an die Wand gepinselt? Aufrichtig waren nur die Empörung, die die dürre Gattin von Dr. Schmidt und der glatzköpfige Gatte von Frau Dr. Fritsche empfanden. Der Rest des Lehrkörpers suhlte sich im Skandal, und auch die Schüler tuschelten erregt und nahmen es recht gelassen, daß die große Karnevalsfeier gestrichen wurde.

»Ich habe die Ampeln nicht aufgestellt.« Die Stimme des Taxifahrers klingt gereizt.

»Ja, ja, schon gut.« Ich habe keine Lust, mich zu streiten. Der arme Kerl kutschiert wahrscheinlich seit Stunden irgendwelche Wichtigtuer durch die Stadt, die es nötig haben, im Taxi den wilden Max zu markieren. Vielleicht bin ich sein letzter Fahrgast an diesem Tag, und er denkt bereits an seinen Feierabend.

Er hört nicht das Rauschen des Regens auf dem Dach. Die furchtsame Stimme von Robert, der mich ungeschickt umarmt.

»Ich muß gleich gehen.«

Das Rieseln im Gebälk des Dachgeschoßzimmers. Das elterliche Gemurmel in den unteren Räumen. Die platschenden Schritte vor dem Fenster. Das Klicken des Feuerzeugs. Die geräuschvollen Lungenzüge des hartgesottenen Existentialisten, der darüber nachsinnt, ob er lieber bedeutungsvoll schweigen oder aber eine Liebeserklärung auf französisch im Stil Verlaines improvisieren soll.

»Laß mich mal ziehen.« Robert inhaliert viel zu tief und kriegt einen Hustenanfall. Er greift sich an den Hals, verdreht die Augen und fällt röchelnd in meine Arme. Die anschließende Reanimation erfolgt gründlich und lustvoll. Die keusche Stille danach.

»Jetzt muß ich aber los, sonst machen meine Alten Streß. Nicht jeder hat es so gut wie du.« Robert beneidet mich um meine Eltern, deren Gleichgültigkeit er mit Toleranz verwechselt. Es ist zwar praktisch, daß ich in meinem Dachgeschoßzimmer tun und lassen kann, was mir beliebt, aber manchmal wünschte ich mir etwas mehr von jener besorgten und strengen Aufmerksamkeit, unter der Robert zu leiden vorgibt. Der Fahrer hört nicht die tapsigen Schritte meines schönen Geliebten, der sich nur zögerlich von mir entfernt. Seine Schritte auf der Treppe, langsam und träumerisch, wie rollende Glasmurmeln. Ich lege mich auf die Seite, auf der er gelegen hat, und berausche mich an seinem Duft. Er ist der schönste Junge vom Schillergymnasium, der schönste Junge in diesem Kaff und wahrscheinlich sogar der schönste Junge der Welt. Meine Liebe zu ihm ist so tief, daß sie weh tut, aber zuviel darf ich ihm nicht zeigen. Er ist scheu und furchtsam. Ich habe Robert die Sonette von Shakespeare vorgelesen, die sich eindeutig zur Männerliebe bekennen. Die Gedichte von Verlaine. Das Gastmahl von Platon. Habe ihm von der romantischen Liebe erzählt, die zwischen Jean Cocteau und Jean Marais war. Selbst Alexander den Großen und seine Triumphe über diverse Jünglingsherzen zitiere ich und komme mir vor wie ein Handlungsreisender, der dubiose Ware anpreist. Aber Robert verweist sachlich auf das tragische Ende des schwulen Bayernkönigs Ludwig, und Jean Cocteau relativiert er mit Oscar Wilde, dessen Ruhm nicht verhindern konnte, daß er wegen seiner Homosexualität ins Gefängnis gesperrt wurde.

»Die Zeiten haben sich inzwischen total geändert«, behaupte ich kühn und umarme meinen Freund, der sich schnell der Berührung entzieht.

»Und warum lachen dann alle über den schwulen Friseur vom Obermarkt?«

Ein verzagtes Schweigen tritt zwischen uns. Ich habe Angst, daß ich Robert verliere. Er hält mich für stark und furchtlos, doch ich weiß es besser. Wahrscheinlich brauche ich ihn mehr als er mich. Er ist scheu und ein bißchen verklemmt, aber er hat ein ruhiges Bild von sich und dem Leben. Er plappert meine Parolen und Sprüche nach, weil sie sich interessant anhören und weil er in gewissen Augenblicken mein Verbündeter sein will, doch ich weiß, daß er mir nicht folgen wird.

»In den großen Städten ist alles anders«, sage ich matt und fürchte mich. Robert legt seinen Arm um mich, und ich höre sein Herz.

»Ich will kein Außenseiter sein«, flüstert mein schöner Freund, als hinge das Ohr der Welt schon im Gebälk des Dachgeschoßzimmers.

»Sollen wir uns nicht lieben dürfen, weil es immer noch Dummköpfe gibt?«

Wir schweigen. Unten streiten meine Eltern, und es ist seit Jahren der gleiche Text.

Ich möchte mit Robert fliehen, aber es gibt keinen Ort für uns. Auch nicht in den großen Städten.

»Fahren Sie ruhig langsam. Es ist alles zu spät«, sage ich zum Taxifahrer und wundere mich nicht, daß er mich im Spiegel wie einen Geistesgestörten taxiert.

Alles ist zu spät, habe ich gesagt und bin trotzdem in meine Vergangenheit gefahren, als glaubte ich den Uhren nicht, als wäre es denkbar, daß sich die Zeit mit meiner Sentimentalität verbündet und die Zeiger rückwärts dreht, bis zu jener Stunde, in der noch alles möglich war. Dabei verschwinden schon die vergangenen Jahre im Nebel. So viele Monate sind aus meinem Gedächtnis gestürzt, so viele Tage und Nächte habe ich unterwegs verloren, achtlos und ignorant, als könnte ich aus der Ewigkeit schöpfen. Wenn es sie gibt, jene kostbare Stunde, in der noch alles möglich war, ist sie untergegangen in einem dunklen Wirrwarr aus Verschwendung und Vergeblichkeit. Warum hocke ich jetzt also in diesem verdammten Hotelzimmer?

Ich brauche diese Reise nicht, um mich des Verlustes zu vergewissern. Was wir verloren haben, ist allgegenwärtig, immer und überall, anwesend in unserer Trauer, deren Gestalt wir mit den Jahren annehmen.

Niemand feiert die Rückkehr des verlorenen Sohnes. Niemand hat mich erkannt. Auch nicht die Nachbarin, die schon damals alt war. Ein mißtrauischer Blick aus ihren Augen, die sich meinen Erinnerungen verweigern. Für sie bin ich ein Tourist, der sich die Fachwerkhäuser anschaut. Das Rathaus aus dem 13. Jahrhundert, die einzige Sehenswürdigkeit dieser Stadt.

In diesem Haus habe ich mit meinen Eltern gelebt. Im ersten Stock war ihre Zahnarztpraxis, im zweiten Stock haben sie gewohnt und gestritten, und da oben im Dachgeschoß war mein Zimmer. Jeder hielt mich für einen tollen Burschen, aber ich war der einsamste Junge in diesem Kaff.

»Meine Eltern waren froh, daß ich ihnen erlaubte, ihren Sohn zu vergessen, der kein Wunschkind war«, möchte ich der alten Frau sagen, aber sie senkt ihren Kopf und humpelt davon. Ich lese fremde Namen am Türschild und gehe weiter. Einen kurzen Moment ertappe ich mich bei dem Bedürfnis, zum Friedhof zu laufen und das Doppelgrab meiner Eltern zu besuchen, die gemeinsam bei einem Autounfall starben, den sie wahrscheinlich durch eine ihrer ausufernden Streitereien selbst verursacht hatten. Doch der Junge, der so lange mit jeder Eins im Zeugnis vergeblich um ihre Zuneigung gebuhlt hat, verbietet mir diese Heuchelei. Meine Eltern haben mich nicht geliebt, und das ist eine Tatsache, die auch ihr Tod nicht zukitschen kann. Warum soll ich mich zu Gefühlen überreden, die nicht in mir sind? Meine Trauer gilt nicht ihnen, sondern mir selbst. Vielleicht habe ich meinen Eltern inzwischen verziehen, aber der Junge, der ich gewesen bin, kann ihnen nicht vergeben.

»Man hat mich zum Schulsprecher gewählt!« Ich glühe vor Stolz und warte auf ein Wort der Anerkennung. Diesmal werden mir meine Eltern mehr zubilligen als nur den zerstreuten Blick, mit dem sie meine Zeugnisse zur Kenntnis nehmen. Sie werden erkennen, daß ich ebenso tüchtig bin wie sie, auch wenn ich nicht vorhabe, Zahnmedizin zu studieren.

»Der Bengel hat deinen Ehrgeiz geerbt. Wahrscheinlich wird er mal Bundeskanzler.« Von dem kalten Lächeln meiner Mutter gefriert die Suppe im Teller.

»Die Arschkriecherin in der Familie bist doch du. Wenn es um deine Karriere geht, machst du für jeden die Beine breit.«

Mein Vater wirft seine Worte wie Messer, unangestrengt und fast nebenbei.

»Vielleicht brauche ich gelegentlich etwas anderes als einen Schlappschwanz.«

Ich breche in Tränen aus, und es ist das letzte Mal, daß ich vor meinen Eltern weine. Sie starren mich verwundert an, peinlich berührt, daß ich sie mit meinen Gefühlen konfrontiere.

Berührbarkeit ist Schwäche. Auch mangelnde Schlagfertigkeit wird als Kapitulation gewertet. Wer zu lange braucht, bis er einen Angriff kontert, hat verloren.

»Der Junge hat deine schlechten Nerven. Er ist genauso hysterisch wie du.« Die Stimme meines Vaters klingt heiter und triumphal, fast liebevoll schaut er auf seinen Sohn, dessen Tränen in die Suppe tropfen. Dieses mittägliche Duell hat er mit meiner Hilfe gewonnen. Sieg nach Punkten. Meine Mutter beugt sich angewidert über den Nachtisch, und ich fliehe in die Abgeschiedenheit meines Dachgeschoßzimmers. Dort beschließe ich den Tod meiner Eltern und nehme ein Ereignis vorweg, das mich erst zwölf Jahre später zum Vollwaisen machen wird. In meinen Phantasien stürzen sie in diesem Augenblick tot vom Stuhl. Reste von Vanillepudding im aufgerissenen Mund meiner Mutter, die wortlos verreckt. Weinflecke auf dem Hemd meines Vaters, dessen süffisantes Grinsen sich zu einer Grimasse des Schmerzes verzerrt.

Vielleicht adoptieren mich die Eltern von Robert, und ich teile mit meinem schönen Bruder ein Zimmer. Zärtlichkeiten zwischen Brüdern erregen keinen Argwohn, und Robert kann mich auch in der Öffentlichkeit umarmen, ohne anzügliche Bemerkungen fürchten zu müssen.

Wie spät ist es? Vor dem Fenster ein trüber Regen und die Glockenschläge der katholischen Kirche, ganz leise und verhalten, als läuteten sie aus der Vergangenheit in diesen Dienstagnachmittag, zu dem ich zögerlich erwache, verknittert von einem kleinen Valiumschlaf. Ich habe von Arn und Mirko geträumt. Sie tanzten auf dem Marktplatz vor dem Rathaus, und Tausende von Menschen bildeten einen Kreis und starrten wie hypnotisiert auf die Tanzenden. Unter den Zuschauern war auch Lilo, meine Jugendliebe, die ich so schlecht behandelt habe.

Wahrscheinlich ist sie inzwischen Mutter von drei Töchtern und vier Söhnen. Sie hat sich immer eine Großfamilie gewünscht. Mit Hunden und Katzen und einem Gemüsegarten. Sie fuhr einen Renault und las Sartre und rauchte filterlose Gauloise-Zigaretten, aber das alles war nur ein Spiel.

Wenn die Landpomeranzen vom Schillergymnasium die Parolen der sexuellen Revolution nachplapperten, lächelte sie belustigt und behielt ihre romantischen Vorstellungen vom Leben für sich. Ich war nicht ehrlich zu ihr, aber sie hat auch so gespürt, daß ich eine Fehlbesetzung war. Vielleicht hat sie sogar erraten, daß mein Herz von Robert besetzt war, der alles tat, um Lilo und mich in der Öffentlichkeit als Paar darzustellen.

»Sehen die beiden nicht aus, wie füreinander geschaffen? Wenn ihr mal heiratet, möchte ich Trauzeuge sein.« Lilo schwieg, und ich schämte mich ob meiner Lügen.

Vielleicht lebt auch sie wie Robert immer noch in dieser Kleinstadt. Der Mythos der großen weiten Welt konnte sie nicht verführen. Sie wartete auf einen Farmer oder einen Tierarzt, und wahrscheinlich hat sie im Gegensatz zu mir gefunden, was sie suchte. Es ist aber ebenso möglich, daß auch Lilo in einem jener Kompromisse gestrandet ist, weit entfernt von allen Sternen, an die wir glaubten.

Ich will es gar nicht so genau wissen. Warum all den Enttäuschungen, die sich im Laufe der Jahre angesammelt haben, eine weitere hinzufügen?

Auch Robert werde ich nicht anrufen. Den Brief, den ich im Speisewagen des Zuges geschrieben habe, schicke ich nicht ab. Der Empfänger dieser Zeilen existiert nicht mehr. Genausowenig wie der Absender, der sich im Vollrausch der nächtlichen Müdigkeit in eine Gestalt hineinimaginiert, die im Licht des Tages zu Staub zerfällt.

Die Gespenster des Ostbahnhofs. Grölende Glatzen. Herumlungernde Penner und Säufer. Der Gestank von Verdammnis und Tod. Verwirrte Reisende, die sich an ihren Koffern festhalten. Plärrende Lautsprecher. Geisterzüge von Nirgendwoher nach Nirgendwohin. Eine zahnlose Greisin, die jeden anbettelt. Arme Teufel in allen Ecken. Bahnhofspolizisten, die durch den Lärm schreiten, gewichtig und sinnlos. Uniformierte Ohnmacht. Nichts können sie verhindern, niemanden beschützen.

Schwule Ratten huschen durch die Halle. Auf der Flucht. Oder auf der Jagd. Mit dieser Vergeblichkeit in den Augen, diesem aufdringlichen Hunger, der nicht zu stillen ist. Ein Huschwesen mit Goldzahn lächelt gierig, und ein Stricher lächelt habgierig zurück. Stricher aus allen Ländern der Welt. Käufliche Jugend. Vielleicht ist ein Todesengel unter ihnen, der nicht nur schnelle Lust anbietet. Noch schleicht das Opfer arglos durch die Halle. Welche Maske wählt das Unheil an diesem Abend aus? Den jungen Nazi mit tätowiertem Hakenkreuz auf der Hand? Die alte Bettlerin? Den Stricher mit dem Totschlägerlächeln?

Wirklichkeit für ein Delirium. Tavor verzerrt die Optik. Ich fühle mich sturznüchtern, aber das ist wohl mein Säuferwahn. Sherry in Kaffeetassen und Tavor und Marsmenschen im Hausflur und schlafende Schlangen unter den Stufen und 2100 DM können die Sinne verwirren. Vielleicht ist alles nur Kulisse. Jemand dreht einen Film. Das Elend ist zu wahr, um echt zu sein. So spiele ich einfach mit. Stelle mich selbst dar und bin jemand, der die Abfahrtszeiten der Züge studiert. Starre konzentriert auf die Fahrpläne, ziehe die Stirn in Falten, prüfe, wäge ab, verwerfe, entscheide mich neu, immer im Bewußtsein einer möglichen Nahaufnahme. Alle Verbindungen sind denkbar, alle Umwege erlaubt. Ich habe Zeit. Jetzt habe ich mich entschieden. Ein deutliches Aufatmen, ein erleichtertes Lächeln für den Kameramann, der mich im Visier hat. Auf den Gestank des Todes legt sich beschwichtigend der Duft französischer Backwaren. Ich bin kein Spielverderber und tue, als glaubte ich dem verführerischen Duft der Harmlosigkeit. Kaufe mir ein Käsecroissant und beiße herzhaft hinein. Ignoriere die Krümel, die sich auf meinem Mantel verteilen. Wische mir mit der Hand den Mund ab, ganz natürlich. Dann zum Ausgang. Nicht zu langsam, nicht zu schnell. Ein unaufgeregtes Tempo für eine gewöhnliche Bahnhofshalle. Ich bin reich und leiste mir schon wieder ein Taxi.

»Berlin ist wirklich eine Baustelle«, sagt der Fahrer und signalisiert Lust auf einen Small talk, aber ich bin zu müde und schließe die Augen. Nur noch wenige Stunden, und dann werde ich mich aus meiner Gegenwart in die Vergangenheit entfernen.

Soll ich Uwe anrufen oder ihm schreiben? Mein Geliebter. Es wird Zeit, daß ich meine Künstlerkrisen abschüttele und mich um meine Karriere kümmere. Deswegen werde ich durch Deutschland reisen und Stückverträge für das nächste Jahr sammeln. Was sagst Du zum neuen Elan Deines alten Gefährten? Natürlich melde ich mich täglich von unterwegs. Ich vermisse Dich schon jetzt.

»Welche Hausnummer?«

»Sie können mich hier rauslassen.« Ich versöhne den beleidigten Taxifahrer mit einem hohen Trinkgeld. Meine Straße, die den Hunden und den Tauben gehört. Die Getränkehandlung, vor der ich so oft mit den anderen gestanden habe, um die Wolken blau zu trinken. Der Hinterhof. Der abwesende Kellner hinter einem der Fenster. Meine verdreckte, kleine Wohnung. Ich werfe Abschiedsblicke auf die Requisiten meines Lebens, als hätte ich längst entschieden, nicht zurückzukehren. Ein Gedächtnisspiel für die letzten Stunden. Ich packe meinen Koffer und packe ein eine Umarmung von Uwe. Ich packe meinen Koffer und packe ein eine Umarmung von Uwe und das mütterliche Lächeln von Anne. Ich packe meinen Koffer und packe ein eine Umarmung von Uwe und das mütterliche Lächeln von Anne und den Applaus nach meiner ersten erfolgreichen Regie und die Hoffnungen aus dem Dachgeschoßzimmer. Ich packe meinen Koffer und packe ein eine Umarmung von Uwe und das mütterliche Lächeln von Anne und den Applaus nach meiner ersten erfolgreichen Regie und die Hoffnungen aus dem Dachgeschoßzimmer und die Jahre, als ich noch kein Tavor brauchte.

Warum rufe ich Uwe nicht an? Ich habe versprochen, mich täglich bei ihm zu melden, aber seit vier Tagen haben wir nichts voneinander gehört. Er wähnt mich in wichtigen Verhandlungen, während ich im matten Licht der Nachttischlampe auf die Schulhefte starre, die ich mir im einzigen Kaufhaus der Stadt besorgt habe. Auf dem Weg zurück ins Hotel habe ich den Sohn von Robert gesehen. Ich bin sicher, daß es sein Sohn war. Nicht so mädchenhaft und verträumt wie Robert, aber seine Augen, seine Haare, seine Schönheit.

Er stand in einer Gruppe von Gleichaltrigen, und als er merkte, daß ich ihn anglotzte, verzog er seinen Mund zu einem verächtlichen Lächeln und lenkte die Aufmerksamkeit der anderen auf mich.

Ich ging schnell weiter und hatte Angst, daß er oder die anderen mir etwas hinterherrufen würden, aber sie begnügten sich mit einem spöttischen Lachen. Mir war, als würde mich Robert in der Gestalt seines Sohnes ein zweites Mal abweisen.

Ich bin froh, daß ich Robert nicht angerufen habe. Wir haben uns nichts mehr zu sagen.

Vielleicht reise ich morgen ab, vielleicht bleibe ich noch solange, wie mein Geld reicht. In diesem Augenblick ist es tröstlich, im geduldigen Licht der Nachttischlampe auf den ersten Satz zu warten, mit dem meine Geschichte beginnt.

ISBN 3-351-02872-5

1. Auflage 1999
© Aufbau-Verlag GmbH, Berlin 1999
Einbandgestaltung Ute Henkel / Torsten Lemme
Druck und Binden Clausen & Bosse, Leck
Printed in Germany

Bitte fordern Sie unser kostenloses Kundenmagazin an:
Aufbau-Verlag, Postfach 193, 10105 Berlin,
E-Mail: marketing@aufbau-verlag.de